夢の途中

生きる意味を教わった忘れえぬ人

梶田ひな子

明眸社

目次

夢の途中
生きる意味を教わった忘れえぬ人たち

梶田ひな子

はじめに

これは今から4半世紀前、そうあれは、1月17日に阪神淡路大震災が起き、3月20日には地下鉄サリン事件が起きた年。担任していた6年生を卒業させたあと、25年余 勤めた小学校教員を辞めました。準備期間を経て、長く単身赴任をしていた夫の住む北海道に居を移した40代の終わり頃から始まった出会いの記録です。

それまで分刻みで仕事をしていたわたくしの前に広がったのは、新たな人々との出会いでした。「人の生き方」について考えること教えられることのなんと多い出会いだったことでしょう。自己表現のひとつとして短歌という定型詩を選び、詠うようになってもう随分と経ちます。日本語の言葉の響きや膨らみや日本語の言葉そのものが好きで詠ってきました。歌は心の中に生まれます。世界のあちこちで起きている戦争も最初は人の心の中に生まれます。戦争をやめさせるとか歴史を変えるというような大きな力はありませんが、記憶を甦らせ、心に湿りをくれます。混沌とした世の中で生きていく時、心が救われ温かくなったなら短歌も捨てたもんじゃないと、そう思います。短歌を通じて友人がたくさん出来、たくさんのことを学びました。

やり取りしたメールも多くは古いパソコンとともに消えてしまいましたが、それでも大切な手紙と一部は手元に紙媒体として残してあります。それを紐解きながら先達や親友の生き方を忘れないためにまとめました。私の生きた証とも重なりますが、最初は、本当に読んで頂きたい人数人に向けて書き始めた文章です。

私の人生の引っ越しは10回を越します。岐阜 愛知 北海道 東京 上海 春日井……。

ものごとの基準は常に母にあり母のようになるもならぬも

とある日のとある街にて根を下ろす蒲公英のように身をかろくして

２０１７年に上梓した『愛《かな》しみの嚢《ふくろ》』（不識書院）に収めた歌です。今もこの気持ちは変わりません。

現在、春日井を終のすみかとして様々な活動に参加できていることに感謝し、友人知人と家族に感謝します。数年前より、「明日死んでもいいように、百まで生きてもよいように」と、「守破離」「断捨離」を人並みに迷いつつ進めています。

考え方も笑顔も違う生き方をしてきた友人や先達によって私が養われ、それを伝えることでこの拙文を読んでくださるあなたが人生の在りようを考えるきっかけになったならとても嬉しく思います。

最後に、世の中から戦争が無くなりますように、地球がこれ以上暴れませんようにと祈りを捧げます。

梶田ひな子

第一章　ニシパと呼ばれたロマンチスト

渋谷政勝さん

8月の暑い日曜日の午後だった。誘われていても当時は息子の少年野球の付き添いで断っていたのに、その週だけ試合がなくて参加した「林間歌会」。ひとつひとつの言葉を大切にする活発で深い歌会の雰囲気が、私を虜にした。最初から紳士的対応をしてくださった渋谷さんは、会社員の傍ら長く短歌会を率いていた方。抒情詩について語ると話が尽きない。70歳を越えた頃、「老害ですよ」と名言を残し次のリーダーに託された。後継を育てる見事な引き際だった。

渋谷さんの故郷へ軸を移した私は、ご縁があって彼の知人友人との交流まで引き継ぐことになった。膨大な手紙の中から一部を紹介したい。それがこの第一章である。

座談の名手を紹介しましょう

渋谷政勝　→　梶田ひな子　　1996・3・30

※北海道苫小牧市生まれの歌人「榛の木」「林間」所属、春日井市在住（詳細は「渋谷政勝論」13頁）

拝啓　現在の春日井支社で最も光彩を放っておられる梶田さんが一時的にもせよ当地を離れられるのは甚ださびしいものになると思いますが、私の個人的な思いからすれば、郷里、苫小牧の短歌会に刺戟を与えてくださる結果になるでしょうから、これはこれで喜ばしいことと考えています。

さて、苫小牧にも幾つかのグループがあるようです。私の個人的につながりのある人を紹介します。（以下、数人の友人の紹介があるが、略）

次に、高橋悦子さん。

昨年6月に春日井から札幌市へ移転してゆきました。歌も上手ですが、座談が巧みで楽しいオバさんです。

時間ができましたら、西東妙子さんにお電話されて相談して頂ければいいと思います。「新墾」に入らなくても歌会には参加できるでしょう。

尚、更に余裕ができましたら、鹿毛正三さん宅に行ってみるのも一興かと思います。風景画家としての正三画伯には膨大な作品の蓄積があり、これを見せて貰うだけでも楽しいのです。彼はまた、高橋悦子さんとは違った北海道弁の座談の名手でもあり、更に棟方志功や山下清とも面識があり、何度聞いても楽しかったものです。千鶴子夫人は優しいおばさんで、且つ客好きでもあります。歓迎してくれると思います。

＊

「林間」４月号の「抒情のための自然学—自然界の調和と短歌」（３３２頁）を拝見しました。実に豊かな文章だと思いました。想いを裏付ける周到な用意にも感銘しました。（中略）20世紀後半に入って、司馬遼太郎の言う「山河に対する畏敬の念を失った」日本人は、その随分前から「隣人に対する尊敬の念も失っている」と私は思います。中国や朝鮮国などと大きなことを私は申せませんが、アイヌの人たちに対する日本人と日本政府の姿勢は言いようもなく恥ずかしいものだと思っています。アイヌ語で内地人のことを「シャモ」と言いますが、この言葉には「隣の人」の意が含まれています。日本語にも昔はこんな言葉があったはずです。例えば「豊国」という言葉は本来、朝鮮半島を呼ぶ言葉だったのですが、いつの間にかその朝鮮を蹂躙《じゅうりん》した豊臣秀吉の代名詞みたいになってしまい、明治以降はこれが定着しました。

拙作「活性汚泥」を取り上げてくださいました。この一連は「林間」誌上でも愛知支部の月例会でも無視されました。「分からない」と言われ、分からないけれども訊ねて貰えませんでした。でも、今回は素敵な読者を得て輝いています。加藤嘉保さんの作品にも注目していただいたこと、嬉しい限りです。穏和で謙虚で詩心を大切にしておられた方です。「カホ」と自称され、私どもも「カホさん」と呼んで親しみました。

すこしお喋りが過ぎ乱筆です。

渋谷政勝 → 梶田ひな子　1996・4・23

新しい仲間に歓迎されているご様子が窺えて、まことに嬉しいお便りでした。苫小牧に関しては私などもう完全に浦島太郎的存在ですが、ほとんど半世紀に亘って交流の続く友人たちが私を郷里に繋いでくれています。
樽前山の夕日がきれい……、そうなのです。昔、勇払に疎開中の浅野晃先生（詩集『寒色』によって昭和39年度の読売文学賞受賞の詩人、平成3年逝去。私にとって生涯の恩師です）が「勇払原野から見る樽前山の落日は日本一です」と言っておられたものです。20日の当地歌会は少し寂しく止むを得ません。ご自愛ください。

明後日とメモの残りてあさってとはいつの日のこと桃の花散る

奈井江町の歌会と『北海道文学大辞典』

苫小牧の歌会は毎月開かれ、私は春日井に帰っていて不在の時以外は参加した。楽しい歌会だった。所属していた「林間」の北海道支部が奈井江町にあり、小島嘉雄さんから「砂川の短歌会があるから来ませんか」という誘いで伺ったことがある。小島さんは砂川や奈井江の短歌会を指導されていた。奈井江町は雄大な石狩平野の豊かな自然と風土に恵まれた土地。砂川市と奈井江町の歌会は温かい雰囲気だった。苫小牧からやってきた新参者の私を受け入れて楽しく進行された。「生活のなかに短歌がある」を実感した。

分厚い『北海道文学大辞典』＊（北海道新聞社編、1985年発行）を小島さんより頂戴した。北海道ならではの大自然のなかに生まれた文学を牽引してきた作家、例えば国木田独歩・岡田三郎、小林多喜二、亀井勝一郎、更科源蔵、小田観螢等24人の名前を見るだけでも素晴らしい。苫小牧市の先達・渋谷さんから聞いていた更科源蔵文学館長はこの大辞典の発行を待たず急逝された。

※北海道文学にかかわる小説、戯曲、評論、随筆、児童文学、詩、短歌、俳句、川柳など、人名編、雑誌編、事項編に構成されている。

歌人　渋谷政勝論――ニンゲンニ カカワッテ ヤマナイ

「林間」２０００年６月号

自ら「センチメンタリスト」と公言して憚らない先達・渋谷政勝氏（以下敬称略）の目は、常に北の空を見る。〈わがふるさとは遠し北空〉と詠み、北のプリズムを透した詩情を多く詠っているが、私は渋谷短歌の世界を単に「北」のベクトルに帰一して論じようとは思わない。軌跡を辿りつつ、青年渋谷の書いた詩を手掛かりに「ニンゲン」「生命感」にアクセスしようと思う。

きゅうるきゅうると鳴きつつゴメの大群はいつか渚に近づきにける　渋谷政勝

※ゴメは北海道弁でカモメのこと

抒情詩の歌人としての第一歩はこのような歌から始まり、一貫して写実短歌を詠んできた。作品を三つの時期に分けてみる。

第一期は、歌を本格的に始めた終戦の翌年から１９５２年までの北海道時代で、青年渋谷が歌人渋谷へと向かう精神の開拓期。

第二期は、1952年から92年。70歳くらいまで。転勤により移り住んだ愛知県で根を下ろし、忠実な人間と自然の真実を抒情の中に追求した時期。「榛の木」を主宰指導。

第三期は、その後現代まで。各短歌会の代表を退き、本当に詠いたい歌だけを詠う。魂の解放の時期とも言えようか。

さて、渋谷短歌を語るとき、故郷・苫小牧は重要な輝きを持つ。歌集『望郷』(1989年)扉にはこう記してある。

「私にとっていまだに夕日とは勇払原野の果てに沈む灼熱の光弾であり、湖はすくえば碧玉の滴りを見せる支笏湖である。交流の絶えぬ友人たち、優しかったアイヌの古老、そして妹に、私の拙い歌を贈ろうと思う」と。

1922年苫小牧生まれ。終戦によって帰郷。翌年には「風不死《ふっぷし》短歌会」を起こし、初回の歌会から司会を担う。一方で、「軌跡詩社」にも属し、詩作にも励んだ。勤務先の「文化体育」誌に幾篇か発表し「渋谷君は現代詩のほうがたいしたもんなんだよ」と友人に言われていた。

もうひとつ重要な位置を占めるのが「蜂の巣」。美術・詩・短歌・俳句・小説などに取り組み、青年たちが蜂の巣のように集まり談論風発の毎夜を過ごす中から生まれたガリ版刷りの総合誌で、渋谷はその編集に当たる。さらに、20歳前後よりアイヌ語の美しさに惹かれ、たびたび室蘭や白老のコタンを独りで訪れている。ニシパ※と敬称された数少ないシャモの一人だ。アイヌを詠うのはそれより後のことになる。

※ニシパ＝ミスター、シャモ＝和人・隣人

海近き家居籠りを藤房は青磁に活けて君病み給う　「風不死」

くろぐろとわが焦点を圧しつけて泥楊《どろ》の葉群は夜を静かなる　「蜂の巣」

白々と豌豆の咲く山畑にひっそりと殺されてゐる蛇もありたり　「文化体育」

作者が意図するや否にかかわらず主題があるとすれば、作者の肉体の側に感受される自然のモチーフの「生命感」である。北緯40度圏に生きる「生」を言葉で確かめている。文字という形象と、言葉のリズムと、意味性（認識）という歌を成り立たせる力学が、自然な感情流露から無理なく成立している。この純粋抒情の土台となったのは、北海道を代表する詩人・更科源蔵や、かつて勇払に住んだ詩人・浅野晃への信頼であり、なにより生まれ持つ繊細な感受性だった。時代相の流れに流される一個人としての人間性を掬い始める兆しが、この頃書いた詩に表れている。

スバルノホシガシズムコロ

トウザイニ　オシヒロゲラレタ　／ケシキノナカデ　ハジマル
ワタシタチノ　マイニチノイトナミガ　／チカラニカケ
ウラサビレタモノノデアルニシロ　／ソレガ
クツゾコニ　ヨワヨワシイヒビキシカ　カエサナイ　カザンバイ
モノミナヲカクス　ガス　／コノミリョクニカケタ　ムシロ
ノロワレタトデモイイタイ　シゼンノセイダ―ナドトイワナイ

ニナイキレナイホドノココロノオモサヲ／シゼンヤフウケイダケニ
アズケル／オロカサハ　モウコリテモイイハズダ
ワタシタチハ　フタタビ／ニンゲンセカイノシクミニ
オモイヲ　ムケネバナラヌ
ヒトガヒトヲアイスルフシギサヲ／ホンキニナッテサグロウ
マシテニクミアウコトノ……／ソコニアスノハタラキノ　バヲ
ホウガクヲ　モトメル
スバルノホシガニシゾラニシズム　ゴゼン二ジ
ウゴクトモミエヌ　セイザノウゴキニ
メハ　アズケナガラ／ワタシノナゲキハ
ニンゲンニカカワッテヤマナイ

「文化体育」

春日井市に移住後、少しのブランクと他の短歌会を経て結社「林間」に入る。１９７２年には「榛の木」を創刊。写実文学のもつ意味を確かめながら、新しい時代の新しい詠嘆を探して、同志7人の出発だった。「榛の木」夷酋叛乱《いしゅうはんらん》を詠う作品より3首、

凍えゆく黄の皮膚のした分秒を刻みて望む寂寥もある
陽に背き伸びゆく蔓の屈折を凶々しきと人は棄ておけ

割られたる額にあたる風痛し煮詰められゆく残光の中

心象を表す歌が増え、言葉の斡旋の仕方に変化が見られる。風景（心象風景も）を完成させるものは、対象を見ている自身の目と心だ。この頃、言葉のホンモノニセモノを嗅ぎ取っていたのだろうか。垂直的、鋭角的な見方が次第にまろやかで求心的な作風になる。

うつし身の疲れまぎらす悲哀ありて重なる山の果見むと思う

ありなしの影を示して過《よぎ》りたる蝶追えばわれにも寂しき時間

「うつし身の疲れ」「ありなしの影」は時代を生きる人間の喪失感か。それを下句で癒しへと収束している。依然「ニンゲンセカイノシクミニ／オモイヲムケネバナラヌ」気持ちは膨らみ続けていた。

狡猾に自然浄化をモデルとし、企まれている配置は白し

単細胞というには鋭き動き見せ表情示して虫ら生きいる

公害発生阻止に目途を得た微生物との格闘歓喜の歌は、自ずから現実告発となった。時代に即した男歌の意味は大きい。

春楡の霧に紛れぬ量感をわがものとして杳《とお》く少年期

突き立てし山刀《さんとう》の痕《あと》滴りてイタヤの水は誰が吸いたる

陰落すヤマナラシの葉は鳴りやまず脚をひたして山湖の暮色

『望郷』

『望郷』は、他のだれとも違う追憶の歌集だ。幻のコタン一連では、排除させられた形の先住民の眼窩の奥のひかり、嘆きと風土を慟哭の思いで心中に据え、歌として立ち上げている。写実の上句には容易に入って行けるが、下句に至ってどっこい、作者の感動や思いと一致しない難しさに会う。横たわる北のプリズムが「ニンゲンニカカワッテヤマナイ」思いのほうへ哀しく心を屈折させるからなのか。ともあれ内地へ移住したからこそ溢れ出た歌群だ。言葉に生命感が宿る。

「詩とは広い意味での自然と人間との関係を解明してゆく唯一の方法だと信じる」と渋谷は書いている。この信じることこそが渋谷短歌を生み出し、これからも生み出し続ける力となっている。では、現代の作品、

女かと訊けば咲《わら》いぬ男かと問うにも笑みて石の観世音

石の観世音を詠いながらも、それに惹かれる自分を見つめた歌だ。仏像もまた作者のモチーフのひとつ。静かに佇む観世音と作者の像が重なる。言葉の持つ生命感に浸って、今後どのような詩精神を刻んでいくのだろうか。

秋さると曼殊沙華咲く日暮れ道わがふるさとは遠し北空

コタン雑記　イランカラプテ　渋谷政勝氏の手紙

はじめに

侵略・報復・拉致……昨今こんな言葉が心の奥へ飛び込み、揺さぶり続けている。多くの日本人以上に、多分とても敏感にこの言葉を受け止めている民族がある。アイヌ民族。北海道の先住

民族だ。江戸期から明治時代にかけて和人に侵略された悲しい歴史を持っている。

アイヌは人間の力の及ばないものにはカムイ（神）が宿ると信じた。カムイは、人間が相手の言い分を聞き、きちんと話せるように耳と舌を与えたという。その舌が紡ぎ出す言葉は、どんな刀や矢よりも強く、ウコチャランケ（話し合い）で解決したという。

私がアイヌの人と初めて会ったのは、小学校低学年の時だ。小学校の講堂で、舞台にあがった巡回興業のアイヌ人からイヨマンテの舞いを見せて貰い、ピリカの歌を習った。１９９６年、私は連れ合いの勤務先の北海道道南の街に住むことになった。短歌結社「林間」の同人渋谷政勝さんの故郷だった。そこで美しいピリカの歌に再会した。そのきっかけになったのは、渋谷さんから届く便りだった。

北海道を知っているのに、アイヌの真の存在を知らない日本人が多いのは、学校であまり教えなかったからだ。悲しいことに、99年間もの間、侮辱的な名称の「北海道旧土人保護法」なるものによって徹底的に圧力をかけられていたからだ。渋谷さんは「語るほどではない」と謙遜されるが、私は書かれたお話に感動して紹介したくなった。するべきだと思った。旅の知識として、歌の素材として、捉え方は読者にお任せしたい。

アイヌ語で「こんにちは」は「イランカラプテ」、「あなたの心にそっと触れさせていただきます」という意味だ。これから辿る話の数々も、きっとどなたかの心にそっと触れることができるだろうと思っている。

渋谷政勝さんの手紙より

1　プロローグ　１９９７・10・30

今日はまだ暖かですが、でも少し風に寒さが加わってきたように思います。明日あたりから寒くなるのでしょうか。私が子どものころは11月３日の明治節になると、決まって雪がちらちらしたものです。千歳の近くの美々《びび》に貝塚があり、４０００年前の縄文海進期の遺跡となっていた筈ですが、今度また海進期が来るとすれば人間の作り出す異変だけに心配です。

＊

さてこの度は、またまた嬉しいニュースをお寄せくださいました。こうして折に触れ故郷の嬉しいニュースを頂いていながら、私には何一つお返しするものがありません。そこで、ふと思いつきました。私にあって、他のほとんどの人たちに無いもの。それはアイヌの人たちとの交友の記憶だと思ったのです。交友と言ってもすべて、アイヌのエカシ（老人）フチ（老媼）から私が享受したものばかりですが、北海道在住のシャモ（シサム・内地人・本来の意味は隣国人）でもアイヌと親しくしていた人はさほど多くはない筈ですから、そんな話を時々は書いてみたいなと思ったのです。

初めての北海道で冬を越すわけですね。十分に健康に留意してください。

2 出会い 1997・11・19

おことわりするまでもないことですが、私は研究者ではありません。せっかく北海道に住んでいるのだから、少しはアイヌ語も知りたいし、出来ればアイヌの人たちの生活にも触れてみたいと思っただけの私に、誠に優しく接してくれたアイヌのエカシやフチへの追憶を語ってみたいだけなのです。

昭和19年の夏、室蘭市に住んでいた私は、2㎞ほど東のアイヌ族の小さな漁村を訪ねました。このコタン（村）に住むガッチャキバッコ（ガッチャキは痔疾、バッコは老媼）に、友人Kの母親の痔の治療をしてもらうのが目的でした。むろん、Kにそこへ連れて行くように母親は言ったのですが、「アイヌ部落なんかいやだよ。渋谷に頼めばいい。あれはもの好きだから行ってくれるかもしれない」ということでお鉢が回ってきたのです。誤解を避けるために言えば、Kは優しい少年でした。アイヌコタンに行くのはもの好き、というのは当時の北海道のシャモの平均的な感覚でした。もっとも私としては、金田一京助博士の著書でしか知らなかったアイヌの生活に触れられるかもしれないという期待があって、結構いそいそと出かけました。

カーテンで仕切られた中で治療を受けているKの母親を待ちながら、一間だけの家の中を見渡しても古い生活を思わせるものは何もありません。唯、部屋隅に小さな棚があり、色褪せた白布が掛けられて何かが載っているのが少々気になりました。やがて治療を終えたフチに、それを見せてほしいと頼みましたが、私が患者でないと知ったフチは仏頂面で、「兄《アン》ちゃん、そったらもの見て何になるだ」とにべもありません。アイヌの人たちの日本語は、江戸期からこの地に来ていた東北地方の北部の漁師言葉が中心だから、多少乱暴にひびくのはやむを得ません。それでもKの母親も言葉を添えてくれたものだからしぶしぶ布を除きました。

現れたのは、本で眼に親しくなっていたイナウとイクパスイでした。(イナウは、木の枝を「削り掛け」とし、神事の神々の憑代《よりしろ》になるものです。イクパスイは、彫刻を施した木製の箆《へら》。通常の飲酒であれ、最初の一滴は必ずイクパスイの先端からイナウに滴らすのです。このようにして初めて自己の意思(祈り)は神に伝えられ、更には神への贈り物になるのです。見事な髯を有する男たちが、飲酒の際にその髯をイクパスイで持ち上げるものだから、シャモたちは「ひげべら」などと言っていました。イナウが神官の持つ御幣に相当するとすれば、イクパスイは笏《しゃく》でしょう。さて、私が声を弾ませて、イナウだ、イクパスイだと言った時から、フチの態度が変わり始めました。唇の周囲に青黒い入れ墨の残る顔がニコニコと崩れてきました。押し入れから宝物まで引っ張り出してきて、私に見せようとします。もっとも、宝物は内地の古い漆器類が大半だから珍しいわけではないけれども、それでも一生懸命拝見していました。

ふと気付いてみると、私への呼びかけが兄《アン》ちゃんからニシパへ変わっていました。ニシパは、英語のミスターに相当する男性尊称です。こうした経験はその後も何ほどかの感動を伴って幾度かありました。

金田一博士は随筆の中で「アイヌコタンへ行く時は、3つの単語を覚えていくといい。それだけで、何しに来たという冷たい視線に会うことは無いはず」と書かれていました。エカシ・フチ・イランカラプテ（挨拶）の3つでしたが、私は2つの単語でフチの歓迎に会えたのでした。

3　闇夜の蟹　1997・12・19

室蘭市の外れにある小さなコタン（村）でガッチャキバッコと呼ばれているフチと親しくなり、アイヌ語や昔話を聞くために片道2㎞の海沿いの道を通うようになったのは、昭和19年の秋口からでした。大戦末期の軍需工場に勤めていた私に、さほど時間の余裕はありませんでしたが、それでも2、3ヵ月に一度くらいはフチを訪ねました

ある時、工場の特配（特別配給）の日本酒を手土産に出掛けました。アイヌの酒好きはつとに有名でしたが、フチの喜びようと言ったらありませんでした。「隣に住む息子に渡すがわしも貰うべ」とニコニコ顔でした。帰り際にフチは何か考えているようでした。「××日に来られないべか？」と言うのです。言い方が真剣だったものですから「何とかするよ」と言って帰りました。当日、やりくりしていきましたが特に変わった様子もなく、いつものようにアイヌ語を教わったり伝説を聞いたりするだけで少々不満なまま別れを告げると、ニヤリと笑って

「今日はいいものがあんだ。持って行け」

と言います。見事なタラバガニでした。日本酒の返礼としても過分でしたが、

「息子は漁師だから蟹は獲れるけれども、鮭はこの頃手に入んねえよ」

とさりげないのです。更に面白いことを言いました。

「この蟹は闇夜に獲ったからうめえど」

闇夜の蟹はなぜ美味いかと聞いてみました。蟹は月夜の晩に恋をするから、その時期の蟹は痩せて旨くないという意味のことを言いました。

「フチは洒落たことを言うもんだ」

と笑うと、「なあに、ユーカラ※にある話さ」とのことでした。

※ユーカラとは、文字を持たないアイヌ族が、数世紀にわたって口伝えに伝え育ててきた抒情詩

このユーカラを聞きたいと私は切に思いました。いつ軍隊に招集されるかもしれない、行けば多分死ぬだろう。その間に聞いておきたい。某日、再びフチを訪ねて私はそのことを言いました。しかし、フチの答えはノーでした。小さなコタンだし、遊んでいるエカシはいない。男たちは漁で忙しいから夜でなければ家にいない。ニシパは夜に来られないべさ。(路の途中に高射砲弾地のある丘の下を通らねばならず、灯火管制の闇の中でその辺りをうろうろしていてはどんな疑いをもたれるかしれやしない)白老に行けばいい。あそこは大きなコタンだし、ユーカラの上手なエカシたちも大勢いる。そうしたらいいべ。

この後、半年足らずで大戦は終わり、軍需工場は閉鎖になりました、私は故郷の苫小牧に帰り、昭和27年には愛知県に移住し、フチに会う機会は持てませんでした。

＊

昭和51年の秋、30年ぶりでコタンを訪れました。イタンキコタンという名でしたが、イタンキは椀、何かいわくありげな名前だったのにフチにそれを聞きそびれていました。むろん、フチが生きているとも思えませんけれども、それでもフチの家の辺りに立ってみたい、だが、コタンを望める辺りまで行って私は呆然としました。コタンからそれに続く浜（それもイタンキ浜と言いました）まで中小の町工場で埋め尽くされていたのです。小さなコタンだったけれども、住人たちは何処へ追われたのか、思うのはただそのことでした。

次は、白老のエカシとフチのことを書きます。

＊

「住人たちは何処へ追われたのか、思うのはただそのことでした」と書かれている。同人誌「榛の木」に「アイヌの歌人」という氏の文章があり、その思いの原点がかかれているので、ここでそれを引いて紹介したい。生きるために日本人（シャモ）に同化していったアイヌ民族の心を思いつつ。

4　アイヌの歌人　（「榛の木」渋谷政勝掲載文より抜粋）

掲載日不明

悲しむべき今のアイヌはアイヌをば卑下しながらにシャモ化してゆく　偉星北斗《いぼしほくと》

「同化への過渡期」と題したアイヌ人の歌人偉星北斗の作品である。昭和4年1月26日に窮乏の中で29歳の短い生涯を終えたこの歌人の名を知る人はほとんどあるまいけれど、、それでも最近は稀に新聞や雑誌に「アイヌ解放運動の父」というような言い方で紹介されているのを見ることがある。そんな呼称がこの人に冠せられてふさわしいかどうか私には多少疑問が残るけれども、松前時代から明治、大正、昭和へとそのスピードを上げていた北海道開拓史が、そのままアイヌ掠奪史となった事実を、悪意はなくとも大多数の日本人（内地人）は知らなすぎる。

＊

勇敢を好み悲哀を愛してたアイヌよアイヌ今何処に居る　　偉星北斗

「強いもの」それはアイヌの名であった昔に恥じよ覚めよ*ウタリー　　※同胞アイヌ民族

滅亡に瀕するアイヌ民族にせめては生きよ俺のこの歌

されど北海の宝庫開かれて以来、悲しき歩みを続けてきた滅びる民族の姿を見たか……野原がコタンになり、コタンがシャモの村になり、村が町になったとき、そこに居られなくなった……保護という美名に拘束され自由な天地を失って忠実な奴隷を余儀なくされたアイヌ。……アイヌ、ああ何という冷ややかな言葉であろう。誰がこの概念を与えたであろう。言葉本来の意味（アイヌは人間という意味）は遠くに忘れられて、ただ残る何かの代名詞になっているのは……。

私は小学校時代、同級生の誰彼にさかんに蔑視されて毎日肩身の狭い生活をしたという理由は簡単明瞭〝アイヌなるがゆえに〟であった。……然るにアイヌの多くは自覚しないで、ただ、この擯斥《ひんせき》や差別から逃れようとして逃れられないのである。……昔のアイヌは強かった。然るに目前のアイヌは弱い。

現代の社会及び学会では、この劣等アイヌを〝原始的〟だと前提して太古のアイヌを評価しようとしている。けれども今のアイヌは既に古代のアイヌにさかのぼりうる梯子の用を達し得ないことをともに悲しまなければならない。

偉星北斗

鬚ひかれ折りて埋めし膝の上に見すべきならぬ涙したたる
数えゆく毒矢の細きわがこころ震えるままにつまれてゆきぬ
理不尽に見据える瞳見返して現つなけれど帰りきにけり

渋谷政勝

5　ユーカラ「青い目の兎」　1998・1・3

東室蘭の小さな岬にあったイタンキコタンのフチに勧められた白老コタン訪問を実現させたのは、昭和20年の夏。敗戦直前のことでした。室蘭本線の白老駅から国道を少し西に歩くと間もなく左手にその集落は見えてきました。茅葺き屋根の家が国道と海の間に70～80戸もあったでしょうか。これはアイヌコタンとしては大集落に属します。日高地方の平取町には、二風谷《にぶたに》、荷負《におい》などの大きなコタンがあるけれども、これは山中の広い地域に分散しています。強いて言えば、私の見た限りでは阿寒湖のコタンは確か45戸が円形に軒を並べていましたが、これは観光客相手に造られたコタンです。因みに、現在の白老コタンも国道の付替工事でコタンを解消させられた後に観光用に新設された博物館です。

国道からコタンへの細道に入りましたが何処へ行っていいのか分からないので、兎にも角にもいちばん近いチセ（家）に飛び込みました。フチ（老媼）が独りでいたのにこれこれしかじかと訪問の趣旨を話すと「うちの親爺もユーカラぐらいはやらないことはないども、急に言われてもなあ」と渋っています。恐る恐る手土産の日本酒を差し出すと、ニヤリと笑って、「そったらいいもんがあれば大丈夫だべ」と、ご亭主を迎えに行ってくれました。

やがて帰ってきたエカシは短軀ながらがっしりとした体型で、何より長髯が見事です。ユーカラを聞きたいというと鷹揚に肯いて準備にかかってくれました。小さなイナウを炉に立て。木盃に注いだ酒をイクパスイの先端に付けてイナウに垂らしながら祈祷の言葉をつぶやくこと数分。これで儀式は終わり、エカシはそのまま炉の西側、フチと私は北側に座りました。私は緊張していました。

酒で唇を湿し短い木の枝で軽く炉縁を打ちながら、エカシの重々しい声がひびき始めたのです。私は驚愕する思いでした。美しいのです、アイヌ語が……。前回書いたようにアイヌの人たちの日本語は、早くからこの地に来ていた東北地方北部の漁師言葉が中心だから多少荒々しく聞こえるのは仕方のないことだし、更にアイヌ族は濁音を発言できず、例えば50銭銀貨がコチュッセンキンカと聞こえるなど（むろん、この頃はそんなことはありません）、こんな詰まらぬことも内地人（シャモ）の侮蔑の対象となり、まことにいわれのない屈辱の中に生きて来たのですが、今、ゆるやかなメロディに乗ってひびいてくるユーカラは何とも耳に快いのです。筆録できればと用意してきたペンを捨て、日本語に翻訳してくれるフチの小声も煩わしく感ずるほど私は陶酔していました。

このユーカラは長大なアイヌユーカラ（人間のユーカラ。金田一博士は英雄のユーカラと訳していました）ではなく、カムイユーカラ（神々のユーカラ）のひとつでした。ストーリーは「昔むかし、ウサギの目が青く澄み、耳が短く、尻尾はふさふさと長く、主食が魚だった頃のこと。狡猾なウサギが人の好いキツネを騙しては獲物を一人占めにしていた。が、ついに堪忍袋の緒が切れたキツネの策略によって凍った川に尻尾が閉じ込められ、それでも大勢の仲間に引っ張られてどうにか氷から脱出できた。青かった目は充血して赤く、尻尾は根元近くからちぎれ、引っ張られた耳は伸びてしまい、そして今もキツネに会うと慌てて逃げ回らねばならぬようになった。だから、自分の欲のためにむやみに人を騙してはならぬのだ……。と、アイヌの神が語った」。

こんなイソップ物語そっくりの話が、

♪テレケ　テレケ（走る　走る）

♪イセポ　テレケ（ウサギが走る）

というリフレインを伴ってひびいてくるのでした。

エカシの名は宮本エカシマトク。フチの名はサク。エカシマトクは直訳すると「祖父の谷」、サクは「夏」です。後に知ったことですが、エカシは壮年時代には熊獲り名人と呼ばれた豪の者。子どものように無邪気なところがあるかと思えば、機嫌の悪いときには何を訊かれても聞こえぬふりをしたりして、自然に私のアイヌ語の先生はサクおばあちゃんになりがちでした。いずれにせよ、この後の数年間は幾度か夫妻に会う機会があり、その都度何ほどかの思い出を残してくれました。そういえば、苫小牧の友人の家で、熊の皮を売りに来たエカシとぶつかって驚愕したこともあったっけ。

この後、3回ぐらいはこの夫妻のことを書きたいと思います。

アイヌ家屋《チセ》の屋根に月見草白く揺れシラオイコタンに朝の雨降る
祭壇を守る形にカシワ立ち白き髑髏《どくろ》のけだものたちよ
陰落すヤマナラシの葉は鳴りやまず脚をひたして山湖の暮色

6　キツネ談義

1998・1・20

先の大戦が惨めな敗戦に終わり、勤めていた軍需工場が開店休業状態になっていたある日、社員寮の若い社員らにせがまれて、再び白老コタンの宮本エカシマトク・フチ夫妻の家を訪ねました。

いつものように古い民謡などを聞いているうちに、何の話だったかサクおばあちゃんが、「シャモ（日本人）や東のほうの奴ら（道東のウタリー仲間）はキツネが人を騙すなんて言うども、それではあのめんこいキツネが可哀相だべ。人間に化けて騙すのがうまいのはエサマン（カワウソ）だ」と言い出しました。私は、当時の北海道を代表する詩人でアイヌ文化研究者でもあった更科源蔵氏の名著『コタン生物記』のキモッペ（キタキツネ）の項が「貉《むじな》の仲間でやはり人を騙したりする狐は、兎と一緒に熊のカムイウケコロ（荷物背負）して天上へ行く相棒であるが、どうも地上にいるときの癖がとれないで、熊の土産物を背負ったまま逃げることがあるそうだ」という文章で始まることを恐る恐る告げました。が、フチはきっぱり言いました。

「よそのコタンのことは知らないども、おらたちのコタンのキツネはそんなことはしねえ。ほんとにあのめんこいキモッペが可哀相でねえか」。

この挿話で言えるのは、アイヌ民話は地域によってずいぶん違っていること（更科源蔵氏は釧路地方を中心に採集されたようです）。さらに、今は日本国内で見られなくなったカワウソがわずか60年ほど前には北海道にも棲んでいたことを物語っています。私も、北海道大学苫小牧演習林の幌内川でカワウソを見た事があります。

7　耳朶の切れ込み　1998・1・20

キツネ談義が一段落したところで話題を探していた私は、エカシに友人Kを指して冗談交じりに話しかけました。

「この男はエカシに負けないくらい髯が濃いけれど、やはりアイヌの血が流れているのかな」（因みにKの祖父母は山形県からの移住です）

「いや、これはアイヌでないっぺ。そっちのほうがアイヌだ」

と、友人Tを示しました。Tは日本海に浮かぶ焼尻島《やぎしりとう》の出身です。この島の住人は、ほとんど秋田県からの移住者で占められています。（私が出身地にこだわるのは、900年ほど前まで東北地方に在住が確認されている蝦夷《えみし》族とアイヌ族の関連を考えるからですが）。それは兎も角、T君は髯が薄く、K君は髯が濃い。そのことをエカシに言ってみましたが全く取り合ってくれません。

それについて思い出したことがあります。明治の末にアイヌ語採集の旅に出た金田一博士は、北海道での採集を終え、樺太に渡りました。小さなコタンに乗り込み、北海道で習い覚えたアイヌ語で村民に話しかけてみましたがほとんど無視されてしまいます。どうも北海道アイヌ語は樺太アイヌには通じないと知った博士が困惑して海岸の砂地に座り込んでいると、子どもたちが集まってきました。警戒心の強い大人と違って、子どもたちは博士を囲んでわいわい騒いでいます。ふと一策を案じた博士は、自分の頭を指差して「へ（何か）？」と言ってみました。子どもたちは声を揃えて「パケ」と叫び、耳を示すと「キサラ」と叫びます。こうして多くの単語を採集した博士は、子どもたちを通じて大人とも親しくなり初期の目的を達することが出来たのでした。この話の最後に、ひとつのミスというか笑い話を綴っていました。体の部位を聞いているうちに何日も剃っていなかったため大分伸びた顎鬚《あごひげ》をつまんで「へ？」と訊くと子どもたちは「イホキリ」と答え、博士はノートにそう記しました。だが、後になってイホキリは顎《あご》のことと分かりました。つまりアイヌの男たちの長髯《ちょうぜん》を見馴れている子どもたちの眼には、博士の短い顎鬚などとても髯《ほおひげ》には見えなかったのです。

さて、TとKのことです。髯の濃いKと髯の薄いTというのは私の判断であり、エカシの目には2人の差など全く認めなかったのです。それならエカシがT君のことをアイヌだというのは何に基づくのかと訊くと耳たぶだ、との答え。

「アイヌの耳たぶは付け根の切れ込みが深いんだ。シャモとアイヌの違いはこれがいちばんだ」

さらにエカシは面白いことを言ったのです。

「俺の息子は兵隊で沖縄へ行ったことがあったが帰って来て、沖縄人たちは俺たちと同じ耳をしているし、親爺そっくりの爺さんがなんぼでも居たよ、と言っていたもんだ」

昭和61年の北海道旅行の際に、明らかにアイヌの血を引くとみられる若い考古学者の話を聞く機会がありました。雑談になってから、アイヌ人と沖縄人の似ている話をすると、

「当然でしょう。神武天皇とその一党に追われて北へ逃げたのがアイヌ、南へ逃げたのが沖縄人でしょうから」。

専門的な話題の時には緻密で周到な話ぶりだった人とは思えないような大雑把な言い方に、思わず笑ってしまったのでした。その頃、不勉強な私は知らなかったのですが、今はもうアイヌ族と琉球人の人種的な関連については多くの研究が発表されているようです。なお、エカシの息子さんの話も若い考古学者の話でも、沖縄人というのは琉球人というのが正確だと思います。

いつか雑誌に、日本人には縄文的日本人と弥生的日本人とがあり、その差異として骨格がどう

の、頭長がどうの、多毛と少毛など面白く書かれているのを読みましたが、私は当然これに耳たぶの切れ込みの大小を加えねばならぬと考えています。小さければ弥生的日本人、大きいほうが縄文的日本人。独断と偏見とはこういうことかと思いつつ、私は斯く信じて疑わないのです。

＊

どろの木の乳色肌は掌に触れて温ときかな春の日暮れを
夕されば呼吸《いき》も柔《やさ》しくなる如し目に見えてわが心折れ来つ
くろぐろと我が焦点を圧《お》しつけて泥《どろ》楊の葉群は夜を静かなる
あやしくも仏法僧の鳴くという月夜を消して山は霧吹く

渋谷政勝「蜂の巣」より

補足①

「歴史の視点欠く拉致報道　一緒に守ろう　アイヌ・モシリ」

老いて初めて見える風景がある。古希を迎えた各界の先達たちが闊達に語る。

—語るには若すぎる2002・11・22「週刊朝日」連載

連載第43回　**「萱野《かやの》　茂《しげる》」**より抜粋

※萱野　茂・1926（大正15）年北海道生まれ、二風谷アイヌ文化資料館長、小学校卒業後、炭焼き、木こりなどをしながらアイヌ民具を収集。75年アイヌの古老から民話を聞き取りした『ウ

エペケレ集大成』で菊地寛賞。のちに吉川英治文化賞を受賞。アイヌ語辞典も編纂。94年社会
党参院比例区で当選、アイヌ民族初の国会議員として一期務める。

「私が育ち、今も住む平取町《びらとりちょう》二風谷《にぶたに》は苫小牧から襟裳岬に向かう日高本線の内陸側にあり、遠い昔からアイヌ・コタン（集落）が点在していた。北海道でも雪が少なく、付近を貫流する沙流川《さるがわ》ではアキアジ（鮭）が、山では鹿や野ウサギがいっぱい獲れた。

　シャモ（日本人）がこのアイヌ・モシリ（大地、北海道）に入り込んだのは江戸期の松前藩で、明治になると侵略は本格化した。アイヌの決まりを無視し、法律を押しつけ、二風谷の美しい林も収奪した」

「アイヌは、人間の役に立ち人間の力の及ばないもの、クマ、水、火などにはカムイ（神）が宿ると信じた。カムイは、人間が相手の言い分を十分聞き、きちんと話せるように2つの耳と1枚の舌を与えた。その舌が紡ぎ出す言葉は、どんなに切れる刀や猛毒を塗った矢よりも強い。どんなもめごともウコチャランケ（話し合い）で解決するのがアイヌの習わしで、暴力には頼らない。だから内戦も起こらず、武器も必要なかった。

　しかし、日本人は話し合いに応じず、武器を使い「北海道旧土人法」を制定してアイヌを徹底的に弾圧した。この法律は、「アイヌ新法」にとって代わられる1997年まで99年間も存続した。侮辱的な名称の法律は、なぜかくも長きにわたって生き続けたのか。アイヌとアイヌの歴史について、国会議員は不勉強で関心を持たず、国民は教えられてこなか

ったからである」

「私の参議院議員時代、アイヌ文化振興法を実現させた。しかし、アイヌが主食にしてきた鮭を獲る権利は奪われたままである。私が小学校に上がる前、すでに鮭の捕獲は禁止されていた。それでも鮭を獲りに行って近所のおばあさんに食べさせた父は、密猟の罪で逮捕された。

アイヌは、産卵期の鮭はその日に食べる分だけを獲る。多くは産卵を終えてから獲り、背割りした後寒風に干して保存用にした。味は落ちるが1〜2年経っても食べられる。鹿や熊などどんな動物も、決して根絶やしにしなかった。しかし現在、アイヌは札幌で年間20匹、登別で5匹を獲る権利しかない。私が鮭の捕獲にこだわるのは、鮭がアイヌの食文化の象徴だからでお金儲けのためではない。国や北海道が禁止するのは、アイヌの権利をひとつ認めれば、他の分野に要求が広がり、しまいには北海道の領有権にも及ぶと心配しているからだろう。

確かに、アイヌは北海道を日本に売った覚えも、貸した覚えも、条約を結んだ覚えもない。しかし、今さら返せと実現不可能なことは言わない。私は、日本人と一緒にアイヌ・モシリの自然を守っていきたいだけなのだ」

8　シュウチョウ夫人　1998・2・23

今日も前回に引き続き白老コタンのエカシとフチの思い出を語ってみたいと思うのです。昭和22年だったと記憶しています。久しぶりに訪ねた宮本エカシマトク・フチ夫妻の家で談笑している時でした。エカシが、

「俺が酋長だった頃には……」と言いかけたとたんにフチが真っ赤になって怒り出しました。

「この馬鹿おやじ、誰の前でそんな法螺《ほら》を吹く。いつどこでお前が酋長だったことがあんだ」

まあまあとなだめて訳を聞くと、こういうことでした。商才のある息子さんに勧められて家に小さな土産物を出すようにしてから客は日本人よりも進駐軍のほうが多くなり、どこで聞いたものかエカシをつかまえてシュウチョウ、シュウチョウと呼ぶようになった。はじめは嫌がっていたエカシも度重《たびかさ》なるうちに、持ち前の無邪気さからいつかシュウチョウと呼ばれると、おう、と胸を張るようになってしまった。ふんとにはずかしい、とフチは小さくなっていました。フチの横で天井を向いてとぼけているエカシの顔が何とも可笑しかったものです。酋長という言葉には明らかな差別意識があります。アイヌ語ではコタンコルクルと言い、村長《むらおさ》の訳語がぴったりです。

戦後、夏になると東京辺りの著名な画家が、避暑を兼ねて写生旅行に私の町に来るようになっていました。国画会の原精一氏、春陽会の三雲祥之助・マリ夫妻などが記憶に残っています。昭和23年に独立美術協会の野口彌太郎氏が見え、アイヌのモデルを探していると伝えられました。友人の若い画家には独立展に出品している連中もいたことから、私は案内役を買って出ました。

外のほうが良かろうと自宅に近い原っぱに椅子を置いたエカシは、馴れないことだから初めは緊張していましたが、直ぐにリラックスして周囲の人々の顔を得意そうに見廻していました。何しろ東京のエライ絵描きさんのモデルになっているのですから。午前中は画用紙に克明なデッサンを取り、午後は30号のキャンバスにうすく溶いた絵の具で描き始めた画伯の筆捌きの速さに私は驚きました。たいへんなスピードで、次から次へとキャンバスを代えて描いてゆくのです。休憩時間にそのことを画伯に訊ねてみると画伯は、

「この老人はまるで子どものように気分がくるくると変わるのでゆっくり描いているわけにはゆきませんよ」

とのことでした。エカシの面白さと一流画家の眼の鋭さを知らされたひとときでした。

尚、この休憩時に、画伯がその頃売り出された煙草のピースをエカシに勧めると、大きな手でそれを押し戻し、さておもむろに上着のポケットからアメリカ煙草のラッキーストライクを取り出したその仕草が、いかにも人を食った感じで周囲の爆笑を誘いました。この時の絵「アイヌ老夫婦」は、1959年1月平凡社刊行の『世界美術全集』第28巻に「軽やかなタッチと的確なディテール、及びやや泥臭いが調和のある色彩によって、優れた描写力のある作品を示した」の解説とともに載り、野口彌太郎の代表作のひとつとして現在都内の某美術館の所蔵となっています。

＊

1952年に愛知県春日井市へ移住した私は、その後ご両人に会う機会を得ませんでしたが、翌年のある朝、新聞を広げて社会面のトップにサクおばあちゃんの写真が載っているのに目を見張りました。見出しには、「酋長夫人、司令官にアッシ献上のため上京」とあります。〝献上〟とは何だ、と頭に登りそうな血を抑えながら記事を読みました。日頃お世話になっている進駐軍に謝意を表すため司令官夫人にアッシを差し上げるのだと。（マッカーサーの次の司令官だが今、名前を思いだせません）。アッシとはオヒョウの木（アッツニ）の樹皮を素材として作り、これに刺繍を施した古いアイヌ民族の平常服です。

それにしても、サクフチにどんな経緯があって司令官夫人にアッシ献上などということになったものか、考えているうちに腹が立って来ました。あの正義感に満ちたフチから、こんな馬鹿げた発想が生まれるはずがない。特ダネ意識から発した新聞記者（東京に本社のあるいわゆる全国紙でした）の強引な説得に徐々に追い詰められてゆくフチの弱々しい顔が瞼に浮かんで、遂には切ない気持ちにもなってきたのです。酋長気取りのエカシを叱りつけたフチが、時代と大企業の圧力に流されていったとしても、誰にこれを笑う資格があるでしょうか。憮然として私は新聞を捨てました。

宮本夫妻の話はこれで終わります。白老の海岸に近いチセの中でいろいろ聞いた話よりも、夫妻の風貌と人柄への懐かしさが胸の中で疼くようです。次回は阿寒湖畔のコタンコロクルと、昭和新山の麓で会った二風谷のフチのことを書きます。少し長くなるかもしれませんが、それでこのとりとめのない話は終わると思います。

補足②

3月27日の中日新聞夕刊の一面に「アイヌは先住民族と認定」、の見出しで北海道平取町二風谷地区に建設中のダムをめぐり、アイヌ族の萱野茂さんと貝塚紘一さんが、北海道収用委員会を相手に土地強制収用の裁決取り消しを求めた行政訴訟の判決が札幌地裁であり、アイヌ民族が先住少数民族と認定し、独自の文化に最大限の配慮をすべきなのに国はそれを怠って事業認定した、と収用委員会裁決を違法とした上で、ダムが完成、貯水されているのを考慮し、萱野さんらの請求を棄却する判決を言い渡した。つまり、あなた方の仰ることはもっともであり裁判所もそれは認めるけれども、出来上がっているものは仕方がないから諦めなさいということであった。

漫画家・はまおかのりこ　↓　梶田ひな子　1998・10・10

暑中お舞い申し上げます。あつこさんとのデートはいかがでしたか？　さぞ楽しかったことと思います。

さて、別便にて白老コタンの大須賀さんの語りを粂田さんという女性が聞き書きした文章が載っている本をお送りします。すご～くいい出来です。感想を大須賀さんに送ってあげるととても喜ぶと思いますよ。

※漫画家・はまおかのりこ　「放課後・原っぱ・赤とんぼ」で準別冊マーガレット賞。小学館新人コミック大賞特選受賞。『ゆめ♡夢♡わたげ』『スモーキーはチーズがお好き』（木花アツコ原作の画）『アイヌ料理入門』他多数。第七章の山田真貴子・マゴナラの親友。

白老のアイヌコタン

苫小牧市から左に太平洋を臨みながら国道5号線を南へ走ると白老町に至る。鳴き砂の浜があり、アイヌコタンが在る。友人の漫画家はまおかのりこさんは、この町に住み、アイヌ文化を活保存するために、漫画を使って誰にでも紹介できるようなアイヌの紹介本を描いている。NHKテレビ「ふるさと今昔」でレポーターとしても活躍中であった。後に新設の高速道路が白鳥の渡りのコースであることから発明家・西川氏が白鳥ラインと命名。私の書と漫画のコラボレーション企画で一緒に取材活動をすることになり、日高の奥の二風谷コタンや、二風谷ダム建設のために人が住まなくなった部落や廃校になった小学校跡地などへ出向いた。

話を戻そう。白老のコタンに渋谷さんがかつてお世話になった宮本エカシマトク・サクフチ夫妻のお孫さんが博物館にいらっしゃると知って、訪問した。果た

はまおかのりこ漫画
「熊に子守をされた赤ん坊」

して……いらっしゃった。大須賀さんという優しそうな、思いを内に秘めたような女性だった。若い頃彼女の祖父母であるエカシやフチと懇意にあった渋谷政勝さんのことを話した。聞いていたエピソードを交えて話した。すると、彼女はありったけの言葉で迎えて昔からの知り合いであったかのように「そうなんですよ」「そこは知りませんけど」……などと応えてくださった。博物館を案内されて、神事に使うイナウやイクパスイなどの様々な道具や仕事場を見学させてもらいながら、私は渋谷さんの手紙の内容を思い出すように反芻していった。ピリカの歌と舞いが始まると、私が岐阜県裏木曽の小学校低学年の時、たった一度巡回興行でふるさとの小学校講堂を訪問したアイヌのお姉さんに習った歌を一緒に口ずさんでいた。

「ピ〜リカ　ピリカ　タントシリ　ピリカ／　イナンクル　ピリカ

ヌンケ　クスネ〜　ヌンケ　クスネ〜」

わたしが覚えていたメロディは一部違っていたが、言葉は合っていた。何だか嬉しかった。懐かしかった。ゆったりとした高音のリフレインが耳に心地よい。小学生時代の友だちは、アイヌ巡業さえ覚えていないという。当時の幼い私に異文化がよほど強烈に刺さったか、何十年も経って再会するこの歌に遇うべくして覚えていたのか不思議だった。歌詞の内容は「ピリカ　ピリカ今日は良い日だよ　良い子がいるよ　その子はだあれ　その子はだあれ」。子どもを大事にするアイヌの美しい歌との再会だった。

とても喜んでいただき、写真や資料とともにすぐに愛知県に住む渋谷さんに送った。渋谷さんも大須賀さんとの交流が始まった。博物館に関する仕事をしていた漫画家のはまおかのりこさんからも資料をいただくことがあった。時が流れても、人が替わっても、こうして人と人との繋がりは温かく続くのだと思った。連載の「コタン雑記」には入れられなかった一文を此処に残そうと思う。

アイヌ民族の文学的才能　1998・1・16

渋谷政勝　→　梶田ひな子

晴天が続いていましたが、2、3日前から曇天、今日は朝から雨、明日からは台風の影響で風雨強まるとの予報で春日井まつりもどうなることでしょう。

たくさんの賜りものを有難うございました。早速、写真集『白老コタン』を開きました。やはり、ありました。宮本エカシマトク翁の懐かしい顔が。でもこの写真は、私の眼底に焼き付いているエカシの顔と少し違うのです。私の知っているエカシは、もう少し茫洋たる風貌でした。この写真のエカシは、繊細だしインテリジェンスすら感じさせます。

考えてみて、エカシマトク翁にはそういう一面もあったはずだと思い直しました。金田一京助博士をはじめ多くのアイヌ学者に愛されたのは、エカシのそういう面だったのかもしれません。当時私は20代前半でしたから、エカシは私をもの好きなシャモの若者として見ていたのでしょう。私には、エカシらしさ、あるいは時に酋長らしさを見せようとしていたのかもしれません。

いずれにしても、私にとってサクフチとともに忘れえぬ人に違いありません。

『サルウンクル物語』（2003年、すずさわ書店刊、川上勇治著）は今のところ第一部だけ読み終えました。先回も申し上げたかもしれませんが、この本の表紙にある地図は私を半世紀前に戻してくれます。左下にある「紫雲古津《シウンコッ》」は、金田一京助博士が布ホメロスと讃えたワルパカ翁の住んでいた土地です。荷負から右に分かれていったところにある貫気別は、後記する日高町のウサップの石綿鉱山の工場の昼休みに、1m以上もある雪の中で相撲を取って私を投げ飛ばしたメノコの故郷。メノコは数え年で17、私は24でした。石綿鉱山は、終戦後半年ほど勤めていました。その後日高町となり、高校も出来たらしく、その初代の校長に父の従弟がなったと聞きました。こんなつまらぬことを書き連ねればきりもないことですからやめますが、私にとっても沙流川流域も忘れえぬ土地なのです。

さて、『サルウンクル物語』を読んでいて感ずるのは、著者川上勇治さんの筆力とともに、川上さんに話題を提供したアチャポ（おじ）ウナルペ（おば）たちの記憶の凄さです。どの話を読んでも、こんなことがありましたというだけではなく、その場の情景と会話のはしばしに至るまで巨細に渡って述べられているのに驚かないわけにはゆきません。これは川上さんの筆力だけでは描き得ないものだと思います。もっともこのことは昔、東室蘭イタンキ浜ノガッチャキバッコに会った時から驚かされたことです。当時は文字を持たない民族の記憶力ということで納得していたのですが、それだけではないようです。

つまりは、アイヌ民族という民族の持っている才能のひとつなのかも知れません。文学的才能です。『サルウンクル物語』を読み終えたら、はまおかのりこさんの本と、同じく『網走監獄』もゆっくり拝読します。有難うございました。寒くなります。お体大切にお過ごしください。

宮本エカシマトクの孫　大須賀さん　１９９９・６・14

渋谷政勝　→　梶田ひな子

先だってはお電話と更にお葉書を有難うございました。それにしても礼状が遅れました。実は2年ぶりに狭心症の発作を起こし、舌下錠を含んで1時間ほどして落ち着いたところで病院へ行き、注射と点滴をしてもらい半日ほどベッドに寝てから帰宅しました。医者がどうやってきたかと言うので、大したことは無いので自転車で……と答えたら叱られました。こんな時は遠慮せずに救急車を使っていいのですよと。この次、もしあったらタクシーを使います。とにかく4、5日は何もしないで寝ていることですよとも言われていたのでそのようにしていました。昨日、歌会に出たくらいですから大丈夫です。

一昨日、白老コタンの大須賀さんからお手紙をいただきました。小さな美しい文字で、しかも達意の文章です。宮本エカシマトク・サクフチ夫妻について、私の知らないことを書いてくださり、いわゆるエカシマトク翁の酋長問題などもきちんと調べておられ、私の心配など全くの杞憂でした。更には、サクフチのお名前について「私のお婆ちゃんの名前を正しく「サク」とおっしやってくださったのは渋谷さんが初めてです。おばあさんは明治14年8月に誕生しました。戸籍法が制定され戸長役場の役人が各戸を訪れ調査した時に、アイヌ語の発音を正確に耳で捉えることが出来ずに、「サキ」と戸籍に記載されてしまいました。サク（夏）はローマ字表記で書けばsakですからこのk（大須賀さんは内破音と書いてくれました）の発音は内地人には馴染みがないので片仮名表記も難しいわけです。酋長のコタンコルクル（kotan korkur）もそういうことで私はコタンコルクルと書きますが、コタンコロクルもまちがいではないでしょう。

ともあれ、梶田さんのおかげで素敵な方と知り合うことが出来ました。

渋谷政勝 → 梶田ひな子 1999・11・27

秋さると……私の拙い歌も美しい筆文字で書いていただくと何やら艶めきを持つようです。お葉書をニランでいると、まだ会ったこともない著者・川上勇治さんの風貌が浮かんでくるようです。

白老の宮本エカシマトク翁も阿寒湖のコタンコロクルも長髯のいかにもどっしりというかゆったりとしたアイヌ族の古老に特有の雰囲気を持った方々でした。暖かだった春日井の秋もどうやら終わったようで、今朝は冷たい風が吹いていました。

渋谷政勝 → 梶田ひな子　2000・3・26

先ほど高橋悦子さんから弾んだ声で電話がありました。今日、ひな子さんがマンションへ来てくださってとても楽しい時間を過ごすことが出来たので、渋谷さんにもお礼をと思って電話しています。私にお礼をと言うのは少し筋が違う気がしますが、私も嬉しいものですからこうして葉書を書いています。むろん、お礼のつもりです。とにかく梶田さんが苫小牧へ行かれてから梶田さんの周囲には嬉しそうな楽しそうな人がどんどん増えているみたいです。有難いことです。桜が咲き始めています。小川玲さんの歌集出版記念会が近づき4月2日には関係者全員集まって最後の打ち合わせをします。

アイヌコタン

苫小牧に近い白老町と日高の平取町のコタンに何回も通った。春日井の渋谷さんの影響と、そして白老在住の漫画家はまおかのりこさんがコタン博物館関連の仕事をしていたこと、コタン関係の漫画を描いていたこと、一緒に日高地方の廃校や二風谷のエカシを訪ねて取材をしたことなど恵まれた環境にあった。

アイヌ民族を先住民族とする法案が衆参国会で決議され、民族アイデンティティーを漸く取り戻したのは、10年ほど後の２００８年のこと。

私なりに拙い短歌を詠んだ。忘れないように。混じらぬようにと。

アイヌコタン

阿寒湖の山のくぼみに梟《ふくろう》の声こだまする千年秋日

言霊の刃《やいば》の記憶を消すごとし　一心不乱に木を彫る人は

とつとつと背中合わせの世に向けてアイヌ古老はウパシクマ語る

「昔から子どもは大事に育てたよ」声野太くて酋長のごとし

うねうねと等高線をひく胸に夜襲《トパットミ》の話切なく入り来

フッサフッサ息かけ踊るホリッパの紡ぐ祈りが我が前にあり

圧殺されし母語を背負いてバスを待つ怒りのごときS字の背骨

平取の少女《メノコ》の瞳に湧き上がるダムの底いのフチカムイの火

星屑が繋がらないよ冬空の迷い三ツ星離れて光る

ポロト湖に木の葉をひらく月昇り湖《うみ》の産道をわれは見にけり

湿原に朽ちて沈みし丸木舟安らかなるはくずおれてより

燃えやすき胸なり手なりギリギリと古時計の螺子《ねじ》丹念に巻く

※ウパシクマ＝言い伝え

春緑園

月日がたつ間に、渋谷さんも高齢になられて、春日井市に最初にできた特別養老老人施設「春緑園」に入られたと連絡を受けた。持病のリュウマチによって歩行が困難になったのだから仕方がなかった。

一方、タイのチェンマイに移住後の高橋悦子さんは、毎年雨季から乾季に掛けて1ヵ月余を札幌で過ごすのが恒例になっていた。40年も長く住んだ土地には、親戚も友人も墓地もある。潮見坂の平和公園に建てた高橋家のお墓には亡きご主人や、見送った夫のご両親などが眠る。墓石には、高橋悦子建立と赤い文字で彫られていた。赤い文字はこの世に生きて在る証。お参りした時は必ず般若心経を唱えた。彼女の般若心経は朗々として途切れなく温かだった。私は義父の葬儀の後に俄か覚えで1週間かかって覚えた心経を唱えた。知らない高橋家のご先祖に、悦子さんを守ってくださいと祈った。既に彼女は自分の戒名を菩提寺である観音寺（書聖 小野道風ゆかりの寺）にて準備している。

墓参りをした後、連れ立って渋谷さんのおられる春緑園に向かった。日常生活に常時の介護を必要とする方や、居宅に於いて適切な介護を受けることが困難な方が入居されている。愛知県の北部の春日井市から岐阜県境に近い森の中に在った。思い付きではなかったが、不覚にもアポイントを取っていなかった。受付で面会を申し立てると、

「園内で風邪が流行っているので面会は受けられません……」

やんわり断られた。諦めきれずに、

「遠くタイから来たんです。ガラス越しにでも会わせてください」

いろいろと頼んでみたが答えは「ノー」。心身の弱い方々が住まわれているのだからメッセー

ジを残して諦めるしかなかった。
結局、悦子さんはこの後、渋谷さんに会うことは一度も叶わなかった。

渋谷さんにお会いしてきましたよ

Tokyo 梶田ひな子 → Chiang Mai 高橋悦子 2009・5・14

悦子さま　今日の午後「春緑園」に出向き、渋谷さんにお会いしてきました。受付の方に電話してから行ったので、渋谷さんと息子さんのジュンさんが待っていてくださいました。電話では、在園していらっしゃるかを確かめて「では後ほど伺います」と言っただけなので、渋谷さん親子はそれを聞いて「いったい誰が現れるか？　本当に今日なのか？　来なかったら待っているだけ馬鹿みたいだな」と話しながら待っていたそうです。気分転換に床屋にでも行くか、と言ってたところに私が電話を入れたのでした。

さて、部屋に案内されて入った私の顔を見て、驚かれたことおどろかれたこと!!

「えっ、ひな子さん？　ひな子さんが来てくれたの？」

ベッドから身を乗り出して、優しい笑みが顔いっぱいに広がります。どの話から始まったか分からないほど、若い頃の苫小牧のこと、古い友人たちのこと、「蜂の巣」の仲間のこと、短歌会のこと、チーちゃんのこと、カナさんのこと、悦子さんのこと……あれもこれも話は尽きません。ベッドに座って話し続けられます。私も苫小牧で知り合った方ばかりが出るから楽しくて仕方がありません。

「楽しそうだな、じいちゃん」

傍らで聴いていた息子のジュンさんが言います。

「床屋に行かなくて良かったな、じいちゃん」

ジュンさんは私と同い年でした。いつもお父さんを見守っていらっしゃいました。故郷の遠い友人たちを話す時の渋谷さんは、目は遠いところを見ておられました。きっと次々にお顔が浮かんでは消えたのでしょう。楽しかったのでしょう。懐かしかったのでしょう。私も苫小牧でお会いした方ひとりひとりの顔を思い浮かべながら聞きました、聞き漏らすまいと一生懸命に。

疲れたようなのでベッドで寝ていただきましたが、寝たままでまたお話しになられます。いつもながら実にしっかりされているのです。ケアされる担当の方が、本当にコミュニケーションがしっかりとれて、本もよく読まれますと仰いました。

ただし、足が弱くなりリュウマチの痛みも錐で刺すような痛みでとてもとても辛いと言われました。立つことも歩くことも難しいのでなかなか帰宅できないそうです。歩けるって本当に大事なんですね。

悦子さんの最近の「ゆめメール yume@」をお見せして、「チェンマイで茶会の講師をしたり句会に参加したりして益々お元気です」と伝えました。ゆめメール数枚と、本2冊と、チョコレート5粒と、おしゃべりをお土産に置いてきました。

次に会えるのはいつかしら。またお会いしたいです。

「悦子さんはオモシロイヒトデス。ソシテウソツキデスヨ」と笑っていましたよ（笑）。むかしむかし、何のウソヲイッタノ？　辛い時でも辛いと言わず笑っていたんじゃない？　忘れちゃった（笑）？　という今日は訪問のご報告で～す。

Chiang Mai　高橋悦子　→　Tokyo　梶田ひな子　2009・5・15

ひな子さん　嬉しいお話を有難うございました。電話の後、メールを何度も何度も読み返しました。今また、コピーして読んでいます。その場の様子が浮かんできます。突然の訪問にどんなにか驚かれたことでしょう。どんなに嬉しかったことでしょう。

ケアハウスでゆっくりご自分の生活ができることを選んで正解でしたね。もう誰にも逢いたくないなんて言われたら悲しいものね。

老いは誰にでも訪れるもの。渋谷さんの気持ちがよく分かります。静かに受け止めましょう。（ひな子さんにはまだ早いけれど）。私、何処までホントか、何処からがウソなのか改めて考えました。青春っていいわね。今も心は青春。若い時の自分を覚えていてくれる人がいることって素敵なことね。でも、歳を重ねるとそれがだんだん少なくなります。

ひな子さんのお土産いいわね。突然の訪問に渋谷さんはどんなにか喜んだことでしょう。とにかく、こころが元気で健康なのは嬉しいです。

身体が衰えるのは歳を重ねてくれば当たり前です。しっかり受け止めて生きていきます。今、生きることを考えます。

「最上のわざ」（作者は不詳・ヘルマン・ホイヴェルス神父の紹介）

この世の最上のわざは何？
楽しい心で年をとり、
働きたいけれども休み、
喋りたいけれど黙り、
失望しそうなときに希望し、
従順に、平静に、おのれの十字架をになう。
若者が元気いっぱいで神の道を歩むのを見ても、ねたまず、
人のために働くよりも、謙虚に人の世話になり、
弱って、もはや人のために役立たずとも、親切で柔和であること。
老いの荷物は神からの賜りもの。
古びた心に、これで最後の磨きをかける。
まことのふるさとへ行くために。
おのれをこの世につなぐ鎖を少しずつはずしていくのは、
まことに偉い仕事。

こうして何もできなくなれば、それを謙虚に承諾するのだ。
神は最後にいちばんよい仕事を残してくださる。
それは祈りだ。
手は何もできない。けれども最後まで合掌できる。
愛するすべての人のうえに、神の恵みを求めるために。
すべてをなし終えたら　臨終の床に神の声をきくだろう。
「来よ、わが友、われなんじを見捨てじ」と。

この詩に出合った札幌天使病院での最初の手術の時、ほっとしたのを今も鮮明に思い浮かびます。その前にも宮沢賢治の朗読の後に必ず朗読をしてくれた長岡輝子の朗読会で何度も聴いていました。ああ、いっぱい書いた。渋谷さんで興奮して。支離滅裂。

渋谷さん「蜂の巣」の仲間のもとへ

渋谷さんの訃報が届いたのは、それからどのくらいの季節が経っていただろう。5月の暖かい若葉の季節。5月24日、90歳と2ヵ月。

北海道の友人たちに知らせなくちゃ……その思いだけであちこちへ連絡を入れた。幸い年賀状のやり取りはしている。渋谷さんの友人の中には既に鬼籍に入られた方もいたが、チーちゃんはじめチェンマイの悦子さんまで友人の6人から温かいメッセージが届けられ、お花が祭壇に供えられた。葬儀には「林間」のお仲間が参列されていた。1週間前に新調されたばかりのピカピカの車椅子が、乗るはずの主を失って祭壇の前に並べられていた。誰もがまさかお別れするとは思っていなかったのだった。

＊

「じいちゃん、いい人生だったな。90まで生きて、いい友だちに恵まれて……」

喪主であるジュンさんが話しかけるように遺影に語りかけられた。

「萬年文学青年で、大学へ行って文学の先生になりたかったのに家庭の事情で叶わなくて、それでも文学を好きで好きで一生続けていたのです。わがままを言ったことと思います」

そんな挨拶で始まった。喪主挨拶が温かくて、涙で遺影が見えなくなった。

「戒名は要らない。宗教も嫌だ。骨を木曽川か庄内川へ撒いてくれればいい。華美にするな」そんなことも言っておられたそうだ。だから「このような式は、本当は不本意かもしれません」とも。

弔電、供花……しっかりみなさんの心に届いていましたよ。

良かったですね、渋谷さん。おかげで私は苫小牧に行って多くの方々にお会いできましたし、今も親交が続いています。いろいろ教えてくださって本当に本当に有難うございました。数えきれないほどのお手紙と思いやりの心を頂戴しました。

晩年は、家族に迷惑をかけまいとケア施設に入られ、好きな本と対峙して独りを養いながら充実した時間を送られたことと確信しています。ゆっくりお眠りください。きっとあの世では、「蜂の巣」の仲間と歌会や会議が開かれることでしょう。お話し会を楽しんでください。懐かしいコタンのエカシやフチにも会えるといいですね。

＊

喪主のジュンさんから渋谷さんが春緑園で書かれた書をいただいた。人柄が現れる文字が並んでいた。「家」「暖」「人」「心」「青空」「牧童」「自然の美」……渋谷さんの性格そのものの文字の選択と文字の佇まいだった。真面目で整った筆文字だった。

ファイルいっぱいになるほどのお手紙やお葉書を大切にします。有難うございました。

第二章　夢想庵に生きる笑顔の悦子さん

高橋悦子さん

本章では40代後半に北海道で知り合い、親友となった20歳以上年上の高橋悦子さん（歌人・茶道師範・着付け教師）の「生き方」から学んだことを記しておこうと思う。春日井市在住の時はほとんど接点がなくて、北海道で「新墾」の歌会に数回通ううちにすっかり意気投合した方。「座談の名手であり面白いオバさん」という第一章の先達渋谷さんの紹介を裏切らない女性。波乱万丈の運命の中で、生き方選びにまつわるあれこれのエピソードを交えて…。掲載は了解済み。

札幌の息子さん

ある夏の早い朝、前月の歌会の折に招待されていた札幌市東区にある悦子さんのマンションを訪ねた。苫小牧から札幌まで車を運転して、そして春日井に帰省した時のお土産と、河毛二郎※著『私のカウントダウン』を持って……。

※河毛氏は彼女が樺太真岡時代に父上の仕事の関係で親交のあった経営者・元王子製紙（株）社長。

最上階の角部屋の3LDKのマンションは一人暮らしには十分過ぎる広さだった。藤棚のあった春日井市の広い戸建てを売り払い、大切なものだけを持ってきたという家具が揃っていた。ソファーに座っていろいろなことを聞き、アルバムを見せていただく。初めて知ることばかり。夫と同じ会社で同じ市内に住みながら、接点のなかったのは仕方がない。どうやら先輩歌人の歌集の出版記念会会場で同席していたらしいところまでは話が一致したが、短歌結社も異なり、共通するのは私に紹介してくださった渋谷さん繋がりのみ。初めて聞くお話は、戦前戦中世代ならではの壮絶なお話の数々。何事でもないように笑みを浮かべながら、思い出すように一言一言語る。

大恋愛で駆け落ちした父母、樺太の真岡に生まれたこと。迎賓館王子倶楽部の料理長の家に生まれ、何不自由なく育ったこと。敗戦直後にロシア軍が攻めてきて8月20日、着の身着のまま船に乗って母と姉妹だけで稚内へ引き揚げたこと。釧路へも行ったこと。保育園の先生をしていたこと。短歌やソーシャル・ダンスをしていたこと。愛知県春日井市の兵器工場跡に出来た新工場建設で苫小牧市から多くの技術者が移住したこと。短歌結社「潮音」に所属していて自宅を開放して歌会をしていたこと、何故札幌へ来たかということ……。

札幌では「生と死を考える会」に所属して、人生に希望を抱けないでいる人の話を傾聴していること、聖路加国際病院の日野原重明理事長とともに「新老人の会」でも活動していること、何時間あっても足りないくらいの話の数々を。私は一言も聞き漏らすまいと聞いていた。

夫君をあの世に見送り、やがて七回忌の法要を終えた。それを機に、春日井市の家を始末して再出発の札幌一人住まい。長男が札幌に呼び寄せてくれた。先夫との間に長男が生まれ婚家に残してきたこと、再婚してから長男を迎えに行って大事に春日井市で育てたこと、次男が生まれたことなどの人生の転換の経緯を知ったのは、もう少し後のこと。『幻藤集』という藤色の和紙の表紙に和綴じをされた歌集を頂戴して、読み砕いてからだ。

札幌市に住む長男Mさんが時々やってくる。その日もそうだった。何やら電話で一言二言話している。「分かった！　オーケー！」。すると、エレベーターの動く低い音がして無人のまま4階まで上がって来て止まる。ドアが自動的に開くと、中には息子さんからの差し入れがどっさり入った荷がある。待機していた4階のエレベーター前で受け取ると直ぐ近くの玄関に入れて、窓から階下の息子さんに「受け取ったよ、有難う」の手を振る。階下の車の横でMさんも手を振る。私と同じ車種のカリーナで、色も一緒のシルバーグレーのスマートな車だった。

「ここまで来て話していかないの？」私が尋ねると悦子さんはすかさず「ふふっ」と笑って「いいの、いいの。いつもそんなに話すことないのよ」と言った。そんなこんな楽しい時間をその前もその後もいっぱい過ごして、いっぱい話をした。

＊

私は東京へ引っ越しとなり……

２０００年、私は夫の転勤によって4年間住んだ北海道苫小牧を離れて東京都港区白金台へ引っ越しすることになる。

一羽きて二羽三羽きて限りなく襟足に降る鶸の秘め事

つれあいの夏の異動にかかわりて妻らが咲《ひら》く真昼の宴《うたげ》

梶田ひな子「鶸《ひわ》の群れ」(「歌壇」2000年)

引っ越しの数日前、我が家にある胡蝶蘭を育ててくれるために、そしてお別れの挨拶をするため母・悦子さんを車に乗せて札幌からMさんが我が家に来てくださった。札幌のマンションではエレベーターで運ばれた荷物しか見ていなかったので、本人には初対面だった。「はじめまして。お世話になっています」の挨拶の後、「弟さんとよく似ていらっしゃいますね」と言った。彼は困った顔をして「えっ、それは心外だな。僕のほうが先に生まれたんですよ。あいつには似たくないですよ」と笑った。それを見て悦子さんはにこにこして何も言わなかった。

親子っていいなと思った。多くを語らなくても通じることがたくさんあるのだから…。彼は私と同い年だった。

札幌　天使病院

「とうとう、歩けなくなった。芋虫になってしまったわ」

ある時から、持病が悪化して腰の骨の大手術になってしまった。

飛行機に飛び乗って、札幌東区の天使病院に入院した彼女を見舞った。手術の前日だった。私は、その翌日から、滞在している東京や、時に愛知の春日井から、毎日見舞い代わりの葉書を送った。身近なニュースやクイズや思い出話や絵や写真など本当に何でも書いた。病室では完全な芋虫状態だから何も出来ないけれど、読むことはできる、笑うことはできる、話すこともできる。

「悦子さん、定期便ですよ～」看護師さんは葉書を病室に届けるのが毎日のルーティーンのようになったらしい。病室に届く私からの葉書見舞いを、彼女は心から喜んでくれた。病人でいながら、他の病人を癒す術を彼女は過去の体験から心得ていた。

数ヵ月後、漸く退院した悦子さんを札幌のマンションに訪ねた。息子夫婦と孫娘らに支えられて、元の生活に戻りつつあった。

話の続きはいっぱいあった。生きる素晴らしさを話しつつ、やりたいことを次第に一つずつ手放すことも教わった。手放すたびに心が軽くなるのだという。この時、この世の「最上のわざ」という詩を教わる（第一章52頁）。

チェンマイの息子さん

夏のある時、また札幌のマンションを訪問した。そこにはタイに住む次男Kさんとその妻Tちゃんが居候していた。独り暮らしの母を案じて、長期で札幌に滞在している。母の具合を看ながら2人も生きていく道を探っているらしかった。Kさんは日中、友人のお店を手伝っていて留守。10時ごろ起きてきたTちゃんは欠伸しながら自分のコーヒーを淹れる。

「オカアサンモコーヒーノム？」

「いいよ、今は」。

こんな時、日本人のお嫁さんだったらあれこれ要らぬ気づかいを双方がするのだが全くそれはしない。悦子さんが教えてくれた。「優しい子なの。でも好きな時間に勝手に食べて飲んで自由なの。一緒に居ても気を使わないからホント楽」。そんな自由な人間関係もあるんだと驚き、そしてその新しさを少し羨ましくも感じた。

タイ・バンコックの大学で出会って結婚したそうだ。タイの結婚式は三日三晩続いたという。日本の振袖姿の写真もあった。悦子さんが着付けの先生だから、習ったTちゃんも自分で着物が着られる。日本語はペラペラだったが、夫であるKさん仕込みの日本語だから時々男言葉が出て面白かった。日本の漫画をタイ語に訳したいと話していた。

その夏から冬まで札幌に滞在して、彼らはチェンマイに帰国した。Kさんは知人のお店を手伝い、Tちゃんは札幌をくまなく探検して日本語を流暢に話し、翻訳の仕事ができるまでに成長していた。

長男が家を建てた時、悦子さんの部屋もつくってくれたのに、断って一人暮しを選んだ悦子さんにとって、息子夫婦と同居という初体験ができた年だった。それは翌年のチェンマイ永住決断に繋がる。

追悼歌文集『幻藤集』（1994・6・24発行）より抜粋

高橋悦子

声のなき夫がわれ呼ぶ鈴の音の時にやさしく時にはげしく
新しき病巣写すレントゲン透かして秋の空は澄みゐる
さくら咲く花の下にて問はれても胸にたたみしこと多かりき
ままならぬ身を持てあまし投げつける蜜柑は床にもんどりを打つ
声のなき夫の嗚咽は聞こえねど薄暗がりに肩ふるへをり
死はむしろ美しからむ曼殊沙華癌は二人を清らかにする
知らざりし夫の部分も語られて通夜に残りし人に酒注ぐ
かなしくて髪切りぬ寂しくてかみのばす花の便りの聞かれる季節
春を待ち花を待ちしが今年より主なき庭の藤は芽吹かず
庭師曰く「あんさんの代はりに藤が天国に行きやしたのや」と…
死ぬための生き方学ぶ講座終へ彼岸花咲く道帰り来ぬ
かなしみの嵩だけ明るくふる舞ひて静止せる独楽回り初む
わが手より離れてゆきし灯籠の遠くなる灯を惜しみてゐたり
千の手に千の目を持つ観音に逢はむと険しき石段登る
泣くことも酔ひしことよと諭しつつ尼僧しづかに座を離れゆく

潔く物も思ひも捨てたしと六十五年の過ぎこし思ふ

『幻藤集』より抜粋　長男・高橋M氏の一文

無限の彼方

「何事にも捉われず何事も捉えず」――父から学んだもの――。

父がまだ声を失う前に語っていた言葉でもなく、筆談の中で書かれていた言葉でもない。恐らく彼自身が「言葉」として表現した事は無いのではなかろうか。

何故にこのような「思想」とも言える心遣いが生まれたのか、何時からなのか、その事自体は問題ではないのです。果たして父がそんな「生き方」をしていたかも定かではないのです。ただ僕はその境地に到達する事が、父を知る唯一の手段だと思い込んでいるのです。

僕の記憶が始まるのは、バスに乗り、去っていく2人の男女を見送る場面から――。バスの最後尾に乗った2人は何時までも手を振っていた。訳も判らず誰かも知らない2人を僕は見送っていた。

その不思議な体験は心象風景となり僕の心に焼き付いた。

おそらく覚えたての言葉の中に「お父さん」「お母さん」と言う単語は無かった。そうです。僕の記憶の中には、父も母も存在していなかった。そして、その言葉があることを知ったのは、あの日、あのバスに、あの「オジさん」と「オバさん」と乗った日からだった。突然に現れた父と母――そう表現する他はなかった。新しい町、新しい人たち、いろいろな出来事があったに違いない。しかし、僕の記憶はプッツリと切れたように空白がある。何故か？　それはおそらく、幼い僕にとって鮮烈な出来事だったと想像する。

幼児が最初に求めるもの、それは安全だろう。僕は心地よく暮らしていたに違いない。それがその日を境に、新たな生活に入った。僕を守っていてくれた人たちが側にいない。それは、物心がついていた僕にとって恐怖の始まりだったのだろうか。

そのことを証明するものが残っていて、それを見るたびに悲しい思いをする。それは当時の出来事が悲しいのではなく、残っている事が悲しいのです。古いアルバムを開くとそれが判ります。父はカメラが好きだった。当時にしては贅沢な趣味だったのでしょうか。友だちの誰よりも写真が多く残っている。運動会だとか遠足の写真。そう言えば遠足のスナップ等は珍しいものだと後になって知った。何故なら、遠足に付いていく父兄など他にいないのだから。学校でのスナップまである。授業をしている学校にまで来る父親なんていたのだろうか。色々な人たちと写っている。おじいちゃんやおばあちゃんに抱かれていたり、伯父や伯母と並んでいたり、級友たちと一緒だったり、本当に沢山あるのです。僕は有り余るほどの愛に包まれて暮らしていたと、その古いアルバムは語ってくれるはずだった。

けれど、その中には、ひとり、笑顔の下手な子どもが写っている。歪んだ作り笑顔——それが、僕の最初の親不孝——。父は悲しい気持ちでシャッターをしていたのですね。父と僕を繋ぐ最初の媒体はレンズだった。彼はそれを通して、僕を手に入れようとした。だからこそ、こんなにも沢山の写真が残ったのだ。そんな気がしてならない。

父は僕を手に入れたのだろうか——父が逝ったときの最後の答えを僕は知らない——。今、答えを出そう。僕のほうから出そう。僕はもうすっかりあなたの手の中にいると確信している。もし、父さん、あなたがこの古いアルバムを残さなかったら、僕は気付いていなかっただろう。

父は知っていたのかもしれない、いつか僕が気付くことを——いや、父はもう知っているに違いない。この古いアルバムの悲しいページが、今は懐かしいあなたとの語らいのページになっていることを——。

父と一緒の写真の思い出はセルフタイマーの音だけ。そうです。父のいない写真に父がいる。笑顔の下手な僕が写っている、その中にこそ僕だけの僕しか知らない素敵な父がいる——。

……僕も何時か「無限の彼方」へ行く時が来る。お土産はもう決めているんだ。勿論、父さん、あなたの大好きな酒ですよ。それを持たせてもらうんだ。お酒を飲まなかったのに何故？と誰かがたずねたらこう答えてもらうんだ、「パパはね、おじいちゃんに会いに行っただけ」と。だから父さん、その日まで元気に死んでいてください。じゃ、またね。

『幻籐集』あとがき

高橋悦子（抜粋）　1994・4・24

亡夫がこよなく愛した藤の樹があった跡に今年も塀を超えて桜の花が舞っています。6年目の春です。一時は立ち直れるのかと廻りの方々が心配してくださいましたが一周忌を境に夫の好きだった着物も洋服に変え、長かった髪も短く切り、まず活動的に変身しました。重い荷物一つ持たないことを当然として暮らしてきたことの甘えを独りになって身に沁みました。

夢中で生きてきました。いや、亡き夫に生かされて来たのです。今日まで、そしてこれからも夫が残してくれた「友情」という何ものにも代えることのできない大きな財産が私を支えてくださいます。その方々に来られたことの感謝の気持ちを表したいと、ふと漏らしたことが、このたびの追悼集という形になりました。（略）いずれまた、夫の元に往ける日には、生きて来てよかったと言えるような生き方をして往きたいと思います。身めぐりの多くの方が支えてくださったからこそ今日が迎えられました。有難うございました。

いのち生きたし　生き方選び

北海道新聞に連載された「いのち生きたし」――逝き方選び（北海道新聞編集委員・村山健氏担当）

2001年6月、高橋悦子さんが美代子さんの仮名で掲載され反響を呼んだ。まだ「終活」という言葉がそんなに広まっていない頃のことである。

北海道新聞　2001年（平成13年）6月16日（土曜

いのち生きたし
逝き方選び
▷5◁

私が選んだ道だから

美代子さん（七二）＝仮名＝の妹（六九）が危篤だと知らされたのは、この連載が始まって間もなくだった。

妹さんはご主人を亡くした後、道央のマチで一人暮らしをしていたが、二月に家の中で転倒してから、意識をなくしていたという。

これまで、腎臓（じんぞう）、肺、脳の手術を受け、通院を続けていたため、美代子さんは再三、ケア付き住宅への入居をすすめていた。

「自分のことは自分でやらないと、いざというとき、だれも守ってくれないよって、言い続けてきたんですけど…」

長く高齢者介護の現場で働いた北星学園大の大内高雄教授によると、高齢者はいま、だれにもみとられずに逝く「孤独死」を覚悟しなければ、一人で暮らせない。

それは、現代の社会が経済的な豊かさを得るために、人間のきずなを断ち切ってきた末の悲劇かもしれない。が、半面で、高齢者が自身の最期を自分で準備し、それぞれの老いを設計するよう迫っているのではないか。

美代子さんは葬儀のありかたも、終（つい）のすみかも、すでに決めた。あとは、子どもたちがその希望をかなえてくれるかどうか。

二男（四五）はこんなふうに話した。

「母が『死んだら、こうしてほしい』と言っているのは、死に方じゃなく、生き方だと思うんです。子どもが親の生き方を大切にするのは、当然です。ただ、母が葬儀を準備したことは、僕たちへの思いやりだなあ、と感じています」

美代子さんの友人たちが心配していることもある。

美代子さんは、いま住んでいるマンションの部屋を売却し、ケア付き住宅に入る計画だが、万一、自立生活ができない状態、たとえば、長期の入院が必要な重病になれば、そこを出なければならない。すると、回復しても、帰る所がない。

最悪の場合、病院から施設への「たらい回し」が待っている。

「それでも、仕方ないと思っています。自分が選んだ道だから。たとえ、痴ほうになっても、私は私の道を歩んだと思うのです」

美代子さんはそう言って、こんな短歌を見せてくれた。

「我の死は誰にも告げず旅立たむいのちいっぱい生きたるのちに」

＝おわり＝

（編集委員・村山健が担当しました。次のシリーズは7月に予定しています）

美代子さんは、自分の葬儀のあいさつ状も用意している。それには、「思い出を胸に待っている人のいる黄泉（よみ）の国へ旅立ちます」とあった

いのち生きたし５　北海道新聞

第1回「準備し安心得たい」 第2回「夫との死別きっかけ」 第3回「自分探しに巡礼へ」 第4回「締めくくりは自分で」 第5回「私が選んだ道だから」 第6回「自分と重ね 広がる共感」

タイ・チェンマイへ移住の話

息子のKさんとその奥さんのTちゃんが札幌からタイのチェンマイへ帰国して何ヵ月か経った頃、電話が鳴った。

「ひな子さん、私、タイで永住するかもしれない。息子がね、タイへ来て一緒に暮らさないかって言うのよ」

1年の半分以上が寒い札幌にいて独りで暮らす年老いた姿を見て「亜熱帯の　年中暖かいタイでのんびり暮らすほうが体に堪えないのではないか」と次男夫妻が提案してくれたのだという。何ヵ月か札幌に滞在していたKさんとその妻Tちゃんがタイへ帰国する時に告げたか、戻ってから告げたか知らない。とにかく驚いた。札幌に母を呼び寄せた長男Mさんは何と言ったのだろう。悦子さんは70代。私は返答に困った。「どんなところなの？　家は？　水は？」矢継ぎ早に質問した後、私の口から出たお節介の言葉はこうだった。「一緒に行って私が確かめてあげる。どんな所か行ってみなきゃわからない。一緒に行ってあげるわ。移住しても良い所か否か、とにかく見てみなきゃ答えが出せないもの」

本当に高齢者が移住しても大丈夫なところなのか。駄目だと感じたら、そこで反対をすればいい。私は行ったことのない東南アジアに興味津々だった。早速、チェンマイのKさんと連絡を取り「移住下見旅行」の企画が始まった。と言っても、渡航の日時だけ決めたら後はプロのツアーコンダクター顔負けの現地のKさんにお任せ。メールで確認をとるのみ。

タイのいちばん気持ちよい季節、旧暦12月の満月の夜の「ロイ・クラトン」の祭りの前後に行くことに決まった。２００４年秋11月。

タイへ発つ前日、札幌からリュックを背負って身軽ないでたちで東京の我が家に悦子さんが来て1泊。足腰はすっかり回復していた（ように見えた）。キッチンに立ち、朝札幌の市場で調達してきた魚をいそいそとバッグから出した。「えっ、煮魚を持って飛行機に乗るの?」

魚はおふくろの味の煮つけにして、保存容器に入れられた。タイまで大丈夫かな。心配顔のわたしに「大丈夫、大丈夫」と笑う。

成田空港第1ターミナル南ウイングにてチェックインして紫色のThai Airwaysの機体に乗り込む。ＣＡさんの合掌のほほえみの挨拶を受けて、タイの香りのする機内に乗り込む。航空会社の高齢者サポートをお願いしていた。空港内の移動や機内乗り込みには車椅子のサポートや入国の手続きサポートもつく。有難い支援に感謝した。ハイテンションの悦子さんはよく喋った。もう移住どころか永住を決めてしまったかのように。

ランナー・タイ王朝の古都チェンマイ

さて、空港に着くとにこやかに手を振る2人が見える。両手で合掌するのがタイ流の挨拶。仏教国ほほえみの国は最初から優しかった。機内預けの荷物のチェックも全くなく通過。煮魚の匂いはタイ特有の匂いに負けていたし、一応きちんとした身なりの私に怪しいと声をかける空港員はいなかった。

タイ北部の山並みに抱かれるタイ第2の都市チェンマイは、13世紀にピン河のほとりにランナー王国によって造られた美しい古都。約280年に亘りランナー・タイ王朝の都として栄え、仏教寺院が盛んに建立され、芸術文化の中心を担った。堀と城壁に囲まれた旧市街には多くの由緒ある寺院が点在している。Kさん案内の日程表にはチェンマイのありったけのおもてなしが組まれていた。

お迎えの車でWATKETの通りにある自宅へ到着。2階まで届く大きなブーゲンビリアの枝が広がって濃いピンク色の花を満開に咲きこぼして迎えてくれる。木製の高さ2mもの重くて白い塀を開けると、目の前に手作りの花壇と池があった。入口の1部屋をお母さん用に造り替える予定だという。2軒続きで、隣にはスイス人のビジネスマンが住む。1階の大きな部屋は不定期のレストランになっていてお客さんを迎えるテーブルが幾つもあり、業務用冷蔵庫のあるキッチンがある。Tちゃんがつくるケーキが美味しくて人気だそうだ。レストラン看板は無かった。

「Kは自分だけさっさと寝るの。ワタシ明日の仕込みがあるから遅くまで1人でやらなければいけない。ワタシ、たいへんだよ」。Tちゃんは夫のKさんの不服を私たちに笑って漏らした。日本人と結婚したかったTちゃんの小さな誤算だったらしい。

翌日からチェンマイの観光が始まった。金色に映える寺院は街の内外に300もあるそうで、日本の京都にも例えられる。Kさんの詳しい解説を聞き、トゥクトゥクに乗ったり市場へ行ったり、様々な友人の経営するお店を覗いて買い物も楽しんだ。ナイトバザールにも連れて行ってもらった。どこへ行ってもKさんの知り合いが声をかけてくれた。

圧巻はタイ旧暦12月の満月の夜に行われる「水の祭典」「イーペン」とも呼ばれる祭りであるロイ・クラトン。「クラトン」とは灯籠のこと、そして「ロイ」とは川に流すこと。昼間、自宅でTちゃんを先生にして習って作ったクラトン作りはとても楽しい。バナナの茎の輪切りにバナナの葉をくるくると形を作って切って飾

タイ・チェンマイのロイクラトン祭り

り、黄色やピンクなど色とりどりの花をその周りに飾る。花で盛り上がったクラトンのまん中にろうそくを立てると出来上がり。まるでお花のデコレーションケーキの如く美しい。

自宅に近いピン河のレストランで食事をした後、長いろうそくに灯を点して川に流す。全て植物で出来ているし魚の餌になるよう麩餌も使われるので、環境問題にはならないそうだ。暗くゆったりとした川面にたくさんのクラトンがろうそくの火をゆらゆらさせながら流れていく。悦子さんは、亡きご主人のお位牌を抱えて「昭さん」と名前を呼びながらクラトンを川面にそっと流した。

うつくしき灯籠《クラトン》作るチェンマイの薄瑠璃色の夕暮れ方に

ピン河の風やわらかし亡き人の名前呼びつつ灯籠流す

空には満天の星のようにコムローイ（ランタン）が打ち上げられていた。願いを込めて夜空に昇って行く幾千のランタンが舞う様子は涙が出てしまうほど言葉では表せない光景だった。

＊

ところで、チェンマイ移住の下見の結果はどうだったか。帰りの機内で少し話したが、人が好くて気候が良くて友だちもいてご飯も美味しくて、移住の日本人も季節移住の人も大勢いて……問題なし。難関は、高齢と言葉と、飲めない水のみ。実はこれがいちばん大変なんだけれど。旅の余韻に浸る2人には、目的が下見だったことなど頭からふっ飛んでいた。

2ヵ月経った頃、移住を決めたと連絡が入る。話し合いの経緯は知らないが驚かなかった。そんな気がしていたから。

後々いつも、悦子さんが言う。「あの時ひな子さんが背中を押してくれたからチェンマイへ移住できたのよ。あなたは私の恩人なの」そうかなあ。移住について駄目だとも良いとも言わなかったよ。決めたのは、悦子さんだからね。恩人にされてしまった、私。

タイ王国大使館　ビザ取得

日本国籍の人が観光以外にタイに渡航する場合、事前に査証《ビザ》が要る。種類は4種類。商用や就労ではないから、ノンイミグランビザ（正規就労外国人の扶養家族）となる。

東京の我が家はその頃、白金台から300mほど離れた目黒駅前のマンションに引っ越していた。庭園美術館の隣だった。ここから歩いて大使館まで10分足らずで行けるので一緒に出掛けた。1時間ほどして外で待っていた私に、悦子さんは大使館の入口遠くから頭の上で大きな丸を描いてジャンプして見せた。後期高齢者の独りでの異国移住の始まりの許可が下りたことを知らせるジャンプだった。

いよいよ移住の準備が整った。

後は札幌の住まいをどうするか、貸すか、売るか、残すか、やることがたくさんあったが、他人の私が関知するところではない。心配もよそにいつの間にか整っていった。長男のMさんとママ（いつもそう呼ぶ）夫妻のおかげだと思う。そして、勿論、異国で受け入れる次男夫妻も。

タイの生活

タイへ移住してからの悦子さんは、自分の部屋を整え、楽しく暮らしていた。タイ語は話せないが自宅に通訳できるお嫁さんと息子さんが居る。外へ出ても両手を合わせてにっこり合掌すると大抵のことは伝わるようだった。さすが年の功だと感心しきり。

俳句の会にも誘われて入り、友だちができて、茶の湯を教えたり、瞑想の教室に通ったりして順風満帆。イベントでは講師もしていた。茶の湯の文化を伝える写真が度々届いた。会えないけれど、パソコンメールがそれを埋めて伝えてくれた。「パソコンで絵も描けるの」と好奇心旺盛な彼女は常にメールをくれ、私も毎日のように返信した。彼女はきっと何処に居ても生きていけるだろうと思った。体調も良かったようだ。

波乱万丈の人生だと笑いつつ、いつもにこにこ笑っている。本当は笑顔で寂しい心を隠していたのではないか、陰でどんなにか泣いたことか、強がりを言っているんじゃないかと思うことが何回かあった。

『人は、なぜさみしさに苦しむのか』（中野信子著）脳科学者である著者によれば、さみしさを感じるのは心の弱さではなく、生き延びるための本能とのこと。誰にでも平等に訪れる老いの寂しさとうまく付き合い、出来なくなったことや失ったものをプラスに据え直す方法を自ら悟って、感情に振り回されないための支えがにっこり笑うことにあったのではないかと悦子さんから学んだ。人とのほど良い距離感というのも教わった。

それはともかく、私にとってタイに友人の家があるという事は何とも頼もしい限り。私は会いに行く口実を作って、友人知人を誘って何度か出掛けた。行くたびに、悦子さんには友だちが増えていた。

悦子さんとKさん家族は楽しく暮らしていた。家族といても寂しいと感じる人が世の中には多分いる。この家族のほど良い距離感は、素敵に映った。

魔女トレーニング

私の連れ合いが中国上海のマンション住まいになってから、就労ビザのない私は長期滞在が出来ず、東京と上海と、愛知県春日井市の自宅の3ヵ所を渡り鳥する生活になっていた。ネット通信の進歩により何処に居ても連絡が取れる。学び出した私の中国語は全然上達しないけれど、郵便局でもレストランでも寺院でも何とか伝わり、1人で何処へでも出かけた。地鉄（地下鉄）を使って人民広場やお寺を巡った。静安寺が好きだった。落ち着いた雰囲気の大きな寺院が多かった。慰霊の公園には、日本人兵士が中国人十数人を虐待している大きな像があった。上海に長く居る知人にそこへ行ったことを話すと、危ないから日本人は近づかないほうが良いと言われた。なぜ戦争をしてしまったのだろう。同じ地球人なのに……と悲しい思いが胸を締め付ける。

エアメールで詠草を送り、ＥＭＳを使って海外へ荷物を送る。電話で話す。何処に居ても、何不自由なく連絡を取り合える。スカイプも始めた。便利な時代に移行していた。

悦子さんの高齢になってからの移住を心配したが、全くの杞憂。もともとチェンマイは日本からの移住者も増えていて、日本とチェンマイを半年ごとに行き来する方やご夫婦がいて、友人に困らなかったし、持ち前の明るさで難題をのりきっていた。

「タイ語を習い始めたのよ。それが英語の授業なの。ちんぷんかんぷんで。タイ人って、何でもカーカー言ってるのよ」

そう言いながら電話の向こうで悦子さんは楽しそうに笑う。女性のタイ語は、丁寧語である「カップ」「カー」を最後に付ける。「おはよう」はサワッディーだから丁寧に「サワッディーカー」、「有難う」はコークプンだから「コークプンカー」のように。通訳できるお嫁さんのTちゃんがいて、掌を合わせて合掌する仕草で何でも乗り切る。財布を忘れても、美容院に寄ってタクシーに乗って帰って来る。おそるべし、魔女！

かくして、当時観た映画『西の魔女が死んだ』（梨木香歩原作）に因み、「魔女トレーニング」は友人との合言葉となった。

不登校になってしまった中学生の少女が「西の魔女」と呼ぶイギリス人の祖母の家で暮らすことになる。魔女修業のかなめは何でも自分で決めるということ。喜びも希望も、勿論、幸せも。「早寝早起き、食事をしっかりとって、よく運動し、規則正しい生活をすることの大切さを教わる。大自然の中で暮らしているうちに、彼女は〝楽しく生きる力〟を取り戻す。死ぬのは魂から解放されることと説く祖母。ラストシーンは大好きな祖母からのメッセージ。窓に書かれていた。「オバアチャンノタマシイダッシュツダイセイコウ」と。素敵な映画だった。

＊

実家の母が春彼岸中日に老衰であの世へ旅立った時、とても悲しかったけれど、私は、むしろ母は幸せな逝き方をしたと思った。魂は身罷ったけれど、母は私たちの心の中に生きている。いつも陽気な兄たちが昔話を始めていた。兄たちにとって母は継母である。「おっかさんが来てくれて嬉しかったよ」「俺、ひな子を自転車にのせて子守りしたぞ」。毎回会うたびに兄からくり返し聞く話だった。兄妹会に仲良しの従兄弟まで加わって旅行も何回かした。世間に多々奉仕している次兄が旅行費を全額出してくれた。肝っ玉の太い兄に学生の頃からずいぶん助けられた。

葬儀が終わり初七日の法要も終えて、実家で般若心経をあげたとき、「俺の方が上手い」「いや俺のほうがいい声さ」それぞれお経を誇り合う実に陽気な兄たち。恒さんはコロンビアレコードでレコーディングしたほど得意な田端義夫の曲を歌い、作さんは十八番の「木曽節」を唄う。どっちもいい声だよ、いいお経だよ、と泣き笑いして聞いていた。

お母さん、良かったね。いい子どもたちに恵まれて…。映画『西の魔女が死んだ』のラストの「オバアチャンノタマシイダッシュツダイセイコウ」が甦ってきた。線香がすっかり短くなっていた。

戦争を背負いしままの一世なり三萬余日ののちのあかつき
亡き母の育てし子らみな朗らかに読経の声を誇り合うなり
オバアチャンの魂ダッシュツ大成功！切なくてまた清々しき死は

魔女トレーニング始まる

Chang Mai　ケイコ・サムエルズ→ Kasugai　梶田ひな子　2010・2・13

ひな子さん　チェンマイに帰ってから1週間たちます。他のことはほっておいてすごいスピードで本を読みはじめました。「北の魔女」の話は凄く面白かった。インスピレーションが湧いてきます。チェンマイに「魔女トレーニングスクール」をつくることを悦子さんと話しています。そして、谷崎潤一郎とか、夏目漱石とか、山本周五郎とか、すごく面白くて一日中家にこもって本を読んでいます。Chiang Mai Book Club（チェンマイブッククラブ）が始まりました。初めの本は、さだまさしの『解夏』（幻冬舎文庫）という作品。私は、さだまさしというシンガーソングライターの存在さえ知りませんでした。この本は文学作品というより、まるで音楽を聴くような気持ちでいっぺんに読んだものです。ブッククラブが無ければ自分では決して読まなかった本です。悦子さんが出席できなかったのは残念でした。会の後、ご報告も兼ねて悦子さんの様子を見に行ってきました。もう階段を自分で登ったり下りたりできるようになっていました。しばらく休養したらすぐ良くなると本人は言っています。

「これも魔女トレーニングよ」と私が言い出したら、その気になって体を動かして人のお世話をするのが大好きな性格のこと、気持ちは昔と同じように直ぐ走ろうとするから体がついていかなくてあわてて転ぶ話、自分は座っていて人に何かやってもらうのがいちばん難しいなどと話します。魔女トレーニングの課題を話して気炎を上げました。

悦子さんは腰が曲がって痛そうに杖をついて家の中をそろそろと歩き回っていました。ああ、こうやって人間は年をとっていくのだなと、まだまだトレーニングが足りない私は悲しくなったりするのです。でも、悦子さんは、体をいろんな角度にして実験をしています。「こうやれば立っていても痛くないのよ」「階段を登るのは全然平気よ。降りるのが問題なのね」体が痛くて動かなくなった時に出てくるこのプラス思考、あっぱれです。「動けなくてもまだまだ出来ることがたくさんある」「目が見えなくなると、他のものが見えるようになる」またまた悦子さんに励まされるひとときでした。

魔女トレーニング始まる

Kasugai 梶田ひな子 → Chang Mai ケイコ・サムエルズ　2010・2・15

ケイコさま　神田神保町の古書店街を一緒に歩いて、大正解。収穫がありましたね。私もあの古書店で買った本がとても役立ちました。今度、チェンマイへ行く時は文庫本をたくさんトランクに入れていきます。あなたが喜んでくれそうですもの。

魔女修業は日本でもチェンマイでも始まりました。いろいろ目に浮かびます。映画の魔女は、イギリス生まれの美しい方で、雰囲気は、そう国立能楽堂で、私の左側に座ったあの素敵な方、あんな感じでした。楚々として無駄がなく生き方もシンプル!!　魔女修業は規則正しい生活から始まるそうですよ。私と小牧市の友人浜谷真知子さんは、互いを「北の魔女」「南の魔女」と呼んで魔女修業を楽しんでいます。上手に歳を重ねて、いつか映画の魔女のように逝く時が来たら「ワタシノタマシイ、ダッシュツダイセイコウ」って窓へ書いて、その夜、この世からそっと消えるの。

悦子さんは、札幌の天使病院で腰の骨を手術した時、全く動けなくて本当に芋虫状態だったのに、病室ではいつも笑いの渦でした。転んでもただでは起きない達磨《だるま》さんみたいな悦子さんです。私たちが悦子さんの歳になったとき、同じように出来るかしら。本当にあっぱれ！ですね。

その悦子さんに、本で読んだ「言葉の処方箋」を送りました。

①（辛）いのは（幸）せになる途中

②（少）し（止）まる。書いてみて！　ほらもう（歩）けるわ。

③（涙）をとめればえがおに（戻）れます。

④（泣）くのをやめれば（立）ちあがって前へ進めます。

③と④はどちらもサンズイを外してね。

⑤隣に誰かいるだけで、（憂）いは（優）しさに変わります。ほら！

今週は東京表参道のギャラリーで、小中学校時代のクラスメート粥川仁平君が個展開催中。彼は大学で教え始めたころにパーキンソン病を患い、体が動かなくなっていく中での作品制作です。大きな銅像を造られなくなった彼は、住んでいたスペインマラガの想い出を和紙に墨で流した作品を制作しました。

中学校の同窓会で参加者全員から書いてもらった寄せ書きを届けました。小中9年間、毎年クラス替えしても唯一いつも同じのクラスだった友人です。中学校卒業時から懇意にしてくださった数学教師で教頭だった田口太實先生との繋がりも一緒でした。「生きる」元気をいただきます。

名古屋では書の社中「登紌社」の原田凍谷代表が「帰命《きみょう》」（仏教語で礼拝の意味。身命を捧げて仏様に帰依すること）をテーマに個展開催中。仏語です。大きな筆で書かれた激しい動きの力強い濃墨の書の中に、礼拝の「南無帰命頂礼」が聞こえてくるようです。祈りの心は、何処にいても誰であっても共通だと思います。

さあて、ところで私は……。エンジン全開となりますかどうか。春です。

クーデター時にタイ訪問

タイで軍事クーデターがあったばかりの10日後、川崎に住む友人小野揆子さんとチェンマイを訪問した。揆子さんは中津川の古民家にも春日井の我が家にも来てくれたことがある北海道時代からの友人。

2010年、軍部が政権を取った形の流血が一切無かった平和なクーデターで、街に戦車が出ていたが、観光客と兵士が戦車前でピースをして写真を撮っているような風景が見られたのみ。初めてクーデターなるものに遭遇して驚いたが、ほほえみの国はまだその時は平安だった。黄色のシャツと赤いシャツ派に分かれていた。KさんとTちゃんは黄色の国王派。自分の指示する政権をしっかりと表現する。曖昧で、支持政党なしがいちばん多い日本のほうが危うい気がしている。私たちはとりあえずほっとした。

観光地のテンプル（寺院）ワット・プラシンやワット・プラタート・ドイステープ、郊外のエレファントキャンプなどへ案内してもらった。

縁起よきアデニウムの花に囲まれておだしき顔の仏像求む

独りを養い永住するとう決断を見送り橋のきわに確かむ

ある日、花の博覧会へ行った折のこと。夫のKさん仕込みの日本語を流暢に繰るTちゃんは、タクシー運転手と口論になった。訳は分からないが運転手はもっと金を払えという。Kさんも英語でまくしたてる。「足の悪いお年寄り歩かせよというのか」「××××・・・」

そのうち「そんなん、知るか!!」と一言怒ったように男性的な日本語で言い放った彼女の余りにも普段と違う口調は、はなはだ刺激的で痛快！　私と掺子さんは顔を見合わせて、驚くよりも笑いを堪えるので必死だった。彼女は連日私たちの案内で疲れていたのかもしれない。言われたタクシー運転手は日本語の意味も分からず、呆然としていた。私もタイ語が喋れたら何とか口を出すのに、それも出来ない。運転手さんが納得したか否か分からぬまま、一応、KさんTちゃん連合の勝ちで一件落着。傍らで悦子さんは、有難うの合掌をしていた。

身に着いたテンポで

Kasugai　梶田ひな子 → Chang Mai　高橋悦子　　2010・5・8

悦子さま　相変わらずお忙しい、ということはお元気な証拠。「走って転んで　さあたいへん」「時々起きて、うたた寝し」「うふふのふ」「いやになったら風の抜け道」ってところでしょうか。藤村の『千曲川旅情の歌』の一節、「昨日またかくてありけり　今日もまたかくてありなむ　この命　なにを齷齪《あくせく》　明日をのみ思ひわづらふ」を思い出し、また、『この命、何をあくせく』（城山三郎エッセイ）を思い出して、ひとりで悦子さんのように「うふふ」と笑って夢メール*を読みました（※夢メールとは彼女のメールアドレスがyume@…だったから命名）。人間にはそれぞれ身に着いたテンポ（速さ・進度）があり、テンポの速い人間がその進度を緩めようとすると、その人間の頭脳の回転に束縛を加えることになるんですってよ。（因みにこれは、河盛好蔵86歳の時のエッセイの言葉）。だから、悦子さんのテンポは悦子さんのテンポ。無理に緩めようとしなさんな。今のままで、こんがらがってもがこうと七転八倒しようと、それは悦子さんのテンポなのです。そのテンポを知っているのは、昭さんであり、Kさんであり、昔の仲間でありチェンマイの仲間であり、私でもあり……。ってことで、私は私のテンポで生きてまいります。

チェンマイの読書会は楽しそうですね。村上春樹の第3シリーズはまだ読んでいませんが、東京の友人がとてもよく出来ていると言っていました。現代をいろいろな角度から照らしているのがいいそうです。そのうち、読書会で浅田次郎を取り上げてくださいませ。どの小説も心にじーんと来る浅田ワールドです。

さてさて、私の近況報告です。連休は仙台から長男家族、名古屋から次男家族が来て賑わいました。4歳にもなるともう結構論理的に話したりします。嬉しい幸せなバアバでした。

その他に嬉しいこともありました。ブラッシュアートショー書道展（県美術館で開催）に出した「葉っぱのフレディ、いのちの旅」の作品が入賞。日野原重明先生が戯曲にして発信し続けていらっしゃるものです。「春が来て、夏になり秋になる。変わらないものはないんだよ」といういのちのメッセージ。離れの古い障子をリメイクして古い感じにペンキで塗りました。木枠に真っ赤なペンキを塗り、その上に黒いペンキを塗るとあら不思議！　ひなびた色になるの。小牧市篠岡の画家・浜谷真知子さんに教えていただいた技法です。

その額に一緒に入れるのは、土を捏ねて焼き、織部の釉薬をつけた陶芸の葉っぱ1枚。「いのち」「生きる」は、多分これからのわたくしの書や短歌のテーマとなるべき言葉です。「いのちのバトン」を私の息子に渡し、息子がそのバトンをまた子どもに渡す…そんな思いを文字にしました。目黒駅前の家から五反田の陶芸教室に通う途中にある街路樹のプラタナスの葉を1枚

作品「葉っぱのフレディ、いのちの旅」

粘土に写して焼きました。織部の釉薬が美しい緑色を醸し出してくれました。

タイの政情は少し前進したようですね。秋の旅行に支障がないように早く落ち着いてくれますように祈っています。

夏は札幌へ一時帰国

タイの正月であるソイクラーン（水かけ祭り　4月上旬）は仏教歴の新年に当たる。僧侶から聖水を掛けてもらうことから始まった水掛けまつりは熱狂的な盛り上がりを見せる。そして、このソイクラーンが暑い夏の到来を告げ35度を超える日が多く日差しも強くなる。6月からは雨季に入り、日に一度はスコールがあって湿度も高くなりこれが9月まで続く。

だから日本の春から夏にかけて一時帰国し、秋から冬にはチェンマイへ戻るという長期滞在者が多いのは、この気候によるところが多い。

悦子さんも友人の長期滞在者も、夏は札幌で過ごすのがほぼ恒例になっていた。

拶子さんと札幌を訪ねた。拶子さんと悦子さんの共通点は、お互いに言えば即言葉が返ってくる頭の回転の良さ。ホント、うっかり聞き逃すとえらいこっちゃ！　になる。拶子さんに「元気？」と聞くとすました顔で「わたくし　堪え難きを耐え　忍び難きを忍び…」かの玉音放送の一節を口にしながら、幼稚園時代からラブラブのご主人との生活やステージでシャンソンを歌う生活を話して笑う。何の事はない。幸せオーラ満載なのだ。

「札幌すすきの」の居酒屋に繰り出し、いっぱい話していっぱい飲んで時を過ごした。悦子さんがタイへ帰国した秋にチェンマイへ行く約束もした。居酒屋で調子に乗って話していた悦子さんが急に気を失って掘こたつ式の椅子からずるずると落ち込んだ。実は飛行機に乗る前日にぎっくり腰になって我慢していた私は支えることも出来ず、おたおたするばかり。「すわ、一大事！」「救急車を！」と心配したけれど、息子さんに先ず電話しようとした私を止めたのは、2分後？に気が付いた当の悦子さん。偶にあるという。「ああ、びっくりした。死んだと思った」。呆れ果てながら、店先でタクシーを拾って彼女が借りているマンスリーマンションへ帰った。お店の人たちは心配しながら見送ってくれた。

＊

悦子さんの札幌に滞在中にハワイの亡き高林リアさんの弟さんを訪ねて、一緒に小樽市銭函を訪れ、新しい出会いがあった。

その翌年もその翌年も、夏には札幌へ一時帰国するのが恒例になった。

そして、春日井市の潮見坂平和公園へのお墓参りも、渋谷さんに会ってランチをすることも。

渋谷さんはいつも楽しそうに「貴女方が、気が合うなんて不思議だね」「悦子さんは友人にしておくと良いが、奥さんにしたら一日も

小樽市銭函訪問

私は持たない。昭さんは偉いよ」と言って笑った。昭さん（昭明さん）は悦子さんの亡き夫で渋谷さんの苫小牧時代からの友人。何となくことの顛末が理解できて、私も笑った。

チェンマイで活動再開　タイの慰霊祭でお経を唱う

Chang Mai　高橋悦子 → Kasugai　梶田ひな子　2010・8・17

13日夜、無事にチェンマイに着き、涼しいことにほっとしました。滞在中はお世話をおかけしました。思いがけず小樽へも同行させていただき、素敵なご家族との交流、本当に嬉しかったです。日本を発つ時、お盆でもありましたのでお仏前にと心ばかりをお届けしたら、わざわざそのご本人からお電話をいただき、懐かしくて昔話に花が咲きました。人の出会いの不思議さ。大切にしたいですね。

15日は1万8千柱のタイの慰霊塔の前でお経をあげさせていただきました。今年は戦後65年目で呼びかけもあったので、参加者が１２０人もあったそうです。式次第にお経が入るなんて想定外。先日の私の札幌帰国中に決めてあり事後承諾の形でしたが、いつもの年のように御霊の安らかにという思いで唱えさせていただきました。

これも不思議な仏縁です。春日井の観音寺※の檀家でしたので、寺の先代には高橋の両親、主人のお葬式、お墓の建立、ご受戒……と、大変お世話になり、個人的にも親しくさせていただいていました。

※観音寺：曹洞宗・和様書道〈三跡〉伝、小野道風生誕地伝承

先代はインパール作戦の生き残りで、観音寺の境内に「ビルマの塔」を建立して供養をなさっていました。何時もその話をされて、生きてある限りの供養をして、いつかタイに行きたい、その時は一緒に行こうとおっしゃっていました。それも叶わず、私がタイに来てから亡くなられました。

ここへきて、図らずもタイ・ビルマ方面戦没者の慰霊があることを知って参加させていただき、春日井へ帰るたびに観音寺の「ビルマの塔」にお参りして先代に報告していました。今年は私の誕生日にお参りして、15日にお経をあげていただく報告をしてきましたので感無量のものがありました。写真を撮ってお経と一緒に此方にお供えさせてもらいました。生きていれば、いろいろなことに出合いますね。

札幌ではあっという間の45日。あんなに便利なところに居ながら、自分のショッピングをする時間もないまま過ぎてしまいました。毎日、人に逢い、それぞれの話がありました。

9日より息子の家に行き2日間、孫娘が買い物や転出届など車で付き合ってくれました。大人になった孫とお昼をゆっくりしながら、幼かったころのことや子どもが生まれたこと、これからの事などゆっくりと、しみじみと話せたことがとても嬉しかったです。

今月3歳になるひ孫は私のことを「タイばあちゃん」といってなついてくれ、一緒に遊べたこと、心から命のバトンタッチの有難さをと敬虔な思いをしました。13日は、台風が直撃するかもしれないと心配したけれど、朝から晴れてM家のお墓参りに苫小牧へ行く途中、千歳空港に送ってもらい無事に家に帰ることができました。

何事も成るように成る。孫は「おばあちゃんは素敵」といってくれたのが嬉しかったです。唯やはり、年々体力が衰えているのを実感しました。今回は病院で今までの既往症・治療など診断書を此方のチェンマイの病院宛てに書いていただきました。歯の治療も済ませてきました。

15日の慰霊祭を皮切りにまた私のチェンマイ生活が始動しました。

明日はブッククラブ。今月取り上げた本は、野坂昭如の『火垂るの墓』。8月だから戦争の無残さを取り上げたのですが、とても悲しく辛い内容。どんな合評会になるでしょう。

独りを養う

Chang Mai　高橋悦子 → Kasugai　梶田ひな子　2010・10・25

ひな子様　ハワイに飛んでいらしたのですね。出版記念会のご様子が窺えました。お疲れの取れないうちにきっと次のスケジュールが待っているのでしょうね。何でも出来るうちに実行するのが生きている証です。ひな子さんにとっては、今がいちばん良い時期、「時分の花」ですね。
この夢想庵（※隣に住むスイス人が帰国した後、この家に悦子さんは引っ越し、夢想庵と名付けた）に隠遁して早や今年も終わり近くになってきました。独りを養う時間をたっぷりいただきました。これもいいものですよ。晴耕雨読とは良く言ったものですね。耕すものはないけれど、庭の落ち葉を掃く作業が私の毎日の日課。おかげで何処へ出なくともリハビリになります。

ハワイの出版記念会講演で「この世の最上のわざ」にも触れてくださったとか、高齢の方は喜ばれたことでしょう。もう10年も前に、札幌の天使病院に入院したとき、あの詩を持って手術に臨んだこと、何も出来なくとも祈ることが残されている救いに縋《すが》って今まで生かされてきたこと。今も長岡輝子さんの朗読のテープを聴いて心穏やかにしています。

札幌天使病院手術の前日、ひな子さんが病室に来てくれましたね。そして退院するまで毎日葉書を送ってくださり、ナースステーションでは有名になりました。長い長い濃いお付き合いですね。どれほど心の財産をいただいたことでしょう。物理的には勿論、こころを軽くして引き算の余生。「有難う」の言葉を朝夕声に出して一日を迎え、送ります。

日野原重明先生の「新老人の会」の3つの誓いの「①耐えること　②愛すること　③創造すること」もこころに誓います。総てを愛し、総てに耐えて、いくつになっても創造する心を失わない。ありがたいことです。有難いことです。これからいい季節になります。足腰が弱り、一人の外出や人ごみは避けています。何事もお世話になることを感謝して、今どうあるべきかと生活しています。月に一度の句会も、若い方が送り迎えしてくださり、昔の片田弐六先生や渋谷政勝さんを思い出しています。しなやかに歳を重ねることの何と至難の技か。「最上のわざ」の詩が教えてくれます。

桜さくら

Chang Mai 高橋悦子 → Kasugai 梶田ひな子　２０１２・４・10

ひな子さん、お久しぶりです。きっとお忙しく充実した毎日を送っておられると思っていました。桜の写真、まして柏井町のあの通りの写真には心を和ませていただきました。タイのソイクラトンも12日から街はその準備に入っています。この頃は雨も毎日スコールのように短時間ですが降り、気持ちの良い季節になりました。並木にはゴールデンシャワーの黄色い花が綺麗です。

ひな子さん。いつかはお話しなければならないことを今日打ち明けます。実はKが3月15日に咽頭癌のため、咽頭・咽喉・声帯の全摘出手術を受けて、今月6日に一時退院して今、自宅にいます。17日より2泊3日の抗がん剤治療のために何クールか受けることになりました。

去年、主人の二十三回忌を済ませましたのに、全く同じ病気に罹るなんて、これもきっと天の啓示かと今は受け止めています。どんな事にも生きていて意味のないことはないと仏様は教えてくれました。いま、在家得度の有難さをしみじみ感じています。

いっとき誰もいないところで泣くだけ泣き、代われるものなら代わりたいとどんなにか思って心の中で取り乱したことか。誰にも言えない諸々の思い、自分の罪深さ、今までのこの世の人生を振り返り、迷い迷い、俗にどっぷり浸かり、しどろもどろに狂いそうになる堂々巡りの日々。Kの退院までに整理がつきました。改めて仏様の教えに縋《すが》り、素直に現状を受け入れる事に心が決まりました。こうしてひな子さんに言えば自分の心が確認できるような気がしています。

病院にいる間、Tは朝夕ちょっと帰宅して毎晩泊まって看病しました。あの子が倒れないかと案じました。無我夢中の私のあの頃と重なりました。Tのお父さんお母さんも親身の面倒をみてくださり、病院の送り迎え、いろいろの手続きなどして、私に心配しないでと優しくしてくださり、有り難いのと申し訳ないの気持ちでいっぱいです。

遠く日本を離れてここで親しい方も出来ましたが、今の私の心境を話すところまではなかなかなれず、今、初めてひな子さんに思いの丈を吐き出しました。ご免なさいね。受け止めてくださると勝手に思ったのです。これからの事、過ぎ去った事、思い煩っても良い答えは出てこないのです。今、与えられたことに目を逸らさず、感謝の心を持って対処していきたいと思います。

そうは言っても、日に何度とくじけそうな迷いの心になります。立ち返る仏様の教えを支えに本を読んでいます。ここに来る時に、そんなに重い本をと言われたけれど、多くの生きて死ぬための本を持ってきたことが、今、私を支えてくれています。これも皆、主人が亡くなって私に遺してくれた教えかと「捨身成仏」という言葉を噛みしめています。

Kが私と一緒に父親を看病した期間、そして入院から闘病、葬儀までの写真が残っています。きっと今、Kも心の中で父の教えを噛みしめていると思いますし、そうあってほしいと思います。思ったよりKは落ち込みも見せず、普通に振舞っていますが、それもきっと父の闘病が教えているのでしょう。運命は避けられません。この世のことはみんな意味のあること、それを探して生きる道を見つけるのがこの世の修行なのです。

修行を重ねます。まだまだ私にはこの世で成すべきことがあるのですね。今を不幸と思わず、辛いという字に一本仏様から戴くまで修行してまいります。

あぁ、一気に吐き出しました。ご免なさい。ひな子さんが居てくれてよかった。ホントにご免なさい。ストレートに受け止めてくれる人はそう居ないことも解りました。今、しみじみと思います。ショックなことも良く分かります。きりがありませんね。今は、このような現状です。また書きます。ひな子さん、助けて！と本音は叫んでいます。

ソイクラトン（4月の水かけ祭り）
Chang Mai　高橋悦子　→　Kasugai　梶田ひな子　2012・4・13

ひな子さん、何もかも受け止めてくださって有難うございます。勇気がいただけました。傾聴のお仕事をさせていただいて、このことの本当の意味と大切さも改めて感じました。どこまで自己開示できるか、それは傾聴してくれる人との信頼関係ですものね。

ひな子さん、今日も良いお天気です。Kは穏やかに自分の現状を受け入れているように見えます。妻のTに対する感謝の表れでしょう。ひな子さんもご承知のようにKもTもわがままな性格です。札幌の息子Mは良くそれを言っていました。この度もこんなメールをくれました。

《初期だというので少しは希望も持っていますが、声を失ってしまうと思うと、親父の事を思い出します。何分、異国という感覚、何をどう言ったらいいのか解りません。Kは覚悟を決めてそちらに住むと決めたのだから。「頑張ってください」と伝えてください。正直言って、Kの生き方を理解できないままにいます。勿論Tのことも。

これまでKとその家族の生活を支えてくれた本当の恩人は、同じ病気でこの世を去った親父であったと思ってくれたら学ぶべきことも見つかるでしょう。親父の遺してくれたものを抜きに、今の人生を築けなかったのは明白です。その意味においては、僕も死して尚、Kや僕を見守っている親父への感謝の気持ちを忘れたことはありません。親父の遺してくれたもの、それは有形なものだけではなく、生き様・死に様・そしてすべての人格です。人はそれぞれ、誰も知らない部分を知っていますね。僕にとって、そんな親父の「部分」は僕の宝物です》

ひな子さん、親って辛いものですね。札幌の息子の心もよく解るのです。昨日ママからのメールで、このごろはパパが無口になったと言ってきました。あの子なりにいろいろ思うことがあり、Kのこともどんなに案じているか痛いほど解ります。本当にみんなこの世で作った私の罪、どんな事にも耐えていきます。でも私にはこうして全てを受け止めてくださるひな子さんが居ることの大きさ・有り難さ。身内ではどうにもならない支えです。

外はソイクラトンの水かけで水を掛け合う大声が聞こえてきます。綺麗な夕陽が差してきました。今日は大根を煮てほしいということで、朝からじっくり煮込みました。食べられるのは有り難いことです。少しでも栄養を取って病気に立ち向かってほしいです。

まだまだ先の事ですが、プロヴォックスという咽頭全摘出した人の声のサポートの器具がネットにより日本で手に入るとか。そのうちにそんなものも使えるようになれたら希望が持てるのかなあと思います。日本には今、いろいろな病気の補助器具があるようですね。長期の事も視野に入れて、あの子たちも希望を持っているようです。

Kの病気

Chang Mai 高橋悦子 → Kasugai 梶田ひな子

2012・4・19

ひな子さん、お電話を有難うございました。元気が出ました。

17日から2泊3日で抗がん剤治療を受けて今日、自宅に戻りました。

今後は毎週月曜から金曜まで放射線治療に通院だそうです。見た目は明るく前向きに現状を把握して、ツイッターに書き込んで自己開示もしているようです。暗く籠ったらどうしようと案じました。本当の胸の内を考えると不憫に思えるのは馬鹿な親心ですね。

先日も電話で話したように、人生の舞台が長ければ暗転の時も何度か訪れます。業の深い者は仏様が目を覚まさせてくれるように暗転をお与えなんですね。Kの病気が私に隠遁の本当の意味を教えてくれました。

この家に入って本当に思ったこと、ここへ来るのに良寛の五合庵を訪ねて決めたこと、そう、ひな子さんにも庵として暮らすと話したこと、それなのにうかうかと娑婆の楽しさにうつつを抜かしてはしゃいでいた今までの年月が夢のような、泡沫のような……。でもそれはそれでいい貴重な体験でした。

この1ヵ月、ただただ、生と死、曹洞宗の仏の教えと向き合い、心をシンプルに誰とも会わず、現状と向き合い、シドロモドロの中でおぼろげながら心に冷静を保つことのバランスが保てるまではまだ努力が要りますが、目標が見えました。独りを養う、何と贅沢なことかと感謝します。

折角戴いた時間、環境、読書三昧、夢三昧、独りだからこその心の贅沢が有り難いのです。

ひな子さん、本当にお話したい人は多くは要らないのですね。在家得度の後、専門尼僧堂の青山俊董尼が、在家で学ぶことは仏門に入ることよりある意味では厳しいことですよ、と毎月の接心の会の時に教えていただいたことの意味が、今おぼろげながら見えてきました。

楽しい誘惑に負けて安易に生きる、それぞれの生き方があるのに自分を見失っていることに気付かない愚かさ、祈ることの大切さ。最後に残してくださった掌を合わせ祈ること「この世の最上の技」の言葉をしみじみと噛みしめています。

もう桜も葉桜でしょうか。短歌の結社を辞めて、ここで始めた80の手習いの俳句に出合って良かったと思っています。句会には出かけます。結社の主宰は苫小牧で俳句を始められた方です。偶然ですね。大野林火の門下です。チェンマイ句会を始めてくださった方も素敵なひな子さんのような若い方ですし楽しいです。毎月の句会や、投稿など期限のあることは励みになり下手な横好きでも純粋になれることが何よりです。これも長年の短歌のおかげでしょうね。

またまた何でもお喋りしました。お付き合い有難うございます。ひな子さんは私の心の支えです。お元気でご活躍ください。

東北の惨状視察　祈り

Chang Mai　高橋悦子　→　Kasugai　梶田ひな子　２０１２・５・16

※私はオーバーワークによりメニエールでついにダウン。点滴して、ＬＣの水谷寿美子さんと東北三陸の惨状を視察旅行。その報告後に届いたメール

ひな子さん、お疲れ様。いつも全力投球するのでちゃんと何処かで体にストップがかかり、守ってくれるのですね。まだまだ長持ちさせて少しは力を出し惜しみして余力を溜めておかないと周りの人が困りますよ。

＊

Ｋはまだ入院していますが、口から食事が摂れないのが困ります。一時退院してきた時は美味しいと言って好きなものを食べて喜んでいましたのに、傷口の化膿のため感染症が怖いです。一難去ってまた一難、こんな繰り返し。これも「生きること」なんでしょうね。蛋白質が不足とかで札幌の息子が栄養ドリンクのようなものを探してくれます。それよりここでは購入できない人工声帯で声が出せる基部を申し込みました。本体は医師しか購入できないもので、それに付随した補助器具は日本で購入出来るとのこと。いろいろ息子が問い合わせてくれていますが、国が違うと難しいことや叶わないこともあります。Ｋはそれに望みをかけていただけに可哀相ですが、

世の中できることとできないことがあります。兄は何だかんだ言っても、いざという時は奔走して何とか良い方法はないかと考えてくれます。日本で出来ることなら何とかすると考えてくれている気持ちが嬉しいことです。兄弟があって良かったと思います。

Kを見ていると、昔の主人のことを思い出し、Tが私と同じ思いをしているのが不憫に思います。不思議な運命です。Kには先の長いことを視野に置いて焦らず現状を受け止めてほしいと祈ります。

東北の惨状を目にして辛かったでしょうね。送っていただいた画像を見るのも辛いです。これからですよね。何でもそうですが、当事者は日が経つごとにフラッシュバックするのです。私の戦後がそうですもの。年々、語る者が居なくなり口を閉ざしていくのです。

みんなみんな与えられた運命、誰を恨んでも辛くなるばかり。抱えて生きなければなりません。それでも何処かに灯りを見つけましょう。

ひな子さん、安心してください。悩むだけ悩み、どん底を見たら這い上がるよりないのですね。今まで何度それを繰り返してきたことでしょう。人さまに良く明るいねと言われるけれど、あっけらかんとしているのはそんな経過からです。

それぞれの一度きりの一人芝居、どんな結末になっても与えられた人生、受け入れようと思います。長々とお邪魔しました。今日は割と涼しいです。名古屋は夏日になるとか、どうぞオーバーワークにならないようお大事にしてくださいね。

戦争は嫌、今日は樺太から逃げた日

Chang Mai 高橋悦子 → Kasugai 梶田ひな子

2012・8・20

ひな子さん、今日は8月20日。そうです。今日は樺太で私が着の身着のまま稚内の桟橋に命からがら白旗を立てて上がった日です。そして、19日に電話交換手だった友だちが港まで送ってくれて内地に着いたら何とか連絡して会いましょうと別れ、最後の連絡をして青酸カリで9人の乙女が自害したのです。8月は鎮魂の月。そして、生きている負い目のようなものが私を苛みます。若くして亡くなった多くの同胞、悔やんでも悔やみ足りません。これは私が死ぬまで引きずっていく思いです。

戦後67年、良いにつけ悪いにつけ8月は受難の月です。12日にチェンマイの日本人教会で「戦争体験を語る会」が催されました。そこで何か話してほしいと言われて後世のために重い口を開きました。淡々と語る話に、若い方が涙を流して聞いてくれました。今の世の中では信じられない、その体験をした人が目の前にいると言って聞いてくれました。天に向かって多くの同胞に懺悔《ざんげ》しました。二度とこのようなことがあってはならない。私の人生のどの一コマを切り取って

「チェンマイ戦争を語る会」 高橋悦子さん

も、あの日を引きずっているのです。話し出したらきりのないこと、ひな子さん、よく覚えていてくださいました。有難うございます。

今もどこかで争いが絶えることがありません。愚かな悲しいことですね。人間にとって、他の傷みを知ることがどんなに大切なことか、心しなければなりませんね。

今の領土問題、どうして共有できないのでしょう。戦後50年目に樺太に慰霊碑を建てる時に行きました。ひと目故郷樺太の山河を望みたい、帰りたくても帰れないで亡くなった多くの人の御霊を慰め、故郷を失くした無念の思いを晴らすべく向かった故郷。そこにかつて遊んだ野原・夕陽の沈む丘に、ロシアの子どもがいて、私たちにほほえんでいるではありませんか。その時ほど戦争は嫌だと思ったことはありませんでした。もしまた、この樺太を取り返して、何も罪のないこの子どもたちが私の味わった悲しみをするのだと思った時、人間の欲とかエゴを感じました。私は、お人よしとよく言われます。でも、いいのです。争いは嫌です。政治のことはよくわかりません。ましてこの頃は、争いは嫌だと思います。

ぼけたらあかん、長生き しなはれ

Kasugai 梶田ひな子 → Chang Mai 高橋悦子 2012・8・20

悦子さま　今日みんなに見せて大笑いしたあの話とは……こちらです。拶子さんにも送りました。中津川の馬籠宿で見つけて、悦子さんに渡すようTちゃんに預けた日本手ぬぐいに書いてあった言葉。以前にこの言葉を送ったら、即、チェンマイの三婆トリオがパーティで寸劇をして拍手喝采だったとか。笑いは心の妙薬です。あの三婆劇を思い出してお笑いあそばせ。

HAIR MODE Anneさんの佇まい

Chang Mai 高橋悦子 → Kasugai 梶田ひな子 2012・9・26

ひな子さん、アンさん姉妹に写真を送ったとか。有難うございます。私こそアンさんは失意の中で長い髪を切ってもらって再生をした場所なのです。2人が黙って私の話に寄り添ってくれたあの温かさは今も忘れません。今の六軒屋に独立してお店を出した時、私は鳥居松でお世話になっていたのでそのまま今のお店に移ったのです。アンさんは私の憩いの場だったのです。人の出会いは不思議です。ひな子さんの通う美容院が私と同じだなんて……。昨年のお誕生日には3人でプレゼントをくださいました。「輪」が「和」になると言って……。久しぶりにアンさんにメールしました。懐かしかったです。あの2人の佇まい、素敵ですね。

引き算と足し算の人生

Chang Mai 高橋悦子 → Kasugai 梶田ひな子 2012・9・27

ひな子さん　こうして助けられて生きることの出来る私は本当にありがたく、毎日が感謝感謝の暮らしです。

いろいろな事がありますけれど、ひな子さんの言うように、何でも原因があり、結果があること、総て自分のための教えと受け止めるとしなやかに生きられます。引き算と足し算の人生、人は人、私は私。自分が可愛ければ、人の痛みや喜びも黙って共有できる。そんなにして、さらさらと邪魔にならない生き方、本当の「遊戯三昧《ゆげざんまい》」で、心を解いて風に逆らわず行くのがこれからの人生の修行だと思います。

悲しい知らせが届いた。Kさんの命が尽きた。消えた。亡くなる直前までパソコンに文章を書き込んでいて夜中、遂に倒れたと聞いた。自分の人生を生き切ったKさんの姿が目に浮かんだ。覚悟はしていたが辛い。２０１２年の晩秋11月12日。抗がん剤や放射線治療やあらゆる手段を使い、家族の深い祈りの中で、彼は気丈に自分を支えて、母が悲しまないようにいつも指でピースをつくり笑みを見せていたという。

悲しい知らせが来て、葬儀の供花と般若心経を届けたが、この大変な時期の記録も、後に届いた写真以外はすっぽり抜けている。

送られてきた葬儀の写真には、黒いスーツを着る悦子さんの横にグレーの無地の着物に黒っぽい帯を締めたタイ人のTちゃんが写っていた。悦子さんが義娘のTちゃんにプレゼントした着物がこんな悲しい場の正装になった。一度も見た事のない悲しい表情だった。札幌のMさんと私の名がローマ字で書かれた球形の大きな美しいタイ式の供花が切ない。悦子さんとTちゃんをこの手で抱きしめたい思いで写真を眺めた。涙で見えなくなった。

息子を頼りにして終のすみかとしてチェンマイへ移住したのに、その頼りの綱が切れてしまった悦子さんの心と躰を案じた。そして、最愛の夫に先立たれたTちゃんの心を案じた。慰めの言葉は見つからない。どのように声をかけても何の力にもならなかった。

いつか、年が暮れて新しい年に代わっていた。身の周りに何があっても人は生きていかなくてはならない。それが災害であっても、戦争であっても、大事な人との別離であっても。

Kの百ヵ日
Chang Mai 高橋悦子 → Kasugai 梶田ひな子　2013・2・20
ひな子さん。札幌の友人が昨日札幌へ帰り、今日はKの百ヵ日でした。朝8時にお供え物をTが心を込めて用意してくれて、2人でお寺へ行きお経をあげていただきました。またひとつの心の区切りをつけました。若いTが心を込めて供養をしてくれ、この老いの私の身を案じて見守ってくれるのが有り難く、涙して不憫に思います。Kは幸せな人生だったと思います。
人生にはいろいろな事がありますが、どれも自分に無駄なことは一つもないのだとこの頃思います。それをどう受け止め、殺すも生かすも自分次第、そう思えるようになりました。渡辺和子著『置かれた場所で咲きなさい』が、今の私にはいちばん身に染みる図書になっています。

感謝　お位牌　佛の道

Chang Mai　高橋悦子 → Kasugai　梶田ひな子　2013・3・2

ひな子さん、明日は雛祭り。今頃はお孫ちゃんのお傍でしょうか。幼い頃が懐かしくなります。みんなそういう時があったのね。5歳の時のたった一枚のお雛様の前で写したセピア色の写真を眺めています。

早速、勝手なご相談をお聞きくださいまして有難うございます。嬉しくてとめどなく涙が流れます。ひな子さんのお心、身に沁みます。

位牌は大きくなくていいのです。いずれにしても嫁のTにKの位牌を持たせてあげたいと思い立ちました。文字は「○○日泰居士」。裏に2012年11月12日と書いていただきたいのです。本当に助かります。生きているうちに為さねばならぬことがありもう少し生きねばなりません。

位牌入魂

早速、梶田家の菩提寺である春日井市下原町の玉雲寺の住職にお位牌について相談した。諸事情を汲んでくださってタイへ送るお位牌を鳥居松の高木仏壇店を通じてつくってくださった。我が家の仏壇仏具もここであつらえたから御縁が深い。

寺の正式名称は「松原山玉雲寺」。曹洞宗、本尊は釈迦如来、釈迦牟尼佛。道元和尚が開山した永平寺を大本山とする。住職は先代住職を亡くされた後、若くして寺を継いで弟さんとともに檀家と地域を守っておられる。人のこころの痛みに寄り添った丁寧な法話をされるのは自身の経験があってのことだと背中から感じている。

お位牌に入魂する日は3月半ば、桜の蕾が固い皮をふっくりほどくような優しい風の吹く日だった。広い本堂には和尚と喪服を着た私だけ。いつも深くて太くよくとおる声でお経をあげてくださる。お経が、胸の奥にずっしりと響く。大きな木魚がポクポクと打ち込まれ、大きなお鈴《りん》の音がチ～ンと広い本堂に響いた。

「〇〇日泰居士」新しいお位牌に魂が込められていく。

「日」は日本、「泰」はタイ。日・泰を愛したKさんの戒名に魂が入った。入魂の写真をチェンマイのご母堂に送りたいと話したら、住職は快く承知してくださり写真に収めた。心が研ぎ澄まされる時間が流れた。

南無釈迦牟尼仏　南無釈迦牟尼仏　合掌

お位牌

Chang Mai　高橋悦子　→　Kasugai　梶田ひな子　2013・3・21

ひな子さん　只今、Kがお位牌になってチェンマイの私の胸に戻ってきました。胸いっぱいで言葉もありません。今日は偶然にも、私の父の祥月命日です。そして、お彼岸の中日です。これで何もかも安心しました。もういつ死んでも良いと申しましたら、今度はTに、まだ死にはしないと言われました。同じことをKに言われたことを思い出します。

本当に今日はとても良い日でした。有難うございます。

夢想庵で年の瀬に思う

Chang Mai 高橋悦子 → Kasugai 梶田ひな子　２０１３・12・17

ひな子様　怒涛のような週末だったとか、充実した毎日が何よりとお喜びします。その中で仙台と名古屋のお孫さんに癒されて元気を戴いているひな子さん。私もそのお裾分けを戴いて、何ともほんわかと幸せな気分に過ごさせていただいています。

A様のこと、胸が痛みます。そして現代医療のあり方に疑問も感じます。何か自然でない今の世のなか、「命の在り方の尊厳」を遠くに追いやっているようで悲しくなります。チューブに繋がれたまま「なかなか死ねない現代」は考えさせられます。生き方を疎かにせず覚悟をして生かさせていただくこと。死の話は大事なことなのになぜか避けられてしまいますね。自分にだけは死が来ないような錯覚。永遠の命は心の持ち方のように思いますが、これも私が高齢者だからでしょうか。人間はいつも元気でいられるものではないのだから、心の健康だけは失いたくないと思います。

「般若心経」は拘らない心、捉われない心、偏らない心のお経だと悟って、難しい理屈は抜きにしてシンプルにこの世の修業かと毎日唱えています。今まで、悲しいこと、辛いこと、死んでしまいたいこと、たくさんあったけれど、そしてこれからも「まさかの坂」が待っているかもしれないけれど、でも、みんなみんな私に与えられたこの世の約束事ならば仕方のないことですね。人事を尽くして天命にお任せ、そんなことを思えるのも今が幸せと思うからでしょうか。
よく人さまに、悦子さんは何も悩みが無いようでいいわねと言われるけれど、ああそう思われるだけでも有難いと拝みます。何もないこの「夢想庵」。一服のお茶に人さまが憩いの場所としてくだされば、重い人生の荷物を置いていける場所であれば嬉しいです。

この世の事はこの世で終わると言い聞かす胸の奥処《おくど》に花ふぶきいる　悦子

タイの政情は落ち着きましたか

Kasugai　梶田ひな子　→　Chang Mai　高橋悦子

2014・6・14

悦子様　梅雨に入ったものの、この地方は本格的な雨は余り降らず、今日も晴れています。北海道は大雨（特に白老）などというニュースを聞きながら白老の海や樽前山の佇まいを思い出しています。タイの政情のニュースは、ここのところ落ち着いたのか、それとも変化がないのか、あまり放映されなくなりました。（略）　春日井さくらライオンズクラブの次期の理事の仕事が始まり、書道会ではイタリア書道交流企画の書類を提出し、小学生の教室が新たに始まったりして相変わらずの日々です。20年ぶりに喉風邪をひきました。活動の引き算をしなくちゃね。篠木町の友人は白内障と緑内障の手術をすると話していました。機械でも油を差したり部品を入れ替えたりするのだから、これからは自分を労りつつ過ごさなきゃいけないと本気で思っています。サムエルズ・ケイコさんからインドで求められたという英語のお経を送っていただきました。

この海に壁など要らねという友の告白聞きぬ弥生のすずめ
海と空を埋めつくそうよ石巻に命を込めて吹くしゃぼん玉
ふるさとを出たわたくしはふるさとの遠景ばかりの頁をめくる
遠景に風の音あり青年に祖父の法事の予定を知らす
うすももの春のことぶれマスターが特別な日の一皿を出す
憂さ晴らしの右近のさくら言い負けてそれでも嬉し春のくちびる
桜鯛・師崎《もろざき》浅利《あさり》・ムール貝のアクアパッツァ　うすずみの夜
幻想は桜散る夜の言葉かな　終身雇用は昔のはなし

右、久しぶりに短歌モードです。明日は泊りがけで伊良湖岬にて東海三県のメンバーが集って「名古屋歌会伊良湖岬吟行会」です。深夜サロンで研究会をするので、集まった資料をまとめて印刷しています。

男声合唱とピアノのためのミサ曲第４番「炎上」
Kasugai　梶田ひな子 → Chang Mai　高橋悦子　２０１４・５・20
悦子さま　日曜日は愛知県芸術文化センターコンサートホールにて「グランフォニック第12回

定期演奏会」が開かれました。これは名古屋を中心とする男声合唱団のコンサートです。この合唱団の中心的なリーダーが、わが次男の岳父、義娘の父親N氏。東京の大学グリークラブで指揮者の勉強もなさった方だから作曲・編曲から指揮・オペレッタの制作までこなされます。素晴らしい歌声も、勿論出番がありました。

今回のテーマは一貫して「愛と祈り」。

ステージ3は、男声合唱とピアノのためのミサ曲第4番「炎上」。

今から69年前の東京大空襲で母親を失った宋左近が、ラテン語の歌とともに日本語で母親への思いを歌った難しい曲。「追悼においていちばん大事な問題は、人の死と生き残った自分との関りがどうであったかということ、そしてその死を契機としてこれからの自分の生き方がどう変わっていくかということであろう……。まだ生存している自分というものを深く意識し、追悼や反省を踏まえつつ、これからの自分の生き方を確認することに他ならない」「この曲は、死者の安息を願うレクレイムにとどまらず、また単なる反戦歌にもとどまらず、戦争や津波や交通事故や病気などの理不尽な死も、寿命を全うした大往生も、総ての死を包み込みながら、明日に向かう我々の生きる決意表明になるべきではないだろうか。凄まじい不協和音の塊や、迫りくる火焔を思わすピアノの響きが螺旋運動となって、宇宙の原理に到達できますように」（パンフレット）

ステージ4は、音楽物語オペレッタ「新・パパの子守歌」いのち…受け継がれゆくもの。

N氏のオリジナルな音楽物語。自身が若い頃に海外に単身赴任をした体験をもとに、現代に即して書き直された物語です。次男の結婚式の時に花嫁の父として歌ってくださった「パパの子守歌」が源です。国際電話で「パパー」と呼ぶ場面は、義娘と孫娘だと思って、配役の女の子にイメージがダブりました。親を見送って、新しい命が育っている……そんな中でまさかの病が……という「命……受け継がれゆくもの」のシナリオに深く感動しました。

辿りし道はどれも美しい

Chang Mai 高橋悦子 → Kasugai 梶田ひな子　2013・11・29

ひな子さん　今日、鹿毛千鶴子さんからお手紙が届きました。私のように生涯故郷を離れて流離う者と、一所一生の千鶴子さん、何のご縁でしょう。「ひな子さんのような友人が持てる悦子さんは幸せな方と思います」と。その通りです。勝手に人生まるごと預けて、後はどうでもと言える人はめったにあるものではありません。困ったものとひな子さんは思うでしょうが、あの世で渋谷さんが苦笑しているかもね。

この頃、ふともうあの世が近く感じられる時が多くなりました。あれこれ考えるのも心の欲かと思う時があります。よくよくの業ですね。

ケイコさんのご主人カールさんが、先週小手術をなさって2日入院されました。今朝は電話があって、元気とのこと、安心しました。

喉の風邪は治りましたか。今頃は、伊良湖かしら。伊良湖には片田弐六先生が毎年10日ほど保養に行かれました。私もお供したかったのですが、あの頃は家事に忙しい時でした。毎日葉書をくださいました。

灯台の歌書き添えて伊良湖は雨と便り届きぬ

と詠んでお返事したことが懐かしいです。辿ってきた道は、どれもどれも美しい。心が美しく変えていくのですね。

久し振りにひな子さんの短歌を読みました。1首目2首目、石巻のお友だちの〈壁など要らね〉と言うお顔が見えます。被災地の方の思いは切ないわね。〈ふるさとを出たわたくし〉、〈ふるさとを追われたわたくし〉、時代を感じました。ふるさとを思う時、素直になります。人それぞれがかけがえのない人生。自分の終わり方をしっかり見据えました。私の言うことはみんな遺言だと思ってね。

体の部分も随分替えました。もうあるがままの自然死を願っています。痛いところ、不自由なところばかりですが、今は「もう出来ぬ」ではなく、「まだここは出来る」と、出来ることに感謝しての毎日です。周りの方々に支えられながら、チェンマイで思いがけない第三の人生を戴いています。逆戻りの出来ない運命、それも意味あることなんですね。悟りたいと思います。どう死ぬかはどう生きるかということ。生死一如、この頃仏教書を読み自分なりの終末を考えます。心安らかになります。これをどう息子に伝えたらいいか。もう自然に任せようと思います。この世は仮の世。修行の場ですね。そう思えばどんなことも耐えられるし、過ぎてみると堪えて来て今があると気づくのでした。都合の良いようにはなりません。

雷の去ったあと、美しい夕陽です。今日も無事に閉じようとしています。昨日バンコクから来た人から、お刺身用の烏賊を戴きました。何年ぶりでしょう、自分で烏賊の皮を剝いたのは。厚揚げもいただき甘辛く煮付けました。そんなことがとても幸せに感じます。人とのささやかな交わり、そしてこうしてメールで傍らに居るように聞いていただけることの安らかさ。有難うございます。

またくどくどと独白《ひとりごと》。読み棄ててください。ご活躍を祈ります。タイのクーデターもだんだん下火？ 平常な毎日で、観光客もあり、不思議な世の中です。また、もう暫くお付き合いを。

クーデター歩哨の兵やカンナ燃ゆ
春愁や日々に忘れること多し

もう7月
Chang Mai 高橋悦子 → Kasugai 梶田ひな子 2014・6・29

……そんなこんなで呑気な私もさすがに何処か無理があったのでしょうか。

2週間前ぐらいから耳の奥が痛いような目が痛いような、歯が疼くようで微熱があり、帯状疱疹と気づきました。放っておいても3週間ぐらいで治るらしく、今日は大分よくなっています。これも生きている証拠。食欲もあり普段通りに何でも変わりなく出来ています。

今月は私の誕生月。帰国する友人が昨日も食事に誘ってくれました。もうお誕生より終末の心がけ、心の中で今日お会いした方と今生の別れかも知れないと思うと毎日が充実して生きていられます。先日も、サムエルズ・ケイコさんとこんな話をしました。

「最後の別れなんて嫌だから私が死んでも誰にも来てほしくない」

「解った、私が偲ぶ会の発起人になって悦子さんの人生に乾杯するわ」

と言ってくれました。お世話になった方々に「いろいろあったけれど、90近くまで思うように生きて幸せだったわね」と言ってほしい。

ひな子さんもそう思ってね。他の方にもそう伝えてね。たくさんたくさん、ひな子さんには助けていただきました。今もそうです。誰にでもその話をします。皆さんはそれだけでも幸せね、と言ってくれます。またまた馬鹿なことと、お笑いください。元気でいます。

フィリピン・スービックのアクティビティ

2015年1月

春日井市内にはライオンズクラブが4つある。春日井LC・春日井中央LC・春日井けやきLC・そして私たち女性だけの春日井さくらLC。今年度のメインアクティビティは、フィリピンのスービックにある助産院「スービックマタニティクリニック」の視察と支援だった。クリニックの所長富田江里子氏が取材されたTV番組「世界の村で発見！　こんなところに日本人」がきっかけで、4クラブ合同のアクティビティとなったわけで、

① スービック助産所支援 チャリティー・バザー（春日井まつり会場）
② 講演会「世界で生きていける子を育てよう」（総合福祉センター）
③ フィリピン・スービック助産所視察、子ども服と医薬品支援
④ フィリピン・タンブリライオンズクラブとの友好
を目的とした。

私たち一行は、キッズリサイクルショップ経営者の梁川京子さんを中心に大型トランク5ケース以上もの物資を運んで、スービックに着いた。埃だらけの凸凹道を単車に椅子の付いたような車に乗せてもらって到着した。クラブの支援金とLCIF交付金も使って2階建ての白くて新しいクリニックが出来上がっていた。貧しいなか、簡単に若くして子どもができてしまい、育てる術を知らなくて困っている。そして現地のお産婆さんもお腹をぎゅうぎゅう押すような助産をするため、妊婦の死者も多く出している。

総て教育だと思う。教育が及ばないのだ。普通の教育も性教育も必要だと感じた。発展途上国と言われる貧しい国々で貧しい子どもが多く生まれ、貧しいまま命を落としている現場を垣間見たような気がした。このような支援で、未来が明るくなるのだろうか。多分、小さなきっかけにはなるが、真の解決はしないいままだ。地道な歩みが要るだろう。

今朝生れたばかりの赤ちゃんを、先ず伊藤典子会長が抱っこしてあげた。若すぎるママが嬉しそうに微笑む。私たちも次々に抱っこした。ミルクの匂いのする嬰児《みどりご》に幸せになってほしいと願

う。フィリピンでは、多くの人に抱っこされると幸せになると言い伝えられていた。

これから先、10代のお母さんは、この赤ちゃんをどのようにして育てていくのだろう。裸足で一枚だけシャツを身につけた埃だらけの子どもたちは、感染症になかなかかからないともクリニック所長の冨田さんから聞いた。感染症が流行ったとき、真っ先にかかるのは清潔指導の行き届いている駐在員日本人の子どものみ。皮肉だな。貧しい現地の子どもたちには、免疫がついているのだから。でも、生と死は背中合わせの厳しい地域に住んでいる。

「生きる」こと、「生かす」ことを学んだ5日間は、大いに学ぶことがあった。

帰りましょう、日本へ

さて、フィリピンでのアクティビティを済ませて直接タイのチェンマイへ飛びたかったが、飛行機のトランスファーの都合が全くつかない。JTBの担当者から、セントレア中部国際空港に戻ってから改めてバンコクへ飛んだ方が良いとアドバイスを受けて一旦帰国。翌日、セントレアからバンコクへ飛び、チェンマイ入りした。

初めはいつものようにチェンマイの街を楽しみ、お友だちの家を訪ね、ミマンへミンのデパートをめぐり、楽しんだ。悦子さんの家は夢想庵として、多くのお友だちがきて休んでいく憩いの場所になっていた。庭の大きなブーゲンビリアは美しく咲きこぼれている。Kさん亡き後の池と花壇は主を失って、水も花もなくなっていた。隣家のTちゃん家にはお仏壇代わりのテーブルに亡くなったKさんの写真と春日井市の玉雲寺であつらえたお位牌があり、お菓子や花が飾ってある。

Tちゃんがなかなか立ち直れないようで口数が少なかった。家の中から灯りが消えていた。普段でも薄暗いタイの家がもっと昏かった。

＊

最後の夜、悦子さんが私の泊まっているホテルを訪れた。ベッドの上に正座して、私は人生の先輩である彼女に意見した。今ならやり直せるから帰りましょ！　日本へ。

……………返事はない。

私、悦子さんに絶交されてもいいから。

私、悦子さんに憎まれてもいいから。

……………

辛かったけれども、真剣に、これから「生きる」ことを伝えた。

日本に帰ってどうしてもやってほしいことがある。

札幌の息子さんに真向かい言ってほしいことがある。

あんなに多くの人に見送ってもらってここへ来たのに今更帰れない。

……………

帰りましょ！　日本へ。Tちゃんの将来も考えて……。

Kさんはもうここに居ないの。この世にいないの。ねっ、帰りましょ！

翌日、滞在最後の日、2人でホテルの近くのマッサージ店で心と足を癒した。足はとても軽くなったけれど、心は重いままだった。私は、鬼になっていたかもしれないほど真剣だった。間違っていたかもしれないという思いも片隅にあって、昏い灯が点ったり消えたりしていた。

あれから1ヵ月、夜も寝られず

Chang Mai　高橋悦子 → Kasugai　梶田ひな子　2015・2・23

ひな子さん　あれから1ヵ月、夜も寝られないほど考えました。そして、日本へ帰りたいことをTに告げました。「今更どうして？」と意外に思っていたと思います。先ず、この先の展望がないこと、私の老いの不安、今この時に決めなければ先延ばしに出来ないこと、私とT2人の将来のことなど話しました。私は4月の1年ビザ延長のイミグレの時に帰りたいと言いましたが、Tは、1年延ばして、来年でパスポートが切れるし、Tの心や身の整理もあるとのこと。考えてみて、息子にも今までの我が儘を詫びてからと思いました。この1年の間に決めようと思う、と息子にメールしました。

息子は7頁びっしりのメールをくれました。先ず私の身勝手さ、今までの生き方、Kとの軋轢、そして自分の生い立ち、大きなトラウマを抱えながらこれまで親父の生き方を手本に、そして憧憬を持って生きて来たということ、謝るなら親父に詫びてほしいと言われました。嬉しかったし、すまないとも思いました。ただすべての人（義理の身内）に感謝して、私の我が儘を許すとか許さないとかより、ほとほと呆れるということです。愚かな母を反面教師であの子は生きて来たのだと知りました。

最後に、僕は今までのように帰国そのものを反対も賛成もしません。「好きにしてください」と答えるしかありません、と結んでありました。私の自業自得です。ひな子さん、目が覚めました。なんて愚かなことか。ただいつも周りにいい人ばかりの出会いがあって、どんな時も私を励まして呉れる人がいることに甘えていました。ひな子さんのおっしゃる通りです。いちばん大切な家族を甘く見ていた愚かさ、これから1年以内に息子と話し、詫びて帰国したいと決めました。誰にも頼らない方法を見つけて帰国しなさいと言われました。そうですよね。

こんなことが無かったら、チェンマイで野垂れ死にするところでした。本当にご迷惑をおかけしました。いつもいつも肝心な時に、助言を戴いて感謝しています。今回、もしお会いしなかったらこの機会は違う形でどうなっていたでしょう。恐ろしいことです。奇しくも私の父の命日に息子にメールして、今日、高橋の義父母と夫の命日に息子から返事をもらいました。このことを大事にしたいと思います。

子どもの気持ち

Kasugai 梶田ひな子→ Chang Mai 高橋悦子

2015.2.24

悦子さま　メールを何回も何回も読み返しました。あと1年の間に帰国を決めるということですね。息子さんに生きている間に連絡がついて、本当に良かったと胸を撫でおろしています。子どもの立場から見て精いっぱいの苦言だと思います。あのとき高橋さんと迎えに行かなかったら、父母の心を知らない人生になっていたでしょう。それが幸せか否かは分かりませんが、メールで拝察する限り、亡き夫君が我が子以上に慈しんで最大級の愛情を注がれたことが私には分かります。だから、だから、僕よりも父親に謝ってほしいという言葉になったのでしょう。父親を誰よりも尊敬されています。とにかく、生きている間に話ができたことを、私は心底良かったと思っています。

Chang Mai 高橋悦子 → Kasugai 梶田ひな子

2015・3・7

ひな子さん、あれから帰国に向けて多くの障害をクリアするべく眠られない夜もありますが、自業自得、先ず4月の一年ビザ更新が終わってから具体的に決めていくことと考えています。不思議なことに、Kが死んだ翌年1月にひな子さんが来てくださり、2月に札幌の教会の高橋洋子さんが来てくださいました。ホテルに着いた夜に彼女は骨折をして、全治に半年もかかるのに、帰国しても終末医療・講演・保育士・母子読み聞かせ文庫などのお仕事をこなされていました。

私が日本へ帰りたいこと、息子の家に同居は出来ないことなどを話しましたら、早速に施設を調べてくださいました。後で、そのやり取りを添付します。

ひな子さん、今回のこともおかげで目を覚まさせていただきました。何時も岐路に立つとき、ひな子さんと洋子さんがいます。人を助けるということの冷静な判断、あの時ひな子さんが私の言うようにただ一時的に助けていただいていたら、深みに落ちるところでした。優しさの本当の意味、私は何時も安易に過ごしていたと思います。今回、息子にいちばん指摘された嫁のTとの関係が、身に沁みました。Tのことは散々ご迷惑をおかけしたひな子さんがご存知のことです。まともに見ようとしない私の意気地なさ・愚かさ。この1ヵ月、私の人生の終りにこんな試練に遭うとは……。あの子が今までどんなに胸に秘めてきたことがあったかを、今、厳しい言葉で言われるのはもっともだと思いました。

ひな子さん、これからまた、どんなにか私の愚かな相談に乗っていただくか、ひな子さんに頼りご意見をお聞きしたいことばかりです。忌憚のないご意見をお願いいします。

来月はソイクラトン。暑い日が続いています。こんな時に身体を壊してはいけないと自分に鞭打ち日々を送っています。70年前、命ひとつで逃避行したその頃に帰りたいです。

帰国に向けてご相談と　お願い

Chang Mai　高橋悦子　→　Kasugai　梶田ひな子　2015・3・7

ひな子さん、季節移住者のTさんが今月末に帰国します。私が帰国したいと言ったら、ご夫妻は「それがいい。早いほうがいい」と言ってくださいました。（中略）胸が痛くなりますが、少しでもまだ自分で当面のことを考えられるようにと老いの頭を使いきっています。ごめんなさい。胸いっぱいの思いです。札幌へご相談したメールを転送します。

Chang Mai 高橋悦子 → Sapporo 高橋洋子→転送 梶田ひな子 2015・3・5

……一生のなかには思いがけないことが起こります。

帰国のこと、驚かれたことと思います。話せば長くなります。私にもこのような展開があろうとは思ってもいませんでした。人生は此処で終わるものと半ば決めていましたのに、思いもかけぬ息子の死に遭い、その2年半の間、いろいろ考え、異国で老いていく不安に駆られました。（略）

何処か私のような者の入れる施設か小さな家は無いでしょうか。大きな所でなくていいのです。その方が私には良いと思います。帰国したら福祉課や市役所の相談室等も考えていますが、洋子さんのお言葉が忘れられず、思い切ってお願いをしました。突然、こんな相談をしてお許しくださいね。何かいい知恵がございましたら教えてください。

老いは容赦なくやってきます。今年で戦後70年目の節目の年です。命ひとつで樺太を追われてロシアの魚雷を避けながら難民のように稚内の港へ辿り着いたのは70年前の8月20日でした。まさか、今、このような岐路に立つとは思いもよらないこと。これも私の人生です。

誰にも言えないので、この1カ月逡巡しています。ご迷惑を顧みず洋子さんに打ち明けました。分かち合いの気持ちで、洋子さんの思いをお聞かせください。

札幌の教会の高橋洋子さんを通じて病院や医師が紹介され、温かい帰国の選択肢が差しのべられた。辛いときこそ人の真価が問われる。有難かった。

——大丈夫、きっとうまくいきますよ。

——一人暮らしでも高齢なので、いい距離感の援助者は必要です。

——オーナーの哲学に愛があれば全てうまくいきます。

——善き最終章になりますように。

ピンチをチャンスに

Chang Mai　高橋悦子　→　Kasugai　梶田ひな子　2015・3・5

ひな子さん　いろいろ悩んだ2ヵ月。イミグレーションで係の人との対面の時、毎年会う女性の係の前で、ちょっと書類の不備を訂正している時に、「いいです。この機会に帰国します」と言いました。「えっ、何ですか？」と驚かれました。Tが通訳と説明をしてくれて、「解りました」ということになり、その次の日にチケットの手配をしてくれました。

2ヵ月間、亡き息子の妻Tとじっくり話し合いました。憶測や疑いは嫌ですし、私が全面的に任せていたのですから全て私の責任。済んだことは済んだことと割り切って、何とかなると直ぐに札幌の洋子さんに連絡しました。とにかく、札幌市民に戻りそこから事を進めようと思います。今朝の電話で、もう具体的な入居先も知らせてくれました。有難いことでした。

それもこれもひな子さんが1月にいらしてくれた時のタイミングが幸いしました。

今日、サムエルズ・ケイコさんがインドからチェンマイへ帰ったと訪ねてくれました。前から気に入ってくれている楽焼きの茶碗に他のも加えて差し上げました。この帰国に、10年間の物を整理していたら、なんとひな子さんとのメールのやり取りのコピーが山ほど出てきて、それを捲っていると手が止まり、夜中に幾晩もかけて懐かしみました。その他にも想い出の数々、書の数々、毎年お茶会の時に掛けさせていただいていた桐箱のお軸。そうだ、ケイコさんのところなら掛けていただいても映えると思い、お茶碗とともにひな子さんにお断りなしで差し上げました。ケイコさんはとても喜んでいました。事後報告です。「遊戯三昧」の色紙など荷物の中に入れて送りました。他にもたくさん、ひな子さんからのものばかり。身の周りの物を整理するということ、捨てるということの決断、身一つで樺太を追われてきた時のこと。戦後70年の節目にまた日本へ帰る。何か運命的なことを感じます。

これもKが死んで、私にこの選択をさせてくれたのでしょう。Tに話しました。何時かは別れの時が来る。今なら2人とも何とか独りで生きられる。Tの将来、私の老いと健康についてじっくり話しました。お互いに納得した結論です。ひな子さんには人に言えないご迷惑をかけっぱなしです。許してあげてくださいね。

タイの会話も読み書きも出来ない私が、不自由なく今まで居られ、お友だちにも恵まれてきました。いい思い出だけを胸にチェンマイを離れたいと思います。誰にも知らせず、突然に今になって皆さんにお知らせして驚かせていますが、「あぁ、悦子さんらしい」と受け止めてくださいました。明日からは、お別れの会とかで1週間はあっという間に過ぎるでしょうね。今なら、サポート付き車椅子で帰れます。

ここへ来るのもひな子さん、ここを離れるのもひな子さんのおかげです。おかげ様に手を合わせます。日本の新緑に迎えられ、旧い友だちが喜んで出戻りを迎えてくれる。夢のようです。有難うございます。アンさんにもいつかまたお店の椅子に座らせていただきますと伝えてください。ひな子さん、札幌に来ることはありませんか。お話が山ほどあります。あと1週間で浦島太郎の日本人です。心して暮らします。

息子のことは息子のこと、そっと見守ります。同じ土地にいれば安心です。そう思っています。

般若心経

悦子さんは、札幌の教会・篤志家である高橋洋子さんや病院の先生らのお骨折りにより、サービス付き高齢者向け住宅での暮らしが始まった。7階建ての建物の背後は緑あふれる林の自然に恵まれ、徒歩圏内に種々の公共機関があり、そして何より病院併設。明るく楽しい家庭的な住環境の中で毎日を大切に暮らしている。

家具や最低限の家電は、リサイクルショップを巡って揃えた。最低限の物があれば、人と人との間で人は充分暮らしていけることを私は教えていただいた。

タイから持ち帰ってきたたった3つの荷物の中から大事なご主人のお位牌を出して真正面に据え、毎日感謝の「般若心経」の祈りのお経をあげている。大きな屋敷に住んでいた暮らしも、今のワンルームの暮らしも、「生きる」ことに違いはない。何がいちばん変わったのか。それは悦子さんの心持ちだろうと思う。小さな事にも感謝の念が生まれる。

「般若心経」が「個人の心」を救済するお経であることは書道大学の講義の中で聞いたことがあった。「法華経」は世直しとか、国の安泰とか、国を考えている側面があって、宮沢賢治や石原莞爾のような人が信奉した。「般若心経」に公共性はなく、一人ひとりの心を救済するお経であって、悦子さん風に言えば「有難いってことが書いてあるのよ」。釈迦直系のお経ではないし、釈迦が目指した最終境地でもないことを汲んだうえで、釈迦の教えと共通する世界観だからとフレキシブルな姿勢で各々の心に取り入れるならば、聖書の「主よ、我らの罪をゆるしたまえ」「アヴェ・マリア、恵みに満ちた方、主はあなたとともにおられます」「憎しみのあるところに愛を分裂のあるところに一致を　絶望のあるところに希望を」などと同じように意味がある。

それぞれの考え方がその人その人の力になればいい。「般若心経」もその役目を果たしている。

高橋悦子 → 梶田ひな子　2015．7

お電話嬉しく嬉しく良い夢を見ました。早や帰国して2ヵ月近くになり、その間役所の手続き、健康管理など、日本の目まぐるしさに明け暮れました。5月末に「新老人の会」に復帰して日野原重明先生にお会いできたこと、「潮音」の山名康郎先生がお亡くなりになり葬儀に間に合ったこと、樺太真岡女学校の故郷を偲ぶ会に出られたことなどなど、帰国すべくして帰ったという感が大きいです。

みんなみんな、お帰りなさいと迎えて呉れました。息子は息子の家庭の事情もあり大変な時期のようです。待つことの大切さを感じます。息子家族も、タイのTも、幸せであれと祈ります。人生の最終楽章を、静かに静かに大切に感謝の日々として奏でていきます。漂泊の人生、「終わり良ければすべてよし」と人生を閉じられたらいいですが、それも天にお任せしましょう。私の住んで居る小さなお城のパンフレットを同封します。札幌ドームが屋上から見えて、先日その上に花火がきれいに咲きました。どうぞ、益々のご活躍を……。

何度でもやり直せるのが人生

Kasugai 梶田ひな子 → Chang Mai ケイコ・サムエルズ　2015・8

ケイコさま　お返事が遅くなりました。ライオンズクラブの役職に思いのほか時間がとられて、未だ札幌へ会いに行けません。が、時々電話で話を聞いて元気なお声を聴いています。季節移住者の鶴岡さんがチェンマイから札幌に帰省中で会いに行ってくださったようです。いちばんお世話になっている札幌の高橋洋子さんには私も未だお会いできておりません。

私がチェンマイから日本へ戻ってから、彼女は眠れない日が続きました。帰国を決めるのは、悦子さん本人です。あと1年したら決断すると伝えてきました。

1年後の予定のはずでしたが、4月に突然、帰国を決めたと連絡があり、荷造りもあれよあれよという間に3個の船便だけにして日本へ帰ってこられました。ピンチはチャンスだと……。さすがは悦子さんです。善いご友人たちが札幌にいらっしゃって助かりました。

良かったか否かは解りませんが、今のところは手術する体力もギリギリある今に、良い病院で良い先生に診ていただけて、また命が延びることでしょう。今までも彼女は大きな病をいくつも乗り越えて今があるのですから。セラピストのケイコさんなら解ってくださると思います。でも、辛い思いを悦子さんにさせました。Tちゃんも新しい道を見つけてバンコクで仕事を始めたようです。7月の悦子さんの誕生日には、「おめでとう、お母さん」と電話をかけてくれたそうです。2人が憎み合わなくて良かったと思います。

Kさんが生きていらしたらこの道はあり得ませんでした。人生は時として予想がつかないことが起こりますね。でも、何度でもやり直せるのが人生、それを教えていただきました。落ち着いたら札幌へ会いに行きます。

手術無事に成功！

Sapporo　鶴岡ひろこ（チェンマイの季節移住者）→　Kasugai　梶田ひな子　2015・8・11

ひな子様　ご無沙汰お許しください。悦子さんは10日、無事に手術が終わり、昨日病院に激励に行ってきました。昨夜は痛くて眠れなかったと言われていましたが、チューブも輸血も終わり、すっきり。ここまでコルセットをしていると見せる勢い〝凄い〟あの気力です。このまま順調に回復に向かっていかれますよう、祈りながら帰りました。

ご心配されているのでご報告までです。このところ異常気象に見舞われた札幌です。悦子さんのお元気な様子をまた報告いたします。

程よい距離で寄り添いたい

Sapporo　高橋洋子　→　Kasugai　梶田ひな子　2015・8・11

ひな子さま　本当に悦子さんのことでは予想外のことがたくさんあります。ひな子さんにお会いしたら、帰国当初の諸々をお伝えしたいです。

ひな子さんが悦子さんにお話したこと、間違いなかったと確信しています。悦子さんは居住するところにも、病院にも医師にも恵まれましたが、遺族年金が大部分のため医療費も帰国後はほとんどかかりません。全て整えられているのです。私自身が驚いているのですから。

悦子さんの術後は、鶴岡さんがお伝えした通り順調で、病院のリハビリも進んでいます。悦子さんには、程よい距離で寄り添いたいと思っています。お目にかかれます時を楽しみにしております。

捨てると手に入るもの

日本へ帰国して暫くして、悦子さんは腰の手術を受けた。その後、心筋の病で倒れ、10日間意識がなかった時、この人にはまだ生きていてほしいと担当主治医が言い、90歳を過ぎた方の手術はしたことが無いというペースメーカーを入れていただいた。タイに居る間に傷んでいた歯は、札幌へ戻って来て総入れ歯にして貰った。人が生きていくうちには様々な悩みや困難がある。体の部品を入れ替え、困難を糧として悦子さんは今、明るく過ごしている。

何回か札幌の施設を訪れた。お世話になった教会の高橋洋子さんのお宅にも伺った。薔薇の花に囲まれたご自宅は、子どもたちに読み聞かせをする場所で、都会の中のオアシスのようだった。さりげなく、程よい距離で見守る洋子さんの生き方が素敵だった。人は誰しもいろいろな方に支えられて今があることを再び確認した。そして私が悦子さんから本当にたくさんの教えと気づきを受けたことも再確認した。私もそんな生き方がしたいと心から願っている。

コロナ禍前、伊藤典子《まりこ》さん・奈己《なみ》さん母娘とレンタカーで駆けつけた。イタリアの5都市ファッションショーでお世話になったグイドさんとその友人や、セルジョ&マキコ夫妻の来日に合わせて北海道で会う予定の合間に訪れたのだった。この母娘とは2017年と2018年にイタリアで文化交流をしたご縁でもあるが、実は私とも悦子さんとも、もっと昔からご縁があった。

悦子さんとは、悦子さんがご主人を失って失意の時に「こうして何かしてると気が紛れるの」と言って、藤の木のある自宅で毎月着付けを教えてくださったご縁だという。

「あの頃、悦子先生に私、叱られたのよ」

と奈己さんが話す。落ち込んでいた彼女を失意真っ只中の悦子さんが叱ったという。「あら、そんなことを私が言ったの」と笑う。師弟の素敵な再会だった。携えてきた写真には、着物ショーで豪華な花魁衣装を着た奈己さんの横で、着付けをした若い悦子先生が笑っている。その傍らに居る奈己さんの妹由紀さん（私が鳥居松小学校で5年生の時担任した）の娘さんはもうお母さんになって頑張っている。懐かしい会話に、何十年もの時間が一気に縮まって、悦子さんはとても嬉しそうだった。日本に帰国出来て良かったとまた思った。

2019年9月に札幌を訪問した時もいっぱい話した。チェンマイは温かい思い出の地となって悦子さんの心に甦る。亡くなったKさんの話も今は泣かないで話せるようになった。悲しみも苦しみもすべて時間が解決してくれるのかもしれない。夜のお寿司を断って早めに帰る私を追って、バス停の見える道路のたもとで大きく大きく手を振っていてくださった。これが最後ではないから……、また会いに来ますね、ずうっと生きててね。私も大きく手を振った。

＊

2023年9月、チェンマイ時代のサムエルズ・ケイコさん、大澤久美子さん・伊藤典子《まりこ》さんとともに訪問した。（詳しくは第三章参照）コロナ禍で会えなかったから、直接会うのは約4年ぶり。お互いに歳を重ねて人生の皺は深くなったけれど、そして、悦子さんは足腰が弱くなって移動に小さな押し車を使っていたけれど、いつもと変わらぬ悦子さんが居た。気配りの出来る若い施設長や入所の友人たちが入れ代わり立ち代わりご挨拶に来て話をして行かれる。博士と呼ばれる上階の夫妻が、東京時代の資料と美味しいお菓子とティーを持ってきて話をしてくださる。そのお向かいの紳士は毎朝、生存確認の「おはよう」を言ってくれる友人。元看護師長とか元○○とか紹介されると本当に様々な人生があり、笑顔も性格も来し方も十人十色で、「みんなちがって　みんないい」間柄。

施設に一緒に住む人たちが、付き過ぎず離れ過ぎずに程よい距離を保って暮らしている。これがいい。

ようやく、今になって、あの時、チェンマイのホテルで「日本へ帰ろう！」と人生の大先輩に問いかけたことが間違っていなかったと思う。

人にはそれぞれの正義があり、それぞれの考え方がある。そして、それぞれの人生がある。様々な体験をしながら、誰しも現在がある。「流浪の人生」「波乱万丈の人生」と自ら笑うけれど、悦子さんに暗さはない。SNSを見ていたら、彼女にぴったりの言葉が出てきた。

捨てると手に入るもの

・「嫉妬」を捨てると、「自由」が手に入る
・「常識」を捨てると、「可能性」が手に入る
・「しがらみ」を捨てると、「安心」が手に入る
・「見栄」を捨てると、「自分らしさ」が手に入る
・「固定観念」を捨てると、「気づき」が手に入る
・「他人の目」を捨てると、「自分の人生」が手に入る

人生は、いろいろなことを捨てるほど何かが手に入る。

私が悦子さんから学んだ生き方が今、ここに在る。しかし、煩悩の多い私は、まだたくさんのガラクタを抱えて生きている。人間は悲しい動物だ。捨てきれないで抱えている。ガラクタとは「我楽多」。我が楽しいこと多し。そう思うことにして、「あまり無理しなさんな」と自分に言い聞かせながら、ゆるゆると守破離・断捨離をするつもりだ。人生の最終章ロンドを自分で奏でられるように。

第三章　世界を跨ぐセラピスト

サムエルズ・ケイコさん

ハッピー・チェンマイ・カレンダー

出会いは、岐阜県中津川市にある私の次兄のセカンドハウスである古民家で、当時チェンマイ在住の高橋悦子さんと3人でバカンスを一緒に過ごした時だった。それ以来の友人である。

2010年11月、タイ在住のサムエルズ・ケイコさんによって、旧暦12月、満月の夜のロイクラトンの日を中心に「ハッピー・チェンマイ・カレンダー」が計画された。商社を定年退職して間もない名古屋在住の旧友古田輝美さんと、私の姪の横井貴美《たかみ》と娘の友加里も招待した。姪の貴美は過去に中学校に勤めていたし、その娘友加里は大学生だから少なからず教育には関心があるはず。タイを広く理解してもらうために、そして、ロイクラトンの感激を共有するために、また、高齢移住の悦子さんの紹介も兼ねていた。メーサリアン・カレン族の村のチョロムラートの学校と寄宿舎訪問は、旅の質を高めるものとなった。

サムエルズ邸のロイクラトン　（3日目）

サムエルズ・カール&ケイコさん夫妻の邸宅に招待された。ラーチャプルック（タイの国花ゴールデン・シャワー）の咲く道路を走り、タイ王国の古都や金色に耀くいくつかの寺院を脇に見ているうちに、道は狭くなり田園が見えてくる。やがて、郊外の邸宅に到着。

人生の次のステージを過ごすために、夫妻がアメリカ・カリフォルニア州から移住したチェンマイ郊外の広大な土地には、邸宅とゲストハウスが建てられている。移住してからは、タイの「末期ケアや孤児を救う奉仕団体ＥＡＣＭ」を営んでいた。大きな池がありアヒルが泳いでいる。庭には鶏も飼われ、四季の花がいっぱい咲いていた。

敷地の端から遠く彼方までのどかな田園風景が拡がる。時おり、遠くからコーランが聞こえてくる。タイの宗教は、国民の9割以上がタイ仏教（上座仏教）。イスラム教は4％ほどだという。殺生や争いごとを好まない道徳観が日常生活に根付いている。「いのり」は万国共通なんだと思いながらコーランを心地よい音楽のように聞いた。

とにかくここは時計が要らない。ゆったりと流れる時間。あまりにもあくせくとした日常を離れて、私たちは深呼吸した。

＊

旧暦12月の満月の夜は、タイ各地で有名なイーペン祭り、別名・ロイクラトン祭りが開催される。川の恵みへの感謝の気持ちを表し、自らに宿る穢れを濯ぐため、バナナの葉・ろうそく・線香・花などで美しく飾ったクラトン（灯篭）を作る。芝生の庭に出したテーブルの上でゆるやかな風を感じながら、私たちは思い思いのクラトンを作った。そして、パーティの開かれる大きな部屋のテラスに並べた。

街灯の少ないチェンマイ郊外の夜は、真に暗闇となる。友人知人の多いサムエルズ邸には、国籍を問わず多くの客人が招待されていたから、その人数と同じだけのクラトンが暗闇の庭先に美しく並んだ。ひとつのクラトンが大きなデコレーションケーキのような大きさだから、それだけでも圧巻。その中に色とりどりの蘭の花が惜しげもなく飾られている。そしてまん中に長いロウソクを立てた。

パーティは、思い思いの話を楽しみながら進んでいく。私は、ハワイのリアさんの形見の単衣の着物を着て、悦子さんにいただいた名古屋帯を結んだ。客人が持ち込んだワインやお酒がグラスに注がれ、白いディッシュには数々のタイ料理が並んだ。何より会話がご馳走だった。悲しきかな、タイ語のわからない私は通訳を聞き、いっとき遅れて反応して笑う。それでも十分に楽しかった。

サムエルズ邸庭にてクラトン作り

宴が進んで、次はイーペン祭りの仕上げの灯篭に火を点け、夜空にコムローイ（ランタン）を放つ祈りの儀式。みんなが庭の芝生に出た。昼間に購入した直径1m，長さ1・5mほどの円柱型紙素材の灯篭の芯に、グループごとに火を点ける。初めは数人で周囲を抑えているが、自然に熱の勢いが強まり、一気に音を立てて空に飛び立っていく。気球と同じ原理だ。遠くの街でも飛ばしているようだ。幾百幾千ものコムローイが満天の星のように夜空に漂いきらめくのを、まるで絵画や絵葉書を見るようにうっとりと眺めていた。

心はすっかり満ちていた。「何が幸せかといって、平穏無事より幸せなことはなく、何が不幸かといって欲求過多より不幸なことはない」。大好きな洪応明の処世哲学書『菜根譚《さいこんたん》』の一節がふと浮かぶ。一歩下がって人に譲れば道は広くなるように、知る人も知らない人もみんなでこの灯籠の灯りの美しさを共有して微笑むひとときが、チェンマイで暮らすことを選んだ人たちの人生の灯りのように思えた。

天空にコムローイが昇ったのを確かめた後、最後に池にクラトン（流し灯籠）をそっと浮かべる。それぞれの祈りを込めて……。旧暦12月、満月の夜。水面に月が映っていた。優しい風が時折吹いてきてクラトンは池の中心へ、そして風下へゆっくりと流れていく。かつて、ピン川に流した時とは違って実にゆっくりと。雑念が消えていくような気がした。

テラスから吊り下げられた蘭から自然に伸びた長い根っこが池に向かって垂れている。水面に浮かぶクラトンとそのろうそくの灯が揺れるのを私たちは黙って見つめていた。

夜は更けていった。

光と闇の間《あわい》にひらくチェンマイの空にゆらめく満天の星

カレン族チョロムラートの学校訪問　（5日目）

この訪問時には、メーサリアンの山岳民族の学校訪問の企画が加わった。サムエルズさんの現地での山岳民族支援がどう機能しているかもはっきり理解しないままではあったが、事前に何回もメールで交信して日程を定めた。

「支援」という言葉を辞書で調べると、人を支え、力を貸して助けるという意味があることが分かる。「人道支援」「難民支援」「教育支援」など、発展途上国の人々に寄り添い支えて助けるプログラムに「支援」が使われている。今回は支援か？　援助か？　先ずは、視察して実態を把握してＦＡＣＭ財団が目指している教育の場を理解すること、山岳民族を理解することが先だった。教育は貧困の連鎖を断ち切るカギとなるから、質の良い教育を受けられることが望ましい。多分、問題は多岐にわたり複雑に絡み合っている。私ごときがはたして何の役に立つのか？　理解できるのか？　不安ばかりが胸内を占めた。

山岳民族とは、タイ北部の山岳地帯に住む少数民族の総称であり、ほぼ半分を占めるカレン族を筆頭に、モン族、アカ族などたくさんの民族がある。今回訪問するのは、カレン族の学校で、小学生から高校生までおよそ２００人、学校としての規模は大きいほうだという。どんな子どもたちだろう。ワクワクとドキドキが混じった学校訪問だが、見通しの立たないことに対して机上で頭を悩ますよりも、とにかく訪問して、その教訓をどう生かすかを考えることだと腹が決まった。

山岳民族の住む村はタイ最北のチェンマイからでも遥かに遠く、ミャンマーとの国境に近い。しかも、通信手段が発達していないから打ち合わせは互いに大変だったらしい。交信の文章には、その一端が滲んでいた。

チョロムラートの学校訪問

Ching Mai. ケイコ・サムエルズ ↑ Kasugai 梶田ひな子 2010・10・30

今日はちょっとお願いがあります。こちらに事情を分かっていただきたく手短かに説明させてください。

山岳民族の仕事をしてきてすごく学ぶことが多かったのですが、その中でのひとつは山の人たちと私たちのものを進める上でのペースの違いです。今回の訪問も同じような問題にぶつかりました。そして、同じように学ばせていただきました。少人数で学校訪問するなんて特に大したことではないはずですが、連絡・約束などがすごくずれてくるのです。

何年もやっていてそれが分かっているので、今回の訪問に関しても2ヵ月ほど前に、タイ人と一緒に下見にメーサリアンまで出かけ、先生たちと直接会って打ち合わせをしてきました。日曜日は学校が休みなので、山岳民族の学校訪問、月曜日には学校2ヵ所訪問の計画で進めてきました。しかし、担当の先生が山奥の学校に入ってしまって、2週間ほど何の連絡も取れなくなり、私のタイ語が不十分なので、電話とメールと何度もやり取りして気をもみました。こちらのペースでは事が運ばない世界なのです。

折角あんな遠いところまで行くのに、帰りの飛行機の時間を考えると、2校を訪問するのは無理だと思います。でも、何とか方法はないかといろいろ考え、現地に問い合わせました。

それで、無理して先生たちに日曜日に出て来てもらって、寄宿舎のあるチョロムラート学校を日曜日に訪問する話が、今、山にいる先生と連絡が取れて可能になりました。生徒たちはそこに暮らしているので、寮生活の様子や子どもたちの様子を見てもらう事が出来ると思います。

ここは小学校から高校まで200人以上の子どもたちがいるので、とても良い訪問ができると思います。何もない貧しい村に暮らしていて、日本の子どもには無い笑顔を持っています。

月曜日には、1校のみ訪問できると思います。

＊

この続きに、「チョロムラートの先生方に快く引き受けていただいたので、何かお土産をお願いできるでしょうか」と書いてあり、中心になっている先生はサンリオのキティちゃんの大ファンという事も添えてあった。日本で生まれたキャラクターのハローキティがタイの山岳民族にも浸透していることに驚いたし、タイの山奥の学校の先生の心もつかんでいるらしいということに、何だかほっこりした気分になった。

山岳民族の学校の訪問は全く未知数だけど、そこで多くの気づきをいただけるに違いない。日本の小学校に4半世紀勤め、イタリアの小学校で授業も経験した私にとっては、大きな学びの旅となる事が出発前から予想された。そして、ワクワクドキドキ感が今までと違っていた。

お土産は、先ず近所の沖弘二さんにいつも手作りで作ってもらう竹トンボを50本、日本のお菓子や文房具もたくさん準備した。そしてキティちゃんファンの先生のためにセントレア空港のキティちゃん専門店であつらえたグッズなどをトランクに詰め込むことも忘れなかった。

＊

さていよいよ、学校と寄宿舎を訪問する日が来た。訪問して、何を得て、何を教訓として帰国すればいいのか、と考えながら、ＥＡＣＭ財団のサムエルズさんに従った。カレ・トラベルから派遣されたミニバスの運転手は、山道の運転に慣れている青年だった。チェンマイの広い道路から逸れて舗装のない凸凹の、時には狭い山道を揺られながら走る。途中、日本の「セブン－イレブン」と名の付く小さなお店に寄る。アジアの国には結構、日本のコンビニエンス企業が進出している。山奥のコンビニは昔の小さな駄菓子屋や萬屋《よろずや》のような感じだった。

山道を走ること4時間余。ついに国境近くのメーサリアンに着いた。村にある小綺麗な小さなホテルは観光者向けだろうか。亜熱帯の植物がさりげなく迎えてくれて、高級ではないが温かい雰囲気のホテル。山道を揺られて来た身に優しい。私たちはミーティングをしてから深い眠りについた。

生徒とのミーティング

最初の学校訪問では朝礼時に伺うことを約束してあった。校庭に学年ごとクラスごとに並んで座っている子どもたちは日本の小学校の朝礼を彷彿とさせる。地面に腰を下ろしてどの子も一生懸命お話を聞き、日本からやってきた支援者のお話を一言も聞き漏らすまいとしているかのようだった。子どもたちの眼に私たちはどのように映ったのかしら。

案内された学校の校舎は2階建ての鉄筋コンクリート。白い壁が印象的で、比較的近年の建築物のようだった。山岳民族の貧しい家庭の子どもが多く通っていた。民族によっては国籍を持たない子や親のいない子もいて、貧困の格差を助長しているところもある。

日曜日だったが先生が待機していて、いろいろと説明してくれた。校舎の壁面には絵画が掲示され、授業の時間割なども示されていた。休日に実家に帰らない＝帰られない子どもたちが寄宿舎で暮らし、学校の畑でいろいろな作業をしている。育てている野菜を収穫している子、掃除をしている子、寄宿舎のみんなで食べる給食を作っている子等々、当たり前のように体を動かして人としての営みを学んでいる姿に心を動かされた。。比較的恵まれている日本の子どもは、真に生活のための労働体験をする子が少ない。それを特別に幸せなことだと感じているわけでもない。

学校という場所は、何処の国でも、子どもたちが大人になった未来に人として正しく生きていく力を授けるために存在すると思う。決して人を蹴落とすために、テストで1点でも良い点を取り良い学校へ行き、将来楽をするために学ぶわけではない。それを強く感じたのは、代表の生徒数人と、サムエルズ・ケイコさんの通訳を介してミーティングをした時だ。

「なぜ学んでいるのか」「大きくなったらどんな大人になりたいか」という問いに対してどの子も当たり前のように自信を持って答えたのだ。

「タイ人として立派な大人になる。そのために国語を特に勉強している」

「親を楽にさせたい」

「英語を勉強して先生になりたい」

「お婆ちゃんを楽にさせたい」

「スポーツ選手になって親を楽にさせたい」

思いやりに溢れた言葉が次々に返ってきた。彼らより比較的恵まれた環境にいる日本の子どもだったら、何と答えるだろうか。生活の中に根付いている仏教の考えが、年配者を尊び、家族を大切にしているのだと感じた。これが家庭教育や学校教育や社会教育の成果か。「人の上に立たなくてもいいよ。人を踏んだらその人が痛いでしょ。人の痛みの分かる人になりなさい」なんてわざわざ口で言わなくても、この子たちは生活のなかで学んでいる。

私の年齢を聞いてこんなことも語った。「僕のお婆ちゃんと同じ歳です。でも僕のお婆ちゃんは苦労して働いてばかりだから、もっとずっと年寄りに見えます。あなたたちは幸せです」と。肉体労働をしていない身が少し恥ずかしかった。

山岳地帯で生きていくのはたいへんなことなんだろう。一生懸命学んでいる子どもたちが眩しく、不憫に感じていた自分を恥じる感情が心に立ち上がってきた。何より私たち一行を好意的に前向きに受け入れてくれたことが嬉しかったし、異文化のなかでコミュニケーションをとれることの大切さを感じた。そして、この気持ちとこの気づきを忘れまいと心に誓った。

学用品や玩具や竹トンボなど様々なお土産は、とても素直に喜んで受け取ってもらった。が、この先どう接していくのが良いのか、正解はあるのか。カルチャーショックを受けた学校訪問だった。今回のみではいけない。何年か経って、あの子どもたちはどんな大人になっているのだろうかと思い浮かべた。貧困ゆえに麻薬の世界に引き込まれていく青年問題が起こっていることを思う。中途半端な支援ではいけない。中途半端な訪問ではいけない。

タイの山岳民族の学校訪問をして、自らの心に再度問いかけたことがある。私が苫小牧時代から続けてきたユネスコ国際協会や、ライオンズクラブ国際協会での支援活動の在り方だった。どのような支援をしていくかは、相手側と十分にコミュニケーションをした上で為されるのは当然だが、行き当たりばったりの自己満足の支援をしてはいけないと感じた。そして、継続することの難しさを思った。NPO法人として様々な支援をしている方々を尊敬の眼差しで見つめながら、実に難しいことだと感じていた。

本来は国が動くべき案件だと思いながら、貧しい国の実情を思う。ひとりの力では叶わないことも多くの力の結集で出来ることもある。それを再確認しただけでもこの時の訪問は意義があったと思う。移住してまでサムエルズさんの始めたＥＡＣＭ財団が、国籍のない山岳民族を中心に、麻薬問題や人種差別の中で育つ子どもたちの支援を続けられるよう祈った。

＊

サムエルズ・ケイコさんのエッセイがあるので紹介しよう。チェンマイで暮らす日本人向けに毎週、タウン誌に「ファランのロングステイ」と題して、発信し続けていた。

「人生の先輩」（連載「ファランのロングステイ」より）

「自分より20歳先輩で理想的なモデルと思える人がいますか？」という質問を前回のコラムで読者に投げかけたのを覚えている方もあるかと思う。直ぐ誰かの顔が浮かんできた方はあまりいないのではないだろうか。確かに今60、70歳の人たちが元気なシニアの先駆者になるので、思い当たらなくても当然かもしれない。私もチェンマイに来てからそんな先輩にお会いできるなどとは夢にも思っていなかった。

幸子さんは小柄で着物がよく似合いそうな美しい方だ。

「茶室が無くてもお茶の心は伝わると思います。それが利休のいう茶道ですから」と言いながら、私のコンドミニアムに道具を持ち込んでお点前をしてくださった。

お茶碗を両手で取ると、いい具合に掌の中におさまる。お茶碗にはほんの少ししか入っていないお茶をすする。茶筅で上手い具合に泡立てているからだろう。軽くなったお茶の香りとほろ苦さが本当に美味しい。

お茶碗の肌を伝って少しずつお茶が流れる。不思議なもので三口半で丁度なくなるようになっている。

「有難うございます。お茶ってこんなに美味しいものだとは知りませんでした」

今、幸子さんはチェンマイで暮らしていらっしゃる。

「前は北海道でマンションに暮らしていたのですけれど、歳を取って足腰が弱くなると冬の間は冬眠しなければならないのですよ。チェンマイは暖かいので人生を2倍生きられるようなものですよ」

幸子さんの日本語は聞いていて美しい。私の口からも無理せずに自然に敬語が出てくる。それでいてアメリカ人の親友と話している時みたいにストレートに話が通じる。

自分の人生に納得して年齢に誇りを持って生きているからだろう。旧制女学校で短歌を詠み、趣味でお茶や着付けの先生もしてこられたという。

お話ししながらも、次の客のお点前をするため、幸子さんの手は休みなく動く。きっと今までに何百人ものお客に自宅の茶室でお茶を差し上げたのだろう。手の動きに見とれてしまうほど自然に流れていく。

「子どもに迷惑がかからないように毎日楽しく生きることですよね。朝起きると、ああ今日も生きていたなとまず思うのですよ」。まだ若いからだろう。私はそんなこと思ったことはない。「ある程度の歳にならないと分からないことってあるものですよ」

幸子さんから見れば、私はまだまだ若い。歳を重ねることの残酷さが分かっていないのは当然だろう。

袱紗《ふくさ》捌きに見とれている私に気付いて、幸子さんは説明してくださった。「この袱紗捌きにしてもそうですけど、お手前のお稽古をすると、はじめはなんて面倒くさい決まりごとばかりなんだろうと、どなたでも思うのですよ。でも所作には無駄な動きが一切無いのですよ」。私は日本文化の嗜みはまるで無いのだが、大学院のころ、アメリカ人学者がよく茶道を引き合いに出して書くのを読んできた。

「中世にできた日本の茶道はすばらしい文化ですね。こうやって、俗世間と境界線を引いて、一期一会の世界をつくる儀式なんでしょうね」と言うと、「日本には昔は生活の中に心を伝える文化があったのですよね」と、幸子さんも自分の思いから話を合わせてくださる。

北海道での生活ぶりに話が行くと、

「ただのおばあさんだからこそ、できる事があると思うのですよ」

と、ホスピスでお手伝いしたことを話してくださった。

「受付のお手伝いをしながら思ったのです。落ち込んでいる人が思い切って家から外に出て会場まで来るだけでも、大変な決心ですよね。だから私は、（本当によくいらっしゃいましたね）と心でご挨拶するのです」「悲しみから抜け出せないで苦しんでいる方のお相手をする時は、亡くなった主人と一緒にやっているような気持ちになれるのです」

「チェンマイでこれから何をしたいと思っていらっしゃいますか？」私の不躾な質問にちょっと間をおいて答えてくださった。「団塊の世代の方がこれからどんどんチェンマイで暮らすようなると、私ぐらいの歳の親をどうするのだろうかなと思いますね。日本に置いてくるにしても、連れてくるにしても、親にとっても子にとっても大きな決心ですよね」

「子離れ」という言葉をチェンマイに来て耳にする。40年前の日本には無かった言葉だ。日本にも昔あった「親の面倒を見るのが自然」という考え方が、タイの社会ではいまだに主流のようだ。仏教の教えで昔から皆がやる当たり前のことのようだ。１００年くらい前からアメリカでは、老人に対する社会保障制度ができて、「親の面倒を見る」のは個人の自由のように考えられてきたし、親も子どもといる安心感よりも、体が利くうちは自由を選んできた。

「日本は過渡期なのだと思いますよ。見ていると、どうもそんな気がしますね。お金では買えないのですよ。体が弱ってくると、子どものそばにいたいのが本音ではないでしょうか。子どもにとっても「順送り」という事じゃないでしょうかね。世の中ってそんなものでしょう」

団塊の世代が親を連れてチェンマイで暮らすようになると、病院は整備していても、もっとソフトなサービスが必要になってくるだろう。老人は老人扱いすると、間違いなくボケていく。日本人の老人のために心がこもったデイケアサービスが、チェンマイでできるような日がいつかは来るだろうか。

※高橋悦子さんは、仮名の「幸子さん」として掲載された。

※「ファランのロングステイ」のエッセイは、海外で暮らす日本人の生き方や子どもの育て方、逝き方など日常を題材に書かれ、発信し続けられた。

日本で講演の計画

２０１９年12月のことだった。サムエルズ・ケイコさんからタイでの活動をもっと知ってほしいと電話があった。「ライオンズクラブ国際協会で活動をしているひな子さんだから、何処か講演の受け入れ先を紹介できないか」という依頼。折しも、中国武漢から始まった世界を巻き込む新型コロナウイルス感染症は、足音を忍ばせて近づいていたが、まだ誰しも3年余に及ぶ恐ろしい事態に入り込むなどみじんも考えていなかった。

アメリカのカリフォルニア州からタイ北部のチェンマイ市へ移住してからのサムエルズ氏の活動と財団の経緯は、多少なりとも理解していた。教育が十分でなく生活にも困るような人々が多い山岳民族を相手に、大変な労力と財力と時間を要していた。

何とか知ってほしいという申し出を受けたが、ライオンズクラブの例会の内容はほとんど年間計画によって決まっている。勿論、飛び入りの企画もあるのだが、講演という企画では難しい。

更に、日本入りできる時期が、4月半ばから後半という限定。3月までは仕事が立て込んでいるし、ご主人のサムエルズ・カール氏は3ヵ月インドへ渡航して仕事中。4月に一緒に日本へ行くつもりだという。出来れば5月に日本に滞在したいが……と。

自由な時間は余り無いようだ。こちらも、4月はどのライオンズクラブも次年度の計画の時期であるし、全部のライオンズクラブが一堂に会する334—A地区（愛知県）の年次大会がある。1ヵ月に2回しかない例会スケジュールはどのクラブも既に完全に埋まっている。

とりあえず講演者の自己紹介プロフィールと、講演（卓話）内容を送ってもらった。頼みの綱は、事務局が春日井商工会館の同じ階にあるロータリークラブ。奉仕・友情・多様性・高潔性・リーダーシップを大切にし、世界で、地域社会で人助けのために行動する奉仕団体で、100余年前のライオンズクラブの生みの親でもある。毎週例会が市内のホテルで開かれているので、何とかならないかとイチかバチかで事務局を訪問した。私がクラブ会長を務めた年の年度初めに表敬訪問し、私たちの毎年のチャリテイーバザーにもご協力をいただいていた。

期待しないで！　とりあえず打診します

2020・1

Kasugai. 梶田ひな子→ Ching Mai. ケイコ・サムエルズ

とりあえず、アポイントを取りました。一縷の光明かも。添付の依頼内容とネットの活動資料を印刷しまして、春日井ロータリークラブへ出向いてきます。6月年度末まで年間計画が決まっているとのこと、ケイコさんの来日が4月に限られることなどから良いお返事が戴けないことも想定されます。よろしくお願いします。(中略)

追伸:昨日までの3日間、マレーシアから私たち春日井さくらライオンズクラブ受け入れの来日中のYCA派遣学生Shermaine 17歳と、合気道場見学や、信州の温泉で初雪体験、島崎藤村の『夜明け前』に出てくる馬籠宿などへ同行してきました。日本文化を知る体験です。

今日は甥っ子の息子悠丞17歳が派遣生の相手をしてくれます。夏には彼を1ヵ月間フィンランドへ当クラブから派遣します。

＊

春日井ロータリークラブの事務局をノックすると、事務局員に訳を説明。直ぐに納得いただいて、例会の関係委員長に連絡してくださった。内容を吟味してくださるとのことだった。

神が表れた! 何とかなるかもしれない。

春日井ロータリークラブへ届けた講師紹介と講演内容は、

一、講師　プロフィール
KEIKO SAMYUELS RESUME
東京都出身　アメリカミシガン州へ留学　1968年　ICU卒業
1980年　カリフォルニア州 Phylipps Instutute 修士課程修了

１９８１年　カリフォルニア州心理療法免許証取得
サンタモニカにクリニック開業　夫とともに Bussiness Life Transition 設立
２００２年　タイチェンマイに住居を移す
２０１４年　ニューロフィードバック免許証取得
２０１６年　ＥＡＣＭ財団登録

二、〈講演（卓話）内容〉

【タイの孤児について】

・国籍のない山岳民族、麻薬、就業機会のない人々、人種差別
・生まれてくる子どもたち
・チェンマイ県オムゴイ郡

【孤児院の現状】

【財団ＥＡＣＭの設立と経緯】

会報に掲載されたＳ・ケイコ氏

COVID-19　緊急事態コロナ禍突入

２０２０年1月30日、中国から感染が広がっている新型コロナウイルス感染症について、世界保健機関ＷＨＯは、「世界的な緊急事態」を宣言した。前例のない大流行は日に日に拡がり、私たちの日常活動も、会議も例会もリモートで手探りの中で行うことになっていた。私たちのメインアクティビティ「心が折れなければ　夢はつかめる」の公演は1週間の違いで、無事に春日井市民会館で開催できたけれど、チケット売上金を使用して市内の子育て支援施設や医療施設へ寄附する児童図書は準備したまま届けることさえ数ヵ月も延期された。会議も例会も余儀なく変更。まさに初めての緊急事態！

当然のことながら、海外からの渡航は禁止になり、来日も講演も出来なくなった。予定はすべて白紙にせざるを得ない状況に陥った。

そんな折り、ロータリークラブ古屋義夫委員長から、例会は YouTube で出来るという連絡をいただいた。チェンマイで講演内容の YouTube 映像を作って送ってもらえることは可能か、検討が続けられた。こんな世情の中でも、やってみましょうというロータリークラブの申し出が心から有り難かった。

後日、サムエルズさんから私のところに講演内容の課題がメールで届けられた。作成した映像をチェンマイのロータリアンに見てもらったところ、意見と課題が寄せられた由。

①何をロータリークラブにしてほしいのかはっきりしないのでは？　②ニューロフィードバック

の説明が必要　③具体的にどこの学校で行うつもりか？　③安全性の保障とタイでの実績は？

④質問を想定して答えを事前に届ける

その懸念に対してのサムエルズ・ケイコさんの回答は、

・寄付を集めようとしているのではない。私のアプローチが果たして日本のロータリアンに興味を持って聞いてもらえる内容か否か？

・この話はもともと20分では無理。興味のない人にとっては退屈な話になるかもしれない懸念あり。この卓話の内容は、今後ロータリークラブ以外でも展開できるのではないかと考えている。

①身銭を削って奉仕する財団の意味について

②高齢者の生きがいを自問自答するような方向で、タイでの体験を続けるなかで、自分がどう変わっていったかを伝えたい。

③開発途上国で始めたプロジェクトを現地で持続的に続けるには何が足りないかを考えたい（本気で支援を考えている人がいる場合）。

メールの最後に「山岳民族の現実を知っているひな子さんのアドバイスを待ちます」と書いてあった。YouTubeによる講演が、今後の財団ＥＡＣＭ活動に繋げられるか……問題は山積していた。でも、はじめの一歩が大事、そこだけは信じて疑わなかった。先のことは先で考えよう。何とかなる。先ずはやってみることが大事。

WEB例会ユーチューブ配信

兎にも角にも、私たちの気持ちなどお構いなしにあっという間に、海外も日本もコロナ禍真っ只中に突入した。学校は一斉に休校になり、市中の店もシャッターを下ろしたりスクリーンを立てたり、①換気の悪い密閉空間　②多くの人の密集する場所　③近距離での密接した会話の「三密」を避けて行動を！　と呼びかけられた。まさに異常事態だった

＊

4月、YouTube動画はでき上がり、ロータリークラブに送信された。世界のどこにいても配信できるネット時代の恩恵で、YouTubeブ配信という形で春日井ロータリークラブの4月24日「WEB例会　第2439例会」に卓話として取り上げ流していただくことが決定した。その実現にはロータリアン・古屋委員長の賢明な準備があった。2週間前には次のメールを頂戴した。

古屋委員長　→　梶田ひな子　2020・4・10

梶田さん　例会や事業が次々と中止になった3月の中旬頃の定休日の前夜（※古屋氏は輸入車のディーラー）夜更かしをしていて突然思いつき、コンピューター音痴の私が試行錯誤しながら作業を始めて、明け方くらいにはこの方式のプロトタイプがやっと完成いたしました。

大きな動画を手軽に扱えるように……誰でも作業できるように……何時もの例会と極力同じく……。そして分業でき、会場に人が集まらなくても制作できるようにと考えました。ですからち

ょっとした工夫ですが、パートパートで分断してあります。（資料　YouTube　添付）
今後はロータリーの皆さんでＷＥＢ例会を進化させていただけると期待しております。
コロナ騒ぎが終わりましたら、何か理由をつけてロータリーとライオンズとの相互訪問もしてみたいですね。

＊

感謝の気持ちでいっぱいだった。コロナ禍だからやれないと諦めるのではなく、どんなやり方があるか、どんな働き方があるか、ロックダウンの世の中で出来ることを探してＬＩＮＥグループ会議やZoom会議やYouTube配信など身の周りで前進していた。

事後のお礼　梶田ひな子　→　古屋委員長　２０２０・５・10

例会の資料拝受。羨ましいようなＷＥＢ例会ですね。さすがです。有難うございます。渡航閉鎖のため来日叶わず、サムエルズさんと一緒にロータリークラブ例会に参加できなかったことだけが心残りです。感謝。

＊

YouTube配信内容は春日井ロータリークラブ会報誌にも掲載された。（１５１頁）
新型コロナ感染症は依然として猛威を振るい、奉仕事業や会議はことごとく中止や延期。「できる範囲」で、「できる人」が「できる時」に「できること」をする奉仕の原点を思った。これはボランティア活動の常識のようなもの。それがいちばん大切なことであると改めて感じた。

＊

チェンマイのサムエルズさんとロータリークラブ双方から感謝のメールが届いた。画面上でなく、いつか顔を合わせてお礼をする日が来ることを願っている。

この時お世話になった古屋義夫委員長は、２０２３～２４年度の春日井ロータリークラブの会長として「セレブニート・コミュニティ」を呼び掛けて、精力的に地域の同じ志の仲間にこの考え方が浸透・継続できるように実行していらっしゃる。「既に女性会員が多いアメリカのように、同じような活動をしているロータリークラブとライオンズクラブの壁をなくすようにしたい」という熱い思いがメッセージの文章から伝わって来る。この素晴らしいリーダーの目指す社会奉仕が多くのクラブによって実現しますように。

日本へ移住計画

３年に及ぶコロナ禍は、世界を一変させた。海外渡航は難しくなり、国内でも新型コロナウイルス感染者は７日間、濃厚接触者は５日間の外出の自粛が求められ、日々の陽性者数の報告がマスコミを賑わせていた。

そんなある日、びっくりする知らせが届く。

「私たち、実は日本へ移住しようかと考えています」

２０２1年の暮れ、サムエルズ夫妻が日本を終のすみかとして考えていることを知らされた。自身も夫も高齢になりつつあること、コロナ禍で財団の活動が思ったようにできないこと、郊外で広大な土地と家屋の管理が思いのほか難しいこと、もっとやりたいことがあること等々話せばいっぱいあった。「考えたら行動に移す」夫妻のその決断の速さと思いの強さは他に類を見ないくらい強い。日本で受け入れる諸々を仲介してくれる弁護士を紹介してほしいという電話だった。

国内でも移住問題は結構難しい。まして、国外の土地家屋を整理して、財団を整理して、米国のグリーンカードを持っている高齢夫婦の移住問題であった。知り合いの弁護士から、関係者に連絡してもらって情報を待ったが、「コロナ禍でもあり結構難しい。やったことが無い」という返事ばかりだった。

「ごめんなさい。コロナ禍でなければ何とかなるのに。難しい」

その旨をチェンマイに告げた。土地を売るにも、広すぎて買い手がなかなかつかない。日本で住みたいところは？　と言う私の問いに、長野県の白馬村とか軽井沢とか、避暑地の地名が返ってきた。夏はいいが冬が長いこと、車が無いと動けないこと、目は大丈夫か、都市の方が良いと思う……など様々な意見を言った。五里霧中とはまさにこのこと。

私は全く役に立たなかったし、コロナ禍はまだまだ先が見えなかった。

＊

日本に帰化して始めたい仕事

Ching Mai. ケイコ・サムエルズ → Kasugai. 梶田ひな子　２０２１・12・20

〈現在の移住計画の進捗情報〉

・私と夫は日本在留資格を取得する手続きを東京都千代田区の行政書士事務所を通じて進行中です。（住所とe-mailアドレス記載）

・多分5月頃には、在留ビザを取得することができます。コロナ関係で入国に問題がなければ、すぐに出発します。

・その後、成田で在留カードを取得し、ケイコは日本への帰化申請をすることになります。

・住所を決めた後、住民登録をその市町村でする必要があります。

・帰化申請後、1～2年で許可が下りることになります。

〈日本に帰化して、次のような仕事がしたいと思っています〉

・教育・介護・保育などの仕事をしている方々の支援と指導の応援をします。

・現在、その仕事をしている人たちとSNSを通して、どこで何ができるか検討中です。

・夫のカールはタイの末期ケアの奉仕団体を経営しています。日本で何かお手伝いしたいと思っています。

・どこに生活の基地を置いたらいいのか、今のところ分かっていません。

・帰化申請が下りるまでは、行政書記官のアドバイスによると、ケイコは1年の半分を日本で暮らさないと、帰化申請が下りないかも知れないということです。実際に生活していた証明（家賃や買い物の領収書など）。

私たちは山が好きな人間なので、白馬のように山歩きができるような場所で、文化施設（レストラン、カフェなど）があり、東京から交通の便がいいところが理想です。

家具付きの別荘のようなものをひな子さんがご存知でしたら、ぜひ紹介してください。

一歩踏み出す勇気

この案件も、第二章に取り上げたような海外からの高齢者の移住問題。相談した知り合いの弁護士も元邦人の日本国籍取得の案件は取り扱っていない。更にその知り合いの弁護士に相談してくださったが、コロナ禍でもあり、普段にも増して難しかったようだ。新型コロナ感染症の諸々が困難な状況を押し上げていた。

でも、彼女は夫とともに自分の人生を自力で逞しく切り開いてゆく。

「ひとつ拾えば、ひとつだけきれいになる」を思い出した。

この言葉は、カー用品チェーン大手「イエローハット」創設者鍵山秀三郎氏の言葉。掃除の神様と言われた人。「大切なことは、一歩踏み出す勇気。一歩を踏み出さなければ、前に進むことができません」。「具体的には、足元のゴミを拾う実践から始めることです。ゴミを拾う人は、不思議とゴミを捨てないものです」。「足元のゴミひとつ拾えないほどの人間に何ができましょうか」。また「自分が正しいと思っていることをやらずに、周囲に流されてしまうようでは、何のために生きているのか分かりません」とも。

目前に問題が山積している中で、人生でやりたいことを次々に実現しているサムエルズ夫妻に、「決断力」と「人間力」を教えられながら、励まされている。

日本に住むということ

「決まったわ」弾んだ声で連絡が来たのは2022年1月半ば。

東京に良い行政書士が見つかって相談を続けた結果、1月末には日本入国するという。あまりの急展開に驚いた。人生の決断は、こんなものだろうか。チェンマイに土地を残したまま見切り発車のようであったが結果は正解で、後にそれもすっかり解決したのだった。広大な土地も家屋も管理したい人が現れた。子どもを自然の中で育てたいと願うシンガポールの家族だ。

恐るべき、決断力と実行力に舌を巻く。

とりあえず東京のマンションに短期契約で入ると、ケイコさんがすぐに行ったのは、チェンマイでなかなか出来なかった身体のメンテナンス。六本木にある有名な眼科医のもとで検査して、紹介された眼科医で手術を行い、結果は順調とのこと。家具も順次揃えて、新たにマンションを契約して、現在は夫とともに地域に溶け込んで生活している。

何だろう、この行動力！　この強さ！　二の足を踏みそうな事例をいとも簡単に乗り越えていく2人を見ていると、だんだん私も何でもできるような気がしてくる。娘さんの結婚式にヨーロッパへ飛び、トルコにも足をのばして、帰国後は近所の公園での朝のラジオ体操が楽しみと話す。コミュニティの基本が公園にあるという。着々と、今の居場所に友人知人との交流の場を作り、心の中に次への行動への思いがたぎっている。

「北野の郷《さと》」夢想庵にて再会

2023年9月、私たちは札幌の「北野の郷」で再会した。高橋悦子さんに若い頃母娘で着付けやお茶を習っていた日展人形作家の伊藤典子《まりこ》さんは私と一緒に春日井から、サムエルズ・ケイコさんは東京から……。ほとんどが「はじめまして」なのに、昔から友人であったかのように話は弾む。人と人との繫がりってなんて素晴らしいこと！

悦子さんの小さなバルコニー付きのワンルームには、コロナ禍前に訪ねて来た時より家具が増えている。それは、ものを書き、本を読む小さなテーブルだった。「夢想庵」「遊戯三昧《ゆげざんまい》」「般若心経」等々、タイ在住の彼女に贈った私の書が大切に飾ってあった。帰国する時に生活家具の大方はチェンマイの友人に引き取ってもらったのに、大切にまた日本へ持ち帰ってきてくれたことが嬉しい。

タイへ永住の決断をした時、私は「人生の最終章のロンドを美しく奏でてください」と折りあるごとに話したのだった。溢れる思い出話をする時、それぞれひとりひとりの人生が重なり合い交差しあって、人それぞれのロンドを奏でるっていいなと思わせてくれる。最終章にリピートの記号があって、悦子さんの人生には続きがあり、そして今がある。

「夢想庵」と名付けた悦子さんの個室から共同の広いラウンジへ会話の場を移した。博士と呼ばれる塚本博美・芳子さん夫妻はたくさんの資料とともに手作りのケーキと紅茶を準備してくださった。最近独り暮らしになったという長太《ながた》さんは悦子さんの大切なサポート役のよう。元婦長、元社長……次々と現れて、そのたびに「この方は私のお友だち○○さんよ」と紹介が始まる。「はじめまして」を何度言っただろうか。覚えの悪い私は、全員のお顔と名前が覚えられない。

高橋悦子さんは「歳を重ねるのは毎年初めての経験だから結構楽しみなの」と話す。人生の先輩方とともに、サムエルズさんの人生の大決断・日本移住計画の話、更に多くの住人・友人を巻き込んでいつまでも話は尽きない。

話が盛り上がった頃、悦子さんからの歓迎ディナーが始まった。注文した寿司店の大皿が届くと同時に、遅い飛行機で到着した横浜の大澤久美子さんが合流。楽しい会話を続けながら、お寿司をつまみ、すまし汁をいただいた。そして、お茶タイムに移る。塚本夫人手作りの紅茶のケーキは柔らかくて紅茶にぴったり。

北海道の木々はどうしてこんなに大きくなるのかしらと思うほど、高層の窓辺に白樺やポプラのような枝が広がっている。先ほどまで雷が鳴っていたせいか、風があって木の葉を揺らしている。

秋のはじめの札幌の街は黄昏に入って、街の灯りがたくさん灯って綺麗だった。カーテンを閉めて、話は続く。歴史談義や政治談議で話は尽きない。これも日々の暮らしの続きだった。自由に話して自由に意見を言い合う。何という素敵な時間ですこと。

*

後日、私のもとにお手紙が届いた。博士と呼ばれていた塚本さんご夫妻からだった。素敵な日常が覗えるので一部を抜粋して紹介する。

「生かされて生きる」清らかな命を感じて…

塚本芳子　→　梶田ひな子　2023・9・28

拝復　流麗なるご名筆にうっとりしています。この度は遠い所へ来ていただきお目にかかることができましたことは、ご縁があったのでしょう。さりげなく旧知のように温かい気持ちでお仲間に入れて頂きました。

私たちも入居して7年目に入りました。不思議な夢みるオバアちゃんとの交流が私たち夫婦の日常茶飯の生活に自然にとけ込み家族のぬくもりのように小さな幸せを感じて有難く思っております。

感覚的に同じ方向性を持たれていらっしゃるように思い、語り合うお相手として楽しく過ごさせていただき今日に至りました。詳しいことは……悦子さんの人間性にぞっこん引き込まれて、分析して……、納得して、最後にはとても愛おしくなってしまい、夫婦ともども肉親のように大切に思って仲良くさせていただいております。

私は悦子さんの人間としての本性を大切にしたいと思っています。それは、信仰という世の常の言葉でなく、ほんとうの心理に近い清らかな命を感じるから。そのことだけは大切に大切に尊重したいと思うのです。

「生かされて生きる……」という言葉は私と2人の合言葉でございます。「のんのんさん(仏様)が見ているよ!!」と小さな両手を合わせて「有難うございます」と言われるこの姿が私はいちばん好きです。私たちは不思議なほど考えていることが似ております。このような出会いが、人生に用意されていたことに不可思議を感じますね。たくさんの読書を通してのことや、寺社参詣、歴史、文学……その他、話は尽きませんがお互いに啓発されながら向き合ってお話しできる楽しさは冥利に尽きる幸せなひとときでございます。

ご都合の宜しいときにいつでもお出かけくださいませ。

芳子

そして、脳トレ麻雀の場面のお楽しみ川柳（三十一文字調）が添えてあった。楽しそうな笑い声が聞こえてきそうだ。笑いは脳を活性化する。

ああ、本当に楽しそう。

個性豊かな皆さまとの出会い

塚本博美　→　梶田ひな子　　　２０２３・９・28

　猛暑去り寒波押し寄す彼岸入り

　さてこの度は、名筆の礼状をいただき有難く厚くお礼申し上げます。悦子さん同様、個性豊かな皆さまと出会い少し興奮しております。そうでしょう。皆様方から発せられる気運と云うか、今まで出会ったことのないその迫力が全身に伝わるのです。そのうえ、サムエルズ・ケイコさんの上手な話の進め方に感服しております。さすが、悦子さんの短歌や俳句に表れているように、人生にご努力を重ねられた方々の仲間と拝察させていただきました。感謝と感激でいっぱいです。

　夢想庵の主人公さんはあれ以来、毎日のように顔を見せに訪れ、「嬉しかった」「好い人に恵まれ」良かったと心から喜んでおります。ご安心ください。今後とも末永いお付き合いをいただきながら、毎年の再会を楽しみにしておりますのでよろしくお願いいたします。

　頂戴した「こころは誰にも見えないけれど　心づかいは見える。思いは見えないけれど　思いやりは誰にも見える」

　懐かしの写真とともに「シニアよ　大志を抱け」と送って頂いた思い出の残るコメントに載せて、悦ちゃんともども小さな手を合わせ、南無阿弥陀仏。

追伸　興奮冷めやらぬうちの手紙書き終え感じたことは、私のつれづれなる作品……東京時代の「江戸東京の歴史探訪記」の一部を、調子込んで同封することと思い立ちましたので、お楽しみ頂ければと思います。
残暑厳しき折りながら、尚一層のご自愛のほどお願い申し上げます。

＊

「つれづれなる日々」と題された江戸のまち探訪記が写真とともに届いた。やはりみんなから「博士！」と呼ばれる所以がここに在る。楽しませていただきましたよ。有難うございます。

便箋5枚ほどにそれぞれ書かれたお手紙が、優しく温かく私の胸に届いた。歳を重ねることは人間が深くなることだと悟りの境地の入口に立ったような気がした。悦子さんはもう大丈夫。こんなに素敵な友人に囲まれて楽しく暮らしているのだもの。数々の人生の荒波は、人間力をつけて乗り越えて来た者にしか分からない。

「波乱万丈な人生」と人は言うけれど、人生のロンドの最終章は美しく奏で続けられこの先にまだまだ続く。私もそのあとに続くのだ。

石神井川べりを歩きながら

２０２４年の短歌人の新年歌会の翌日、サムエルズ夫妻が住むマンション近くの石神井川沿いの遊歩道を一緒に歩いた。建物も道路も川も人も、時代とともに変遷していくものだと感じながら会話と景色を楽しむ。

桜の古木はごつごつとした太い幹の下にこれまた太い根を張っている。押し上げられた歩道の敷石が軋んで盛り上がっていた。石神井川は気象変動で起こる都市河川の氾濫が危惧される川のひとつでもある。美しい景色や寿命を迎える桜の古木は、建物などと同じように造り替えられ植え替えられて、後世に繋がれてゆくのだろう。

「この土地がいいの。古くて新しいこんな町が好きなの」

「夫も私もこの素敵なコミュニティを生かしたい」

いつかあるかもしれない引っ越しの予感を話に挟み込みつつ、日本でやりたいことがあると話してくれる。次々に広がる夢を夫妻と話しながら、まだまだ今は「夢の途中だ」と思う。人の人生も生き方も夢もそれぞれみんな違うけれど、夢を共有できることは何て素敵なことだろう。

石神井川に架かる旧中山道板橋跡に「距日本橋二里二十五町三十三間」の標柱が立っていた。旧中山道板橋の中心地であった仲宿通りには懐かしい昔からの佇まいの個人商店が並ぶ。アメリカとタイで半世紀をも暮らした夫妻が、何故この町が気に入って住み始めたかが分かる気がした。

歩いているうちに北区十条に入っていた。ランチも出すという行きつけの居酒屋の、店主との会話が温かかった。蕎麦が美味しかった。

カールさんの日本語の勉強と、ケイコさんの新しいアクティビティの夢を垣間見て刺戟を受けてサヨナラをした。

人生の大きな転換期を潜り抜けて自分らしく生き生きしている友人たちに乾杯だ。

第四章　ホノルル「潮音詩社」の歌友

昴に聴く夢物語　高林リアさん
セントメリーズの先生　ハインズ邦子さん
水茎美しき文・凛とした女性　村上明子《たえこ》さん
詩吟も嗜む潮音詩社代表　時任愛子さん

京都夏季集会

２００1年5月27日、林間短歌会夏季集会　京都ホテル。そこでハワイの歌友たちと出会った。日本の戦争時代を挟む長い歳月の中で、母国日本の文化である言葉と短歌を通して、心を通い合わせる歌会がハワイの地で脈々と繋がれてきた。

最初に親しく話すようになったのは、ハインズ邦子さんと高林リアさん。ハインズ邦子さんはスレンダーな知的美人でカトリックのセントメリーズの学校の先生。私と同じ黄緑色のスーツを着ていたリアさんはブロンドヘアの笑顔の美しい人。ハワイの方々が話す日本語がとても美しいという印象を持った。二人から「アロハ Aloha（こんにちは）」と「マハロ Mahalo（有難う）」

の挨拶を教わった。「ＡＬＯＨＡ」。この一文字一文字に込められたＡ＝思いやり・優しさ、Ｌ＝調和・ハーモニー、Ｏ＝心地よさ、Ｈ＝謙虚さ、Ａ＝忍耐強さ、はマインドの調和を表し、親しみの第一歩となる。親指と小指を出して振る、覚えたての別れのお手振りをして、バスで京都旅行へ向かう彼女たちを見送った。親しくなったはじめの一歩。

この夏季集会後の京都旅行では、小野小町ゆかりの随心院・万福寺・柿本人麻呂歌碑などを巡った。市原克敏編集長とハワイの皆さんとの温いやり取りを後日聞いた。石ころを拾った編集長が「これは小野小町の奥歯だ」と話して大うけだったこと、寺庭で拾った松ぼっくりひとつを「大事に持っていなさい」とリアさんに手渡されたこと、宇治の平等院へ向かう人に「そんなところに行かないでここでお喋りしよう」と言われたこと等々。後から考えると、編集長には時間がなかった。一時でも共有したい時間だったに違いない。

市原克敏編集長は、その後急性白血病の闘病生活に入り、春先に一時退院の報もあったが、口述筆記で書かれた最後の編集後記を残して２００２年５月３日、空の星になった。告別式は５月８日、小金井市の三恵園で音楽葬にて執り行われた。32年間にわたり編集に携わった有能な編集長を失った結社の悲しみと落胆は大きかった。夫人である詩人の賤香さんは短歌を詠み始め、氏の遺稿集『無限』を上梓した。生前に１冊も出さなかった編集長の渾身の歌が編まれていた。

以前編集長の短歌の評文を「林間」誌に書くことになった私は、形而上的な市原さんの歌が分からなくて「精神の造形物」と評した。それを素直に喜んでくださったことを思い出す。

最後の編集後記は、翌月の夏季集会に思いを馳せた文章だった。「夏季集会が近づいてくる。皆さんのご活躍が楽しみだ」「今年の夏季集会のテーマは自然詠。科学技術は自然界の地平を日々新たにし、こうした知見を無視して21世紀の文学はありない。となると、自然詠は歌人に突きつけられた重大な難問となりそうだ」などと書かれていた。

お別れの会のパンフレットはハワイにも届けられた。２００２年8月号には逝去を知った歌友からたくさんの思いが「ひろば」欄に寄せられた。その中からハワイの潮音詩社の方の声を少し。

・「最後の編集後記を読み、京都集会での氏を思い浮かべますとただただ頭が下がります」

ハインズ邦子

拾いたる小町の奥歯とう示しつつ話しかけきぬ新米のわれに

天国の扉を開くとうモーツアルトのK595空を響かす

・「お別れの会のパンフレットを拝見して悲しみを深めました。人の世の儚さをしみじみと味わい一期一会の思いを深めています」

村上明子

一筋に短歌に生きし先達の夢を慕いて守りてゆかな

・「今でも少年のように微笑まれていらしたお顔が蘇ります。随心院、万福寺、柿本人麻呂歌碑などご一緒した時のことが思い出されております」

高林りあ

＊

後年、ホノルル詩吟の会の旅行に同行して東京を訪れたリアさんらと、夕食をご一緒したとき、氏の拾った京都の松ぼっくりは夫人賤香さんに手渡された。ところで、小野小町の奥歯の小石？は今、天空のどこに転がっているのだろう。放り投げた小石は小さな星となって赤い光を届けているかもしれない。

＊

ここで、ハワイの「潮音詩社」と短歌会「林間」との繋がりについて創立80周年記念の資料から概略を引いて心にとめておきたい。これを書いている2024年現在は、潮音詩社発会から100年。ほぼ1世紀に亘って連綿と引き継がれてきた短歌という文化の火を、決して消さぬよう望みつつ、私の歌友との関わりもあり、記憶に残しておきたいと思う。野中圭さんには東京時代、様々な歌会の場へ案内していただき多くを教わった。

ハワイ「潮音詩社」の軌跡

創立80周年記念　第六合同歌集『貿易風』出版記念会

2003年1月吉日発行　潮音詩社（資料：ハワイ潮音詩社短歌会概歴より）

発会　1922年5月15日

1　毎月第2日曜日、ハリス教会にて歌会。「林間」誌に掲載

2　「ハワイ報知」、「ハワイパシフィックプレス」に毎月掲載

3　1980年5月4日、「林間短歌会」「潮音詩社」合同日米短歌大会

4　1992年6月2日、日米短歌大会　潮音詩社70周年短歌大会
5　1997年11月16日、日米歌人クラブ主催　第2回国際交流
6　2000年3月5日、芭蕉と連句・座の話
7　2000年9月27日、第3回国際交流日加短歌大会
8　2001年5月27日、林間夏季集会（京都ホテル）

合同歌集『貿易風』には、当時「林間」編集委員であった野中圭氏が「潮音詩社」の経緯を綴っている。母国日本から遠く離れた異国の地ハワイやブラジルで短歌を詠み続けた人たちへの交情と、それを支え続けてきた先達の思いがよく解る文章なので抜粋しておきたい。

野中圭**『潮音詩社』との神の糸**より抜粋

1922年5月15日に創立発会をされた「潮音詩社短歌会」が、80年を閲したということには深い感慨を覚えます。

100年余り以前に、官約移民としてハワイに渡られた一世の方々のご苦労については、「ホレホレ節」を唄って言葉の壁と労働の苦悶に耐えた、というお話を最初に訪ねた折にしみじみと伺いました。そして太平洋戦争開戦とともに、ほとんどの日系男性は米国本土の収容所に送られ、不自由な収容所生活を送られたことも聞きました。この収容所生活の

なかで、心の支えになったのが短歌であった、と伺いました。

一世の方々から二世の方へ、紆余曲折の歳月のなかで受け継がれてきたハワイの短歌の歴史は、潮音詩社の方ばかりでなく、短歌が生活の潤いのひとつの源泉となってきたことを示し、また言葉を通して、日本との心の通い合う絆がつくられてきたことでもあり、おろそかにはできない尊いことと思います。

1957年頃と聞きましたが、短歌の総合誌『短歌研究』『日本短歌』の発行人であり、「林間」の創立者でもあった木村捨録主宰が、戦後日本の文化使節として、アメリカや南米ブラジル、またフランスやイギリスなど、2回に分けて各地を訪問されました。その海外訪問の途次、ハワイにも立ち寄られたことが機縁となって、林間と潮音詩社との提携を見、今日までハワイ支社としてご協力を戴いております。このいきさつを思いますと深い神の糸が感じられてなりません。

このたびの潮音詩社合同歌集『貿易風』は、『レイラニ』『レインボウ』『ペアの実』『アロハの島』『ゴールドツリー』に次ぐ第六歌集になるわけです。人々に情熱の営みが長い歳月を重ねるなかで、生み出してきた成果は貴重なものと思います。アメリカ文化との融合をはかりつつ、日系の血の流れている人々に種をまいてきた日本語の短歌の歴史には強く注目しております。

潮音詩社のメンバーは変っても、80年の歴史を繋いできた方々の志を辿り、少数であっても日本語の文化をこの後ともに歴史のなかに残していただきたいものと切に望んでおります。多くの方々のご清鑑を念じ、心からお喜びを申し上げます。　２００２年８月吉日

合同歌集『貿易風』より

※貿易風とは、ハワイでは山のほうから吹いてくる爽やかな風

庭隅に頭程にも実りたる南瓜を割れば太陽の色　大谷浄子

「お陰様で」と桜祭女王候補笑む仄かに見たり日本の心を　上川美代

生前にコンピューター欲しと君言いき彼岸に届くEメール欲し　亀田佳子

わが背に輪廻転生の文字ありぬ独り荒野をさ迷える夢　久保田芳子

折にふれ三十一文字につづりたる心のかたみ子孫に残さむ　熊本至豆子

老いて行くことの虚しさ意識せず日々満たすべし母を見守り　黒田純子

幕おろす百余年の甘蔗栽培時代の流れに終に退く　小西文子

十年は夢と過ぎゆくハワイにて英語話せずくちなしの花　高洲江文子

ウエブスターの重き英辞書確かなる彼の日書斎に父優しかり　高林りあ

終戦記念日の永井荷風を師と仰ぐ願わくばあの自在真似たし　竹林善田

山並みを匠の刃で研ぎたるかコーラウに肌青く逞し　建山梅

雅楽人の白き額の各々の銀の矛先きらりと揃う　椿野口真由美

ミヅーリ号五十三次式典に招かれてひた偲ぶなり重光外相　寺岡達夫

白き浜我が足印す故里の雪踏み遊びし幼な日の如く　時任愛子

母の歌うブラームスの子守歌不意に聞こえて夏風さわぐ　ハインズ邦子

古びしもなお匂いたつ心地せり墨の濃淡母の心に　村上明子

朝涼のホノルル行けば露草の咲きてうれしも古里に似て　村本季美

ワイキキのビルを茜に染めあげて沈む日輪輝きを増す　柳井靖子

チェロ独奏「鳥の歌」そして、オアフ島・カウアイ島へ

『貿易風』出版記念会の旅程には様々なオプションが用意されていた。ハワイ大学の日本文化発表会や、日系移民一世の切り拓いた高台の街の住宅訪問とミニコンサートなど心に残る企画がいっぱいだった。

ミニコンサートではカザルスの演奏で有名なカタロニア民謡、「鳥の歌」のチェロ演奏を眼前で聴いた。ワイキキを遠くに臨む小高い丘の上の住宅で。

１９３６年に勃発したスペイン内戦の結果、自由を奪われフランスへ亡命したカザルス。１９７１年10月24日、国連総会でカザルスはスピーチと演奏をした。カザルスは当時94歳。愛用のチェロを手にしてこう語ったという。

「カタロニアの民謡から『鳥の歌—El Cant dels Ocells』を演奏します。鳥たちはこう歌います。

『Peace, Peace, Peace（平和、平和、平和）』と」。

チェロを演奏してくれたのは、日本から駆けつけた青年チェロ奏者。以来、チェロ独奏「鳥の歌」のメロディは、平和の歌として心に刻印された。カザルスの「鳥の歌」は、切なさがまず迫って来て次に癒しを感じる。そして小鳥が飛び交うように曲調が変わる。世界の平和のシンボルとして弾き継がれてきた曲に私たちは聴き入った。

さて、旅程の後半の自由旅行として、私はカウアイ島を選んだ。日本からの参加者の多くが参加した。早朝にオアフ島の空港から出発して、カウアイ島のリフエ空港まで約40分。カウアイ島はハワイ諸島の最北端にあり、ガーデンアイランドとも呼ばれている。美しい海だけでなく渓谷や山や川の大自然が広がる美しい島。圧巻はワイメア渓谷の景観で、自然の浸食でつくられた深い渓谷の壮大な景色には息をのむ。そして、ワイルア川を遊覧船で遡上して、シダの洞窟へ。遊覧船上ではウクレレやフラダンスやハワイアンソングを間近で見たり、カヤックに乗る人たちと手を振り合ったり、往復1時間半ほどのツアーを楽しんだ。何百年もかけて作られたシダの洞窟の歴史と遺産は、神聖な場所として心に残った。

ハワイオアフ島定番の観光は、ほとんど網羅されていて楽しかったが、いちばんの収穫は、リアさんやハインズさんはじめ多くの歌友たちと懇意になれたこと。その後もずうっと親交が続き、後にハワイを訪れるたびに皆さんが集まってくださった。ワイキキの浜辺を見ながらザ・ロイヤル・ハワイアンのレストランでブランチを楽しむ。ハワイのサンドイッチは座布団サンド、ハンバークはわらじハンバークと名付けるほど大きくて、何時もシェアしたりドギーバックで持ち帰ったり……。ボーイさんへのチップの計算も渡し方もスマートな仕方を習った。また、ニーマン・マーカスの3階にあるマリポサのテラス席で飛び切りの眺めと料理を楽しみながら会話を楽しんだ。

訪ね来し友とオアフの白き砂ひと足ごとに輝くを踏む

高林りあ（筆名）

愛する人

ハワイのパーティの折、テーブル席が隣りだった私は、リアさんから高林Yさんを紹介された。シャイでハンサムな大阪生まれの彼は、短歌にはあまり興味はなく、リアさんを愛していて家族として参加されていた。でも、リアさんの歌はよく読んでいるとおっしゃった。ケンタッキー州に住んでいた頃、お店に行った時に知り合い、彼の猛アタックで結婚。数年前にハワイへ転勤して幸せに暮らしているとのこと。彼は外食業界の伝説的人物・ロッキー青木がアメリカで成功させた鉄板焼レストラン「BENIHANA　OF　TOKYO」のディレクターだった。ハワイワイキキのヒルトン・ハワイアンビレッジの「BENIHANA」は現在はオーナーが変わり、２０２２年から「AOKI TEPPANYAKI」となっている。

*

Yさんは、いつもリアさんが話す2人のエピソードを楽しそうに傍らで聞いていらした。彼女が足を手術した時もしっかり寄り添っていた。人を愛することはそれだけで尊いと思わせてくれる2人の幸せな日々だった。

間もなくして、Yさんが末期のがんに侵されてハワイの病院で闘病中だと聞かされた。驚いた、と同時に、言葉が見つからない。遠いから側にいつもいてあげられない。メールや電話で話を聞くことしか出来ない。神は何故このような試練を人に与えるのだろう。仏は何故このような人生を人に与えるのだろう。暗闇のような壁が立ちはだかっていた。

『Life Songs』～Giving Voice To Spirit Within

Editor：Jane-Elyse Pryor

1999年、リアさんから航空便でプレゼントの本が届いた。毎日読んでいる本だというその絵本は、ほぼ正方形で、空色の表紙に薄いパラフィン紙のカバーがかかっていた。そしてまん中に『葉っぱのフレディ―いのちの旅―』(The Fall of Freddie the Leaf) と同じような形の葉っぱが1枚。フレディのほうは黄色の葉っぱ、『Life Songs』は緑の葉っぱ。色の違いはあるけれど、タンポポの綿毛を見つけた時のように嬉しい。

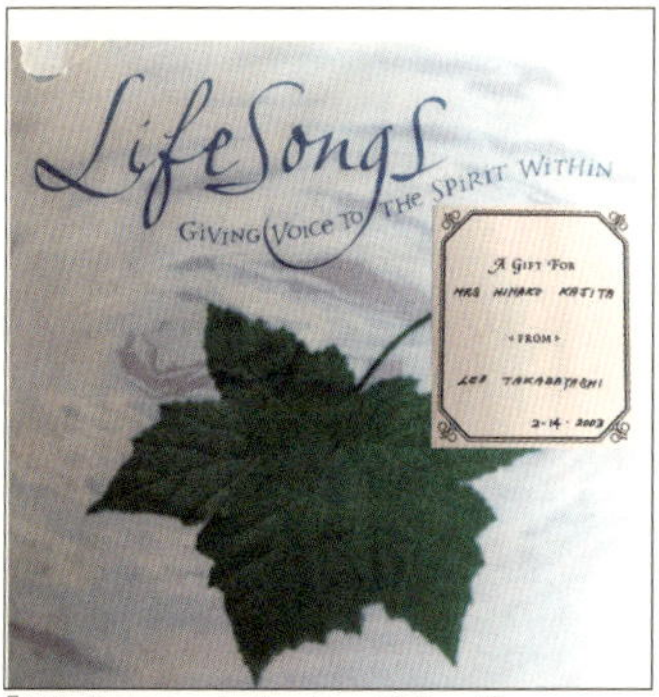

『Life Songs』とメッセージカード

表紙をめくったところに手書きのメッセージカードがあった。

“A Gift For” Mrs HINAKO KAJITA From LEA TAKABAYASHI 2-14 .2003
英語で書かれたこの本は、例えば森の木陰で風が流れる音を聞くような、また森の小川のせせらぎを聴くような優しい色合いの絵とともにページをめくるごとに心に響く本だった。嬉しかった。生きることに疲れたときにそっとページをめくると良い。今のリアさんにとっていちばん心を癒される本なのだった。

「想像してみてください。／どこか静かな場所にいて、／不安な心を空っぽにして、／静けさの平和と癒しを／あなたの魂に流し込んでください。／鳥のさえずりと美しさに囲まれた庭園の真ん中で、／落ち着いた気分を味わってください。／太陽の光で暖められ、／青い空を舞う蝶に元気づけられている自分を想像してみてください」

どのページからも、瞑想をしているかのように精神的なストレスを遠くに忘れ去り、癒してくれる……そんな本。先ず描かれた絵のイメージを心に落とし、それから本文を読んだ。Growth 成長、Change 変える、Renewal 回復、Affirmation 肯定、Fresh Starts 新しい出発、Spirit Self 精神を自ら、Legacy 受け継がれるもの、最後は Meditation 瞑想、Energy 活力などの文字が大きく表れてくる。

この本を大事にしようと思った。身近においていつも読みたいし、いつも見ていたい。行間から流れる静かな音を聞いていたい。

時を前後してレオ・バスカーリア『葉っぱのフレディ―いのちの旅―』（みらい・なな訳、1998年・童話屋出版）が札幌の高橋悦子さんから届いた。解説には、

この絵本を、自分の力で「考える」ことをはじめた子どもたちと、子どもの心を持った大人たちに贈ります。わたしたちはどこから来てどこへ行くのだろう。生きるとはどういうことだろう、死とは何だろう。人は生きているかぎりこうした問いを問いつづけます。この絵本が自分の人生を「考える」きっかけになってくれることを祈ります。本書はアメリカの著名な哲学者レオ・バスカーリア博士が書いた、生涯でただ1冊の絵本です。

この絵本の原書を手にしたとき、編者はすぐに出版を決意し、契約にサインしました。絵本の中には編者の決意をうながすキーワードがありました。「CHANGE NATURAL」。作者のバスカーリア博士は敬虔なクリスチャンです。変わることは自然なことだ、死もまた変わることの一つだと書いています。日本人の死生観と同じです。物語は、春に生まれた葉っぱのフレディが、夏にはよく働き成長し、秋には紅葉し、冬には死ぬけれど、また春に生まれるという、いのちの循環を書いたものです。

……この地球上では太古の昔から、いのちの循環が行われています。バスカーリア博士は、子どもたちに向かって絵本を作るとき、哲学のみならず自然節理の観点からも、生態系循環の真実を語りました。

2017年に105歳で天国へ召された医師の日野原重明氏は、この絵本のミュージカル「葉

っぱのフレディ」の企画を手掛け、初公演には自身も出演して子どもたちと一緒に踊った。それは高橋悦子さんも参加していた「生と死を考える会」のテーマでもあった。

「一病息災という言葉がありますが、何か病気があると、健康の良さがわかります。健康というのは病気があるにもかかわらず、健やかな気持ちを保つこと。そして、上手に生きている姿であると思います」(日野原氏談)。2冊の本を読みながら、この言葉を先ずリアさんと悦子さんへ、そして自分に贈ろうと思った。「生きる」は大切な私のライフワークのテーマになった。

ホスピス

2003年6月、Yさんは日本の病院での終末治療を選び、ハワイの病院から転院した。大阪淀川キリスト教病院のホスピス・緩和ケア病棟は、治すことのむずかしい疾患の患者が、その人らしい生活を送ることができるように援助するところ。患者は勿論、家族が大事にしていることも大切にしながら、存在の意味と価値を守り、命を支えてくれる。全人医療、すなわち体と心と魂が一体である人(全人)に対してキリストの愛を以て仕えるという理念は、病院に足を一歩踏み入れた時から感じられた。

林間の梶田ミナ子さんが折にふれてお見舞いに行かれ、大阪在住のリアさんの友人も駆けつけてくださった。辛い日々だったことは想像できた。リアさんは私たちと会うときは明るく振舞っていたが、宿泊しているホテルに戻ってシャワーを全開にして泣く日々だったと、後で知った。

彼女自身も持病で辛かった時期。どんな言葉も役に立たないのが悔しかったし、傍にいられなくて成す術がないのが苦しかった。

3ヵ月の滞在しか出来なかったリアさんは、ビザ延長のために一時帰国して、ビザを更新して日本へ戻ってきたとき、たくさんの思い出のアルバムをボストンバッグに詰め込んでいた。

入国を待って、東京に住んでいた私は新幹線で駆けつけた。病室では、いつもと変わらず他愛もない話に花が咲く。Yさんに「ネネ」と呼ばれ、思い出話を聞かせるリアさんもそれを聞くYさんも幸せそうな笑顔だった。部屋には歌友から届いた花や写真が飾ってあり、「これ、ぜ〜んぶリアさんの友人から？」とお姑さんが驚くほどたくさんのお見舞いが届けられていた。

「ひな子さん、お昼ご飯に行きましょう。一緒に食べましょう」

午後1時を過ぎていた。お腹が空いていないかと彼が気遣ってくれた。ベッドから車椅子に乗るのを手伝い、私は後ろから車椅子をゆっくり押した。リアさんは洗濯物を片付けに行った。病院のレストランはわりと空いていた。「僕はカレーライス。ひな子さんは？」私もカレーライスを注文した。Yさんは食べられなかった。食べられる状態ではないのに、私に元気を見せるために注文してくれたのだった。

「ネネを頼みます」

頷いたのか、何か言葉を返したか？？　記憶がない。洗濯ものを片づけてから合流したリアさんと3人でお喋りしながら昼食の時間が終わる。

疲れさせるといけないので「また来ますね」と言って部屋を後にした。

＊

しかし、その「また」という時は、ついに訪れなかった。それからしばらくして、Yさんが天のお星さまになったことを知らされた。

大阪の旧家である高林家のお葬式がどのようなものであったかつゆ知らぬまま、時が流れる。リアさんは喪主を務めたという。そして、直ぐにハワイに帰るように言われた。アメリカ帰国準備が始まった。先輩のミナ子さんが渡航のための片付けに寄り添い、アメリカ領事館の手続きには大阪の仲谷理恵さんが手伝ってくれた。リアさんの持病の経過もマインドも心配だった。こんな時に何をどうしたらいいのか、私は何も出来ないまま電話で話を聞いて頷くだけ、祈ることしかできない身が悲しかった。

空で瞬く星の一つになってしまった彼のお骨を抱いて、リアさんは独りでハワイに戻った。２００３年秋のこと。

＊

帰国後、後に「無気力で辛い1年半だった」と書いたリアさん。傷心のあまり何も手につかぬ様子だった。

左から梶田ひな子、リアさん、梶田ミナ子さん

――だれでもいい、そばにいてほしいの。

真夜中の電話で何回も訴えた。声を聞くだけだった。会いたかった。

貿易風の吹く頃

――アロハ！　リアで～す
電話に出ると必ずその声がする。声を聞く度に切なかった。

――今、ハワイは真夜中じゃないの？　起きていてもだいじょうぶ？

――眠れないの。……そばに誰でもいいからいてほしい。……

東京↑↓ホノルル　渡航の往復便チケットをとっただけでハワイに向かった。10日間余の予定は真っ白。真っ白な時間を何色に染めていくかは私たちの気持ち次第。何をしてもいいし、何もしなくてもいい。傍にいるだけで良かった。２００４年3月、貿易風が吹く季節だった。

ホノルル空港まで迎えに来てくれたリアさんの瞳も私の目も心なしか潤んでいた。

「リアさーん、会いたかった」

ハグした。何から話したんだろう。

「ほら、お花が綺麗でしょ」

高林リアさんと

街路樹のレインボーシャワーもピンクシャワーもゴールデンシャワーも大きく美しい花を零していた。

ハワイ州政府ビルや公共建物が立ち並ぶ街を見下ろすタワーマンションの高層階がリアさんの自宅。高速エレベーターで一気に昇ると、広いエントランスがあり広い住居がある。お星さまになった主Yさんのいないリビングも、キッチンも、広いテーブルも淋しそうだった。揃えた箸置きやナイフやフォーク、蔵書のコレクションがYさんの存在を示していた。リビングには、リアさん自身が描いたというグリーンの丘と森の油彩の美しい大きな絵が掛けてある。テーブルの隅に劇薬の黄色いシールのあるボトルは彼女のお薬。何もかもが美しくて悲しかった。

寝室に新しく作られたお洒落な小さな仏壇の位牌の前でお鈴《りん》を鳴らす。

「チーンチーン、チーーン、チンチンチン」

家中に響く大きな鈴《りん》の音と大きな声。

「パパ、ただいまー。ひな子さんが来てくれたのよ」

窓の下には大きなプールが見え、遠くの空の青と海の青が呼応して濃くなっていた。美しかった。リアさんが美しい紅斑雲を見たのはこの窓からだったのだろうと思った。


ゆうらりと夕焼雲のひろがりて天に耀う紅斑雲《べにはだれぐも》　　服部童村

「これをあなたに差し上げます」福島在住の先達歌人、服部童村氏から以前に頂戴した書を私は軸装に仕立てた。中国の古い壺「澱青釉紅斑瓶」（鈞窯　金時代12世紀）に描かれた紅い文様と夕焼け空の雲の佇まいが似ていたから紅斑雲《べにはだれぐも》と詠んだという。壺の写真記事が添えてあった。その話をリアさんに伝えたら直ぐにホノルルの赤い夕焼空を撮って大きく引き伸ばしてエアメールで送ってくれたのだった。

久しぶりに一緒に過ごした10日間に、リアさんのマンションに居てしたこと。それは一緒にお祈りをすること。一緒に食事を作ること。お喋りをしながら一緒に食事をして一緒にティーを淹れる。一緒に外出する。一緒に掃除をする。一緒に絵を描く。一緒に公園へ行く。一緒に部屋の模様替えをする。一緒に、一緒に、一緒に……。

ホノルルの街に出た。バスに乗って、トランスファーチケットの取り方も覚えた。近くの公園にある大きなバニヤンツリーは、20m以上もある高木で、気根という長い根っこを幾筋も地に垂らしている。下りたところからまた伸びるエネルギー旺盛な植物。気根が地に下りる度に根元が太くなって益々威風堂々とした風情になっている。有り余るようなバニヤンツリーのそのエネルギーが妬ましかった。

いちばん行きたかったのは浄土ミッション。大阪出身の楢林住職が何かと相談に乗ってくださっていた。お礼とご挨拶をした。最近パパになったばかりの住職にベビィの名を刻印したワインをプレゼントした。大阪出身の住職の大阪弁は優しかった。

Jodo Mission of HAWAII 放生会《ほうじょうえ》

ハワイの浄土ミッションは、浄土宗のハワイ開教区ハワイ浄土宗別院として明治時代の終わり1907年に設立された。ワイキキビーチから車で15分、マキキストリートにある。地下1階地上2階建て、本殿の隣には大きなソシアホールがあり様々な催しに使われていた。

3月13日の「放生会《ほうじょうえ》」に一緒に参加した。放生とは、生き物を放すという意味で、魚や鳥などを自然界に放ち、その生命に感謝する伝統的な法要。この法要を通して私たち人間は他のたくさんの命や自然の恵みの上に成り立っていることを再確認してそれらに感謝する。

プログラムは。Temple Bell から始まった。日系二世三世とともに mu-mu- と書いてある経文に声を合わせた。僧侶が低く大きな声で唱えるのは、悲しみを落ち着かせるためと後に聞いた。放生会の最後には、ソシアホールから庭へ出て生き物を自然界へ放つ。生き物の象徴としての白い鳩が一斉に青い空へ飛び立つ。たくさんの鳩が大きく旋回して青空の向こうへ消えた。庭のプルメリアの花が散っていた。

お墓は、ボックスが縦横に並んでいる一画にある。中にはそれぞれの家族が大事にしているお位牌や写真や思い出の品や花が飾られている。ナンバーを見つけてお参りし、書いてきた般若心経を入れた。それから住職にご挨拶してお寺を後にした。ホノルルの青い空のように、青い海のように、心が青く透きとおって行くのを感じた。死者への祈りは今生きている自分のためでもある。心が浄化されて行くひとときを過ごしてリアさんと浄土ミッションを後にした。

お薬が足りない！

その日は土曜日だった。楽しく過ごしている間に病院へ行って薬を貰うことをすっかり忘れていた。「あっ、いけない」リアさんは焦った。薬が切れると鋭い痛みが出る。土曜日だから病院は閉まっている。薬局も処方箋がないと薬を出せない。まして劇薬の黄色いシールがついたお薬。薬がない生活をしている私には想像できないことだが、顔を真っ青にしてあちこちに電話をしている。大丈夫だろうか。

きっと、私のせいだ。大事なことを忘れるほど2人で楽しく話し、楽しく遊び過ぎた。私は1日だけ一人で街に出て図書館や公園や博物館を歩き回ったけれど、「早く帰ってこなかったら捜索願を出すからね」とリアさんは心配ばかりしていた。

薬が切れたら……どうなるのだろう、痛みは？？　焦りが伝染して心配でならない。結局、休日の知り合いの医者に連絡がついて一件落着。薬の有難さと怖さを同時に味わった。とにかく急場は凌いだ。日々、薬とともに生きている命の多いことも知った。

形見の指輪と中国端渓名硯《たんけいめいけん》

一緒に過ごした中で、私は大切な仕事をリアさんから託されることになった。最愛の夫Yさんの形見である純金の指輪を、オハイオ州で暮らす息子さんの指のサイズに直すこと。親から子へ託す心のリレーの場面に私ごときが関わっていいのか気になりつつも、預かった。それを託すお店は銀座のティファニー。この指輪は、かのアメリカンドリームを体現した伝説の男・ロッキー青木から賜った品。まさに責任重大。東京に住んでいた私は帰国後、銀座のティファニーに行き、サイズ直しを依頼。後日無事に受け取り、夏に来日したリアさんに手渡しすることができたのだった。きっと父親の形見の指輪を手にした息子さんに、親の深い思いが伝わっただろうと思う。

リアさんの金糸の入った袋帯をバッグにするための手直しを依頼された時は、京都の老舗専門業者に依頼した。本物の「もの」の価値と、ものに託す思いを知る良い機会をいただいた。金糸が一本でも歪んでいる生地の部分は一切使わないという老舗のこだわりも教えていただいた。袋帯は素敵なバッグ数個につくりかえられ、ホノルルの大切な友人に分けられた。足が傷んで着物が着られないリアさんの単衣のピンク色の着物は私が頂戴した。この着物は、京橋の行きつけの着物専門店で紫色に染め直してもらい、後々ライオンズクラブの例会やお茶会などで着ることができたし、後のハワイの出版記念会の折にその後亡くなったリアさんの形見として袖を通して参加したのだった。

そして、もうひとつ託されたのは「中国端渓の名硯」。広東州に端渓という谷川があり、この場所で掘り出される原石で作られる硯で、楕円形の赤い天板底板付き彫刻付の高級なもの。Y氏が出張で中国へ行った際に求めたが、誰も使わないので書家でもある私に使ってほしいということだった。勿体ない贈り物を有難く頂戴した。硯は使ってこそ息を吹き返す。その役目を果たす。「書のまち春日井」の様々なイベントで使うとき感謝とともに彼女を思い出して墨を磨る。

秋晴れの日

一周忌　ハワイの法要　Jodo Mission of Hawaii

Hawaii リア　→　Tokyo ひな子　2004・10・5

Clear Day ひな子さん　有難うございました。素晴らしいお花と、優しさにあふれた電報、確かに頂戴いたしました。お寺に届けていただきまして、お御堂《みどう》の祭壇の中央に、供えさせていただきました。

Yさんのお位牌とお骨壺を守るような配置で、お住職さまがなさってくださいました。悲しいけれどいい日でした。

無気力で辛い毎日の1年半でした。がんという恐ろしい病気に、大切な人が日々衰え、苦しいながらも生きようとしている姿を思い出しながら、何とか今日までまいりました。

大きな心の支えと強さを、私に与えてくださったのは、ひな子さんはじめ優しい友人と2人の子どもたちでした。本当に有難うございました。浄土宗総督の法要はたいへん立派でした。御法衣は奥ゆかしい深い緑色（あとで伺いましたら、「松重ね」という色で、松葉色と紫色の2色の絹糸織だそうです）。白金色の袈裟もそれは素晴らしいお姿でした。

お経もおごそかで、悲しいなかにも透き通るようで、私の左右に着席していた「BENIHANA」の日系三世の支配人と料理長は緊張で、お焼香の時もガチガチだったとのことです。

Yさんも、さぞかし喜んで安心してくれたかな。きっと、にこっとして、「ひな子さん、おおきに。俺の思った通りのええお友だちですなあ。うちのやつ、しょうもないのんどすが、よろしゅうお頼みやす。俺、ちっと早すぎたけんど、まあ、ここから見とりまっさかいなあ〜皆元気でなあ〜、気張らなあかんで〜たのんましたで〜」って。

大きな花かごの薔薇、胡蝶蘭、かすみそう、うすむらさきの蘭、カーネーションなどのなかに、大好きな桔梗がありました。本当に素晴らしかったです。電報は、住職さまが、こちら向きで、日本から届きましたと、朗々とお読みになり皆さんに報告しました。

お御堂《みどう》全体がシーンとしていましたが、柔らかな明るい光に包まれたのです。

きっとまた、お会いしましょうね。お身体、お大切に。MAHALO

Yさんと私の 大切な友人 ひな子さんへ

Re 昴に聴く 夢物語

Tokyo ひな子 → Hawaii リア　2005・2・7

夜が更けてきました。メールを読んですぐ電話をしようとして思いとどまりました。今、ホノルルは真夜中ですよね。あなたの眠りを覚ましてはいけません。眠りは生きるのにとっても大事なもの。今夜も夜空の星が煌いていますか。ミナ子さんとお会いできましたか。近くにいる友だちも、遠くにいる友だちも、離れて住む家族も、リアさんの気持ちを思って生きています。

今年になって新聞の書評が気になっていた本を買い求めました。『仏教発見』西山厚著（講談社現代新書）。僧侶でもなく、どの宗派にも属さず、どの寺の檀家にもなっていない。仏教の信者でさえないのかも知れない。仏教は東洋が生んだ深い知恵であると考えている作者が書いた本です。こんなくだりがありました。父というところを亡きYさんに置き換えて読んでくださいね。

「父が亡くなった時から、私は確信している。私が死ぬ時、父は必ず私を迎えに来てくれる。私はそれを確信できるまでに父から愛されていた。父の死を契機にして、私は次のように思い始めた。死ぬとは、先に亡くなった一番大切な人にまた会えること。大事なのは、その時まで生き切ること。久しぶりに会うのだから、いろんな話をしてあげなくてはならない。暗い話は、だめ。喜ばれない。素敵なみやげ話をたくさん持っていくために、その時まで精一杯生き切るのだ」

また、『青い鳥』のチルチルとミチルが青い鳥を探して想い出の国へ行った時の話。

「思い出せば、死んだ人は目を覚ます。思い出す時、死んだ人は心のなかで甦る。心の中で生きているのだから、死んだことにはならない。死んだ人はその人のことを思い出す人が誰もいなくなった時、二度目の本当の死を迎える」

「人は一人では生きられない。様々な支えがなければ生きることができない。物質的にも、精神的にも、目に見えるものにも、目に見えないものにも、私たちは支えられて生きている。と同時に、私たちもまた、どこかで誰かをわずかなりとも支えている」

そして、「縁起（縁があって起こる）」「慈悲」などの思いが書かれていました。

『般若心経で知る幸せの法則』（島本和則著）も読みました。ただのお経と思っていた経文には、幸せの法則が書いてあるということを教えられました。一念発起、義父の葬儀の後、般若心経を暗誦しました。次にホノルルへ行った時にはYさんにお経をあげられるようになりましたよ。

リアさんの思いを、呟きを、三十一文字に託してくださいね。5月号の特集「未来を詠う」や7月号「自選作品集」（一人7首）に書いてみませんか。想いをYさんに届けましょう。私もこのEメールで相談に乗りますから。 また、書きます。おやすみなさい。「昴に聴く（夢物語）」このタイトル、素敵！ ネネ！ Maharo！

※後日、彼女は浄土ミッションの六角堂に籠って歌に向き合う。心を鎮める大切な時間だったという。

東京新宿

２００７年９月、ホノルルの詩吟の会の日本公演があり、詩吟をやっている時任愛子さん一行に加わって、リアさんと村上明子《たえこ》さんが日本入りすると聞いたので会いに行くことに。沖縄観光の後に東京入りだという。時は長月、場所は東京新宿近くのこぢんまりとしたホテル。

この２人が集まると掛け合い漫才のようで笑いが絶えない。機内で面白いおじさまがいたとか、そのおじさまに聞かれないように英語で冗談を話したとか、新宿のデパートで下着を買った時の店員とのやり取り、タクシーに乗ったら目の先にこのホテルがあった等々、思い出しては笑い転げる。まるで箸が転んでもおかしい年ごろの娘のように楽しく……。

明子《たえこ》さんは、金沢生まれでＧＨＱにて勤務の経歴を持ち、日系二世の村上氏と結ばれた。水茎美しき筆文字を書く方。「ご免あそばせ」「恐れ入ります」に続く日本の言葉が美しくて憧れの存在だった。その明子さんがリアさんといると、とにかく笑い転げるのが新鮮でまた楽しい。英語も美しかった。

二人と会って思い出話をしたり近況を話したりしていると、詩吟の会の会合から時任愛子さんがホテルに戻ってきた。第一声は、

「あら、ひな子さん、こんにちは。まぁ、オベベなんか着ちゃって」

それを聞いて、リアさんが「おべべだって〜」とケラケラ笑う。そう、私は時々着物を着る。おべべに間違いない。愛子さんは川崎に親戚があり息子さんはグアム在住。そして、何よりハワイの潮音詩社の代表を長く務めていらした。ひょうひょうとしていつも話が面白い。詩吟をやるだけに声に張りがあり、よく通った声で面白いことばかり話された。みんな短歌で繋がる素敵なお友だちだった。

楽しい時間は瞬く間に過ぎる。おなかから笑えた時間が愛おしい。誰も彼も、様々なことを乗り越えて今があった。

クリスマスには素敵なカードが届き、折りに触れてのお

時任愛子さん、村上明子さん、ハインズ邦子さん、梶田ひな子

手紙やEメールの交友はずぅっと続いている。

突然の別れ

２００９年8月。

「リアで〜す」携帯電話が鳴って出ると、何時もの声。

楽しい話の合間に、「咳が出るから病院へ行くわ」と言っていた。いつものように長話して「またね、マハロ！」と切る。

数日後、村上明子さんから驚きの電話が入る。２００９年9月1日のこと。

「リアさんが亡くなられました。病院で手術を受けてそのまま……」

……………………………………

……………………………………

弔辞

高林リアさま

突然の悲しい知らせをいただき呆然としていまだに信じることができません。深夜のホノルルからあの優しい声で「リアで〜す」とお茶目な電話が今でも入るような気がします。

2001年初夏、京都夏季集会にて私たちは出会いました。同じ若草色のスーツを着ていた私たちはすぐに仲良しになり、メールのやり取りが始まりました。2003年春、潮音詩社合同歌集『貿易風』の出版記念会では、最愛のパートナーYさんを紹介していただきました。

『貿易風』の中のリアさんの歌には、お父様の思い出とともにこんな幸せな歌があります。

小さき愛の一つやもしれぬ風のなか蝶を指さす夫《つま》の優しさ

包丁を研ぐ夫の背は頑なに一つの道を歩む界見す

繰り返しまた読み直す吾子《あこ》の便り雪光りつつ過ぎてゆく午后

優しいご主人と、2人のご子息に恵まれて笑い声の絶えない幸せなご家庭でした。

でも、神様は厳しい試練をあなたに課したのです。Yさんの手術後の経過が思わしくなく、6月淀川キリスト教病院のホスピス棟に移られました。逃げ水のような時間を泳ぎつつ、一縷の望みをつなぐ日々が続きました。病室では気丈に明るく振る舞いながら、あなたの胸は張り裂けそうでした。夜、独りになるとシャワーを全開にして大声で泣いていらっしゃったそうですね。それを聞いても何も出来ませんでした。

「ネネを頼みます」とおっしゃったYさんは、その秋、あなたの愛に包まれて静かに旅立たれました。空の星になられました。

お骨を抱き、心身ともに疲れ果てたあなたを支えてくれたのは、ハワイの青い空と海、長い長い時間とオハイオに住む息子さんやお孫さん。そして浄土ミッションの楢林先生はじめ、潮音詩社の歌の先輩方や友人たちだったと拝察いたします。

貿易風が吹く頃一緒に過ごしたあなたのホノルルの家での10日間は、私の心を成長させてくださいました。大切な時間でした。

「天国の入口で待っててね、パパ、約束！」

ホノルルマラソンのゴール場面のようにいつも話していらしたから、きっとYさんにお会いできましたね。たくさんの話をされていることでしょう。

ご夫妻の命のリレーのバトンは、確実にオハイオのお孫さんのキーラちゃんまで渡っています。どうぞ、ご安心ください。

今まで本当に有難うございました。リアさん、どうぞ安らかにお眠りください。いつかきっと会いに行きます。

梶田ひな子　（代読：ハインズ邦子）

浄土ミッションへ再び

翌年、9月1日　独りでハワイへ…向かう。目的はリアさんのお墓参り。半分は何も予定を入れず、海の青を見たり空の青を見たり本を読んだり街へ出たりして過ごす。ホテル近くの運河を散歩して風を感じる。知らない人と話すのもバスに乗るのもリアさんを偲ぶ思い出に繋がる。

アラモアナショッピングセンターのニーマン・マーカスのお洒落なレストランで潮音詩社の友

人5人と食事をした。リアさんの形見の着物を着た。
90代の上川美代さんは本当にお若い。ハインズさんと村上さんはいつも企画役。みんなと一緒に浄土ミッションへお墓参りをした。Yさんもリアさんも居なくなったハワイでこのミッションを訪れるのは既知の人だけになってしまった。村上さんはその中でもよく浄土ミッションまで車を走らせてお参りに行って様子をお知らせくださった。彼女の好きな大輪の薔薇を届けて……。

Honolulu 村上明子 → kasugai 梶田ひな子　2015・9・8

ひな子様
すっかりご無沙汰に打ち過ごして居りますうちに何時の間にやら長月に入ってしまいました。お変わり無くお忙しくお活躍の事と存じます。
今年リア様の七回忌でしたので、娘とともに伺ってまいりました。月日の経過は全く早くもう6年経って仕舞いました。リア様のお好きでした薔薇と百合のお花をお供えして参りました。お若くして逝かれましたのね。つくづく残念と思いました。
今日こちらは、今もって32度で暑くて暑くてあられもない姿でお手紙を書いて居ります。お宅様のほうも此の頃は気温が定まらず大変ですね。何卒お身体にくれぐれもご留意しましてお過ごしくださいませ。

水茎の麗しい筆文字のお手紙は明子さんの人生を表していて美しい。いつも気にかけて浄土ミッションを訪ねてお参りしてくれた。

知的なハインズ邦子さん

ホノルル・カイルア在住、神奈川県逗子の出身であるハインズ・邦子さんは、いちばんお会いしている回数の多い友人であり、通信手段はもっぱら電話。電話で近況を伝え合う友だち。一時間余の長電話は常のこと。日本から掛けると料金が高くなるからといって、掛け直してくださる。

邦子さんはイエズス会センター・メテリスインターナショナルスクールの先生だった。USAアメリカンアーミーで教授のS氏と結婚して、ワシントンDCや他の基地を経てハワイへ。カトリックのセントメリーズの学校の先生をしている時に京都の夏季集会で会い、ハワイの出版記念会で再会した。

その後もお嬢さんのTさんと名古屋へも訪問してくれた。名古屋では徳川美術館へ行った。梶田ミナ子さんの運転で鵜飼万千子さんと私が同行した。

ミナ子さんとともにハワイに行った時は、村上明子さんと一緒に必ず駆けつけてきてくださった。ミナ子さんと2人でUSアーミーの施設の職員レストランを訪れたことも。

邦子さんの住むカイルア海岸は、オアフ島の東海岸にあるカイルアタウンの近くのビーチ。ダイヤモンドヘッドを挟んだ反対側に位置する。ワイキキのビーチに比べて海水の透明度が高く、美しい海と白砂を満喫できる。日本での疲れた心は、青い海に癒された。ミナ子さんが当時の旅の様子を歌誌「パラム」に書かれているのでここでは割愛するが、本当に心を癒してくれる大切な宝物の友だちだ。

ライオンズクラブ国際大会がホノルルで行われた時も、駆けつけて、ザ・ロイヤル・ハワイアンのワイキキ海岸の見えるレストランで私たち一行（春日井さくらライオンズクラブから6人、大前良子・伊藤典子・印東洋子・塚本淳子・足立由美子・梶田ひな子）とともにブランチを楽しみ、おしゃべりに加わってくれた。

街中、特にカラカウラ通りにはシャワーツリーの美しい花とともにLCのフラッグが溢れ、各国の文化の見えるパレードも実に陽気だった。世界中で様々な奉仕をする仲間の祭典はすばらしい経験であり、ホノルル在住の友人と会えたことも嬉しかったし、仲間たちがハインズさんらとFacebookで友だちになってくれたことも嬉しかった。

数年後、ハワイへご主人とともに短期語学留学をされた良子さんは、ハインズ邦子さんに会ったという。素敵なワインをお土産に。友人の輪が広がることは素敵なこと。ご縁に感謝である。

『虹雨花※の島』出版記念会　※Rainbow Shower Tree　**2012・10・21**

潮音詩社創立90周年記念短歌会と、合同歌集『虹雨花の島』出版記念会がホノルル「夏の家」で開催された。梶田ミナ子さんと私は日本から参加した。もうこの世にいないリアさんも一緒に参加しようと、彼女の形見の着物を着て参加した。司会はハインズ邦子さんと中村保恵さん。物故者会員への黙祷、林間短歌会代表挨拶（香取俊作／代読・時任愛子）、講演（梶田ひな子）、合同歌集批評（梶田ミナ子）、潮音詩社の歴史、詩吟……楽しい学びと宴の時間だった。

梶田ひな子講演「足し算の生き方　引き算の生き方」　要旨

ハワイという異文化の中で戦前戦後を生きていらっしゃった日系二世三世の方々に向けて、何を話すか迷ったが、私が心を動かされた事象や言葉や人や人生を中心に紹介した。人の生き方は十人十色。同じ人生はない。紹介した事例を心に一旦入れてもらい、好きなエキスだけを自分の人生に生かしていただければ幸いだと思って、資料を準備した。

・資料1枚目は、点を9つだけ描いたほぼ白紙に「一筆書きですべての線を一筆書き4本で結びましょう」の課題。答え合わせは最後に！　これは常識や思い込みから脱することを知るため。

・ドキュメンタリー映画『石巻市立湊小学校避難所』（監督：藤川佳三）
自然災害に遭遇した時に、人の心はどう動き、何に癒されていくかを東日本大震災の避難所で暮らす一人の女性に焦点を当てたお話。映画から教えられたことと実際に私が石巻から学んだことを伝えた。「人はいつだって優しくて、すごい」

・「ご苦労のやうですがどうか俄かに烈しくなさらぬやう、尚改めて申し上げます」宮沢賢治の書簡資料、友人の母・木光に宛てた手紙。これはこのまま、人への思いやりの温かい心。

・「生活に読点（、）を打とう」「気持ちを切り替える句点（。）を打とう」運は自分で変えられる。私たちはあまりにも時間に追われ効率を重視し、句点も読点もない生活に追われていないか？

・「人と人を繋ぐのは、怒鳴り声や甘え声ではない。思わず頬を緩める笑い声だ」

・「遊びをせんとや生まれけむ　戯れせんとや生まれけん　遊ぶ子どもの声聞けば　我が身さえこそ揺がるれ」平安末期に編まれた歌謡集『梁塵秘抄《りょうじんひしょう》』。いろいろな解釈の中の一つ「思うがままに生きてみよ」。無心に戯れ、嬉々として声をあげる子どもの姿に、忘れていた童心を呼び覚ましてみよう。

・「私たちは過去の感情・言葉・行いから成り立つ存在であり、過去のあらゆる経験の集合体であるという事実を受け入れた時、またそのような過去の記憶庫に左右され、自分の人生や選択の持つ色合いや陰翳が決まっている事実を受け入れた時、初めて、人生・家族・社会を変えられることに目を向け始める。

・「人生百年の半分50歳からは　物は引き算、心は足し算」

・「最上のわざ」ヘルマン・ホイヴェルス神父・元上智大学学長「年をとるすべ」の随筆の中で紹介の詩文　※第一章52頁参照

・「ぼけたらあかん　長生きしなはれ」天牛将富の詩

木曾の馬籠宿にて見つけた手拭いに書かれた面白い説教。

・最後に、高齢になって札幌からタイ・チェンマイへ移住した一女性の生き方を紹介した。

Mary thanks to you.

Hawaii　Kuniko　→　kasugai ひな子　　２０１２・10・24

ひな子さ〜ん、Mary thanks to you. 貴女は本当にアンビリーヴァブル……

素敵な素敵なお友だちにこころからの感謝を申し上げます。写真を嬉しく何度も眺めております。もうあの日から2日も経ったなんて……と思うと同時に、何かもっと以前だったような気もします。今日もお忙しい1日なのでしょう？　Please take good care of yourself, okay?

ひな子さんの美しい着物姿。滑らかなスピーチ、全てがワンダフルでした。お話の最中わたくしはしばしば参会者を観察していました。み〜んなあなたに引き込まれ熱心に聞き入っていました。嬉しかったです。

私たちに大きな喜びを与えてくださったひな子さんに素敵なことがありますように。またすぐにメール打ちます。そしてお電話も。

Love and aloha.

＊

大きな結社だった「林間」誌は、編集長や発行者を次々と失って、世代交代しながら今、新しい発行所で新しい編集者・服部えい子さんのもとで発行し続けられている。歌人服部童村氏は義父。先達の志を継いで小さくてもよい短歌誌を出そうとしている姿にエールを贈る。

支部代表の交替や高齢化もあって「林間」誌からブラジルのロンドリーナやハワイのホノルルの支社名は消えたが、短歌を愛する気持ちと心の繋がりは消えない。

第五章　ミモザの風に吹かれて

市原賤香さん

ミモザの花

春になり街角や花屋さんの店先に黄色いミモザの花を見つけると私は市原賤香さんを思う。歌人の桜木由香さんその人である。ミモザは優しい香りのする小花で、花言葉は「感謝」「友情」「密やかな愛」そして「エレガンス」など、恋愛や人の思いにまつわる言葉が多い。イタリアやフランスで「ミモザの日」として家族や友人にこの花を贈る3月8日は、国際女性デーでもある。桜木由香歌集『連禱』(不識書院)に載ったミモザの歌と背景が鮮やかにまなうらに見えてくる。

とめどなく風に頷きさやぎつつミモザはついにひかりを孵す

病むわれを自転車に乗せ漕ぎゆきし若き背中よミモザ咲く道

賤香さんは、身の周りの自然のなかに佇みながら思いを言葉に変える。知的で楚々とした雰囲気を持つ女性で、おびただしいほどの読書量と行動力は誰もが知るところ。高校生の時に聖書研究会に属していて、キリスト教の信仰の道を歩み、カトリック教会の聖書100週間講座で学ばれて来た。奉仕も行っているようだ。私が知り合って以来、知り得るだけでも、信仰の深さとそれによってこころが救われていく様は、ひとりの女性が一皮ずつ脱皮してゆくのを見るようで眩しかった。

遺されし書を読みちらし更けゆきぬ血のごと星は戦ぎてあらん　『連禱』

私は北海道から東京へ引っ越しして直ぐに「林間」の編集の仕事を手伝うことになったが、時期を同じくして市原克敏編集長は体調を崩して編集会議に出られなくなっていた。いつかお会いできると思っていたが血液の病気はそれを叶えることができないまでに進行していて、2002年5月3日に生を閉じられた。最後の編集後記を口述筆記で書かれて間もなくだったという。

5月8日の葬儀当日、まだ古かった東小金井駅の長い階段を下りて葬儀会場「三恵園」に向かった。市原編集長は「林間」だけでなく「短歌朝日」の編集もしていたから、歌界からそれはそれは多くの方々が参列して編集長の交友の広さを改めて感じた。私は最初から最後まで受付のテントの下にいて会場で奏でられる葬儀の音楽を聴いていた。重々しいヘンデルの「王宮の花火の音楽」が鳴り続き、そして祈りの「アヴェ・マリア」独唱……。天上から音が降りてくるような美しい響きと誰彼を包み込むような優しさと悲しさの音楽。誰もが悲しみや苦しみなど心の奥底にしまい込んでいた感情を揺さぶられていた。「アヴェ・マリア」という一言が「悲しみや苦しみをなくすことはできなくても、それを受け入れて前を向いて生きていく希望や愛を与えてくれる」意味だとは、後に知った。

永遠に安らぐ場として天はありや俯く遺影を囲む黄の花　　ひな子
「王宮の花火の音楽」ふり向けば無量大数砂時計の影
ピアス似合う亜麻色の髪の青年が記帳一字にこころを尽くす

＊

悲しみの中で、夫の遺歌集『無限』（不識書院）を編んだ。

抛られたる一ヶはわれの骨となり一ヶはとおく砂上を遊ぶ　　克敏
星ぞらに慟哭は充ち抛られし一ヶの骨のかく晒されて　　賤香

巻末に据えられたこの相聞歌は、短歌という小詩形が和歌として歌われたころからの本来の形であり、愛し愛された愛しいまでの歌、歌に対して歌で返す愛の歌だった。巻末の闘病記や神との対話が読者に示されて、悲しみとともに形而上の思索の前に私はいつも茫然としてしまう。

ベテルギウスの髪

いつからだろう。E-mail で歌について話すようになったのは。賤香さんが前後して「林間」に入り、夏季集会でホテルの同じ部屋になったことが近づきになるきっかけだった。愛知～北海道～東京と移動している私はいつも部屋でペアになる人が違っていて、私は誰とでも一緒の部屋になるのを拒まなかった。何を話したか覚えていないが、部屋ではいっぱい話したと思う。

彼女は急逝した夫君の高齢な母と同居して支えながら、長く続けている仕事にも打ち込んでいた。その一方で、「未来」短歌会の桜井登世子先生の短歌教室に通い始め、学びを深めていった。その頃私は、上海へも行き来するようになったこともあって「林間」を退会しようと考え、所属する結社を「短歌人」ひとつにしようとして相談していた。こんなメールが残っている。

批評有難う

市原賤香 → 梶田ひな子　2005・8・28

ひなぎくさん（※私のメールアドレスはヒナギク daisy…@…）

やっとこさ夫の書斎から1997年の「林間」を取り出しました。あなたの歌には才気が感じられて身近な人の介護の歌としてはなかなか達し得ないところに達していると思います。ストレスフルという感じはしませんでした。ただ背景が分からないので意味不明な歌もありましたが、あえて意味を問わずに読ませていただきました。今日は一日、この「林間」を持ち歩きました。なかなか興味深いことでした。

ところで、「林間」を去りたい気持ちをお持ちとか。「林間」のなかのよい意味での若手が去ってしまうのは、「林間」にとってははかり知れない損失です。私も考えないでもなかったけれど、何処へ行っても結局良い歌を詠むことと歌集を出すという目的を自分なりに持ってやっていくということなら同じではないかな。

さて、桜井さんの歌についての拙文を貼りつけます。歌がとてもいいのです。

茫漠と過ぎにし季の永劫を君をとぶらひ知りそめにける

桜井登世子

桜井登世子には非常に鋭い時間感覚があって、この歌にはもっともそれが端的に現れていると思う。

この歌の唯一の具体は「君をとぶらふ」というところである。具体はあくまでも「過ぎにし季の永劫」を現すためにでてきたに過ぎない。そしてその具体がある故に「永劫」は俄然深みを帯びたものとなる。永劫という観念が「君をとぶらふ」という具体を得てリアリティを獲得した。「茫漠と過ぎにし」という初句には「に」という完了の助詞を使ったことで、ある感慨がひそかに詠い込められ、それは「君をとぶらひ知りそめにける」という下句に至って現実味を帯びたものとなり、胸を打つ。しかも結句は「知りそめにける」という連体形であることによって詠嘆を現すのみならず初句へまた繋がってゆく。この上なく美しい、完結した「桜井登世子の円環」とでも言おうか。

具体ということについては一般によく言われるけれども、具体がもっとも重要なファクターにはなり得ないのは当然であろう。人は具体には感動せず、具体が指し示しているものに感動する。この歌の素晴らしさは「季の永劫」という思い切って観念的な言葉を、唯一の具体的な「君をとぶらひ」の部分によって、印象深い世界として現前せしめたことにある。その世界に私たちは身を置くことができるほどに……この歌の彫りの深さは桜井登世子の魂の彫りの深さだと思う。

＊

詩人であった賤香さんは、短歌を始めてまだ数年だった。きっかけは夫君との惜別と遺歌集編纂だったにせよ、初めから短歌の神髄に深く入り込んで一首を真摯に解き明かしてくれる力を持っていた。言葉による仮想現実をさらに精神の現実までに昇華させてくれる。私にとっては本当にありがたい短歌の友となった。

賤香さんが学び始めた短歌教室の桜井先生は「未来短歌会」所属。「未来」へ入るか否か迷っているとメールが来た時、即「迷った時は進んだ方がいいわ。私だったらそうする」と返事した。その翌日、彼女から「未来短歌会」に入会した、と返事が届いた。決心は、多分迷っていた時に既に90％以上決まっている。

桜井先生は、賤香さんの歌集の跋文冒頭に入会当時のことを振り返って桜木由香さんについてこう書いている。

『連禱』跋文（抜粋）

桜井登世子

桜木由香さんは、若い頃は詩作をなさっておられたそうで、短歌を造られるようになったのはごく最近のことのようである。突然に「未来」に入会され作品を発表されたのは２００６年5月号からであった。作品は柔らかな情感と理性、思惟をこめ広い視野に立って詠い出され、はじめから作者独自の文体を以って登場された。その後、２００９年度の「未来年間賞」を受賞され、いっそう風格のようなものを備えて行かれた。つぎの作品はその「未来年間賞」受賞第一作「ベテルギウスの髪」一連20首から抄出したものである。

灯の下に桜は咲《ひら》きマリオネットの手と足と揺れふたつ影ゆく
アマンドの花咲きみつる晴天にわたしを刻む文字盤の針
たましいのかたちの透けて明るめるメタセコイアへひびく噴き水
丘陵の笹をわけいり見はるかす河よ鋼の唇むすぶ
火の鳥と称びくれしかな　来しかたの湖《うみ》あいひびき歩みゆくなり
十七のわれをかなしむ手紙《ふみ》読むに遺文匣《いぶんばこ》より世界の青む
憧憬は小鳥に消たりはるかなる春の構図へわが歩みゆく

2006年5月、はじめて「未来」に発表された作品の中の一首である。「憧憬は小鳥に消たり」と自らの揺れるこころを現し、はるかな道を歩みだそうとする気持ちを詠んだものだと解した。ここでは4句の「春の構図」がポイントで作者の意思やロマンがここに現れていた。5年間の作品は、17歳であった作者の彼との出会い（相聞）から訣れ（挽歌・鎮魂）が1冊に物語のように編まれているようである。一巻のその鋭敏な感覚による詩想の展開は、単なる追憶の域を越えて思想として屹立しているだろう。

また、いま著者は、夫君克敏氏の高齢の母君の自宅介護を続けている、という実人生を歩まれている。作者が語ろうとしないことをここにあえて記した。

最後に、私が注目し続けて来た作品の中から次の紙面の限り抄出し、著者のこれからの活躍を期待し拙いこの跋文を閉じよう。

花火の環開けば宙《そら》のいずこにか石棺の蓋かすかに動く
あらくさの息ふかぶかと炎天にアンリ・ルソーの愉悦がひらく
家々の郵便受けのくらき唇《くち》ミルラよかおれ靄《もや》のおくまで
磔刑を九月のそらは忘却し曇る夕べをひとは歩めり
鳥の声ひびかう丘に墓標あり生きて此処なるわがクロニクル
凍りたる河のおもてに滴れる火のごときものをなみだと気づく
記憶という幻想の中に一匹の蜘蛛飼いてよりわが盲いたり
生きいそぐ地上のものら連禱の夏のこだまは石を孵さん
たましいも葉脈透ける葉のように月に照らされ眠るまちなみ

E—mail の 歌の勉強

歌の勉強に疎い私と、歌の勉強に余念のない賤香さんとの E-mail を通した個人歌会が始まった。ＰＣを何台も買い換えているうちに古いメールはほとんど削除処理してしまったが、プリントして残していたほんの少しだけの中から復習のつもりでここに残しておこうと思う。

私は東京と春日井と上海の家をあっちこっち用事ごとに渡り鳥生活していたので、東京の月例歌会に毎月出席することもままならず、この個人 E-mail 勉強会が有り難かった。

短歌会レポート

市原賤香　→　梶田ひな子　　2006・8

雷雨が涼しさを運んでくれましたね。お元気で夏をお過ごしですか。私は仕事先のパソコンの不備があったりして胃の痛くなる日々を過ごしていましたが、どうにか難局を乗り越えました。

今日は桜短歌会でした。簡単なレポートをお送りします。（文中敬称略）

万葉集の後、また山中智恵子でした。先生のお勧めは三枝昂之さんの対談集です。『歌人の原風景―昭和短歌の証言』（本阿弥書店）。それに山中智恵子※との対談が出ているとのことでした。

※山中智恵子　1925年～2006年　名古屋市生まれ。歌人。前川佐美雄に師事。前登志夫や昭和30年代に起こった前衛短歌の塚本邦雄などと交流を進めるなかで智恵子の歌が一段と進化した。

山中さんは、「歌には志が必要であり、ポエムだけでは弱い、はっきりした志向がなくてはならないと言っているそうです。言葉は自分で作るもの、作りたいと思っています」とも。

さて、今日も山中智恵子『紡錘』の中から、

呼ぶこゑの破片のごとくすぎゆける手をおもふ手はあふれあかるき

桜井：相聞でしょうね。明るい。透明感のある歌。

走りゐて傾く土のこしかたに大方形のペガソス移る

桜井：傾く土のこしかた、が面白いね。こしかた、だから振り返ったのね。瞬間の捉え方が素

晴らしい。大方形のペガソス、これはギリシャ神話から来ている。山中さんは星座に詳しかった。

無防備の肩もてる知恵あかつきの緋色のなかにただよひゆかむ

桜井：多分、上句は夫、対者でしょうね。結句の主語も同じと思います。これも一種の相聞でしょう。山中さんの歌は、何ていうか「おおきい」のね。

賤香：私の今日の歌のひとつは「林間」の歌会に出した歌、

単純をけさは美しと思いたり雨にうたるる並木道ゆき

桜井：どんな並木道だったのかな。欅か、銀杏か、桜か、木によって違ってくる。今朝、の位置を入れ替えてみる。

〈単純を美しとけさ思いたり雨にうたるる欅並木路〉

ある幸福の一つなるかもライオンにうちたおさるる羚羊の死は

桜井：このままで良いでしょう。逆説的なところが面白い。反対側から見れば悲痛な餌食の死を幸せと言える、という見方。

市原賤香 → 梶田ひな子　2006・11・26

今日は義母も食欲が出てきまして、私も桜短歌会へ出席することができました。さて、今日は本当にすべてが目も覚めるほど面白かったので、いったいどこからレポートしようか迷います。やはり、いつものように行きますか。万葉は東歌の素朴な相聞歌を。

私の歌、

この朝を大学通りの若きらのあわれフィトンチット放ちゆくなり

桜井：あわれというのは、あぁ、というほどのもの（小池光のバージョン）。この「あわれ」の使い方は良い。あわれがぴったりはまってしまったらだめなのよ。若者だからいい。尚、若きらという表現は古いから若者のほうが良いと思うとのこと。若きらは、大学通りで分かる。修正した歌は、

〈この朝を大学通りむれてゆくあわれフィトンチット放ちゆくなり〉

上弦の月を砕きてかぎりなく瞠きており秋のプールは

桜井：これはこのままでいいでしょう。

「短歌とは何」という歌がありました。それに関して。

短歌とは「自分のある日ある時のことを、足跡を付けるように置いてゆくもの。或る感動を自分が持った時のことを書く。「その時」というものは絶対に戻らないのだから。私も子どもたちが小さかった頃、ガリ版で冊子を作って出していたけれども。決して上手ではなかったけれども、でもその時でしか歌えなかった歌。ああ、こんなことがあったんだなあと思い出すものね。今読むと。」いつにも増して実りある教室でした。

眩暈《めまい》かすかに秋の楡の木

梶田ひな子　→　市原賤香　2007・1・14

賤香さん　昨日は貴重な時間を有難うございました。たくさんたくさん話せて嬉しかったです。楽しかったです。

話の続きと、あなたの歌の感想を書きますね。賤香さん（桜木由香さん）の歌を読んで思いつくままに書き連ねます。的外れがありましたら悪しからず。

明解性以外何もない歌の氾濫（わたくしの歌もそうなのですが）に食傷気味のこころに飛び込んできたのは、貴女の迷路や暗闇や揺らぎを豊かに抱え込んだ言葉、そういう言葉で表現された歌。抒情詩なのだから揺らぎがあって当然のことですが、現実には揺らぎのない明確に完結する歌が多く、その多くは「解かります。いい歌ですねぇ」という安易な頷きとともに、何事もなかったかのように忘れられて流されて消えてゆくような気がします。それはそれで認めなければいけないところもあるのですが。

賤香さんの歌には詩心があります。物を心のフィルターで透視する技に長けています。思いを言葉に乗せて詩的昇華させているのです。時に言葉が美しすぎて研ぎ澄まされ過ぎて、現実から限りなく離れることもあり、人はこれを迷路とか心の闇とか、分からないとかいいます。

でも、「秋の睡りは実を零しつつ」「晴天の輝く淵へ君を逝かしむ」「純粋を求《と》めきしごとく」「金色のミモザの愉悦」「昏睡の青き髄より」「さかのぼり遡りゆく魚らの影の記憶をそよぐ鈴掛」「眩暈かすかに秋の楡の木」なんて来ると、いいのよねぇ。好きだなぁ。じーんとして、いいなぁ。パウル・クレーの詩的幻想の世界。見たようにではなく、見えるように描く世界。私もこの世界を勉強します。

屋根ひくき町に満月輝けり怒す日あらなアーミッシュのごとく

「あらな」はこれで正しい使い方だと思います。ラ変動詞「有り」の未然形＋願望の助動詞「な」。アーミッシュのように有ってほしいという意味ですよね。amish はプロテスタントのある集団のことを言うのですか。よく「あれな」と使われているのは間違い。口語の例えば「幸せであれと祈る」の「あれ」に、願望の「な」がくっついたもの。「幸せであれ」は「幸せであれかし（命令形の「あれ」＋協調の「かし」の省略。だから、「あれな」は間違い、らしいです。

＊「しし」「せし」について　これはいつも文語文法の誤用例が多く、こんがらがることの多い使い方です。「し」は過去の助動詞「き」の連体形で、動詞の連用形につきます。

例えば、「零す」は四段活用の動詞で、活用は「さ・し・す・す・せ・せ」。つまり、「未然形は零さ（ず）・連用形は零し（たり）・終止形は零す（言い切り）・連体形は零す（とき）・未然形は零せ（ども）・命令系は零せ（言い切り）」

これに活用形の連体形に接続する助動詞「し」をつなげると・「零し・し」となり、「零せ・し」とはなりません。

同様に「臥す」「落とす」なども、「さ・し・す・す・せ・せ」なので「臥しし」「落としし」。

「写す「交す」なども四段活用なので、「写しし」「交しし」。

例えば「寄す」は下二段活用「せ・せ・す・する・すれ・せよ」だから「寄せし」。

「恋す」「愛す」などサ変複合動詞「恋・す」「愛・す」の活用は。「せ・し・す・する・すれ・せよ」なのですが、この場合は未然形に「し」が続くので、「恋せし」「愛せし」となります。

明治時代からの慣用として許容されていたのが、「しし」の重なりが嫌だという意見で、「せし」のかたちが慣用されてきたようです。「写しし」は「写せし」のように例外的に未然形に「し」が付きます。

古語辞典には、「連体形「し」、已然形「しか」が、サ変四段活用の動詞につく場合、サ変の影響で変化することがあるとも書いてあり、それが慣用になったのですね？　その都度古語辞典を引き、どうしてもわからない時は口語で歌うというのが、専門家でない私の逃げ道です。先日の質問の動詞をメモしておかなかったので、答えになっていなかったらごめんなさいね。また勉強しておきます。

市原賤香　→　梶田ひな子　2006・1・16

先日はまれに見る楽しさで時間のたつのも忘れ、お互いに昔からの友だちみたいになんのてらいもなくあんなに打ち解けて心ゆくまでいろいろなお話ができ、本当に嬉しかったです。

いただいた短歌、繰り返し拝読しています。また、私の歌への嬉しい感想、思わずプリントアウトしてしまいました。それに古語についてのご教示、たいへんありがたかったです。これはぜひみんなにも話して共有したいですね。用語の例がないかなといろんな短歌を読んでみたけど、実に明快に教えていただいて感謝です。

さて、原稿ですが記憶にある秀歌もいくつかありました。2007年の新年は勿論初めてです。「四方の空に」のなか、私の好きな歌は2・5・6・7・11・12・15首目です。言葉の使い方が機知に富んでいて、意味が深く広く豊かに使われていると思います。例えば「静寂たまる」とか、「わがやじろべえ」あるいは「罫の明るさ」「安定遺伝子」「記憶を灯す」と言ったような使い方ですね。

「天气太好《テンチータイハオ》」のなかでは。3・7・8・9首目がいいと思いました。中国での生活の様子が何となく伝わってきました。どこにあっても生き生きとその生活に馴染んでいくあなたの生活力が素晴らしいと思いました。

2007年1月13日　桜短歌会レポート　フルメンバーで新年を迎えました。元気な皆様にお目にかかれて本当に嬉しい。とくに桜井先生が体調を崩しておられたとのことでしたがすっかり回復され、ほっとしました。

短歌人新年歌会レポート

ひな子→賤香・ミナ子・リア　　２００７・1・22

昨日、短歌人新年歌会に参加しました。於学士会館、１４６名の１４６首。終日歌会。その後、立食パーティ。さまざまな意見が飛び交い、歌も批評も鑑賞も十人十色。言葉について正解を求めるでもなく話し合う空間。人は言葉で繋がっているからこそ言葉を大事にしたいと思った次第です。久しぶりに脳をフルに動かしました。

参考までにポイント意見を無作為に書き出しておきます。参考になります。。

・歌を作るときの心得。一首作ったら、先ずは言い切ること。人の非難にさらされるのは当たり前として心得よ。

・あるとう（あると言う）などの伝聞は、読者を感動させない。「時に……」などもポイントから逃げている。間接的に詠うな。安全な言い方、無難な言い方もだめ。非難が出ないかわり感動もさせない。

・固有名詞は読者を限定するきらいあり。固有名詞が生きる場合と死ぬ場合（何にでも置き換えられる）がある。固有名詞にひっかかって読者が進めないこともあり。

・歌は結句で決まると言っても過言ではない。結句が曖昧にならないように（例：幾歳月か）

・我が子をわざわざ「吾子」と詠まなくとも「子」で十分。一人称の文学だから。

・「かぎかっこ」の必然性が本当にあるかどうかを考えて使おう。ほとんどが要らない。

・句跨りが多いと歌が切れてしまい、意味も切れてしまいがち。また3句目の6音は歌を間延びさせてしまう。
・ルビは少数の読めない人に配慮することはなく、やたらに付けないほうがいい。無理なルビも付けない。無理な漢字を使わない。
・読者の入り込む余地のない歌。答えまで詠い過ぎない。結論まで歌うことと主観の強い歌はなるべく避けよう。読者が入って行けない。事実だけを詠ったほうが心持ちまで広げていける。
・過去の助動詞「き」は、直接体験した過去の回想に使う。
・つき過ぎの言葉は1首の中では使わない、重ねないのが短歌を作るうえでの暗黙のルールではないか。つき過ぎ、重ね過ぎの言葉は、歌の弱点となる。(例:「桜エビ漁の船華やげり」の「桜」と「華やぐ」はつき過ぎ)
・初句が大事。初句のイメージが最後まで続く。結句で落差があって歌をよくするときも、初句のイメージが関係しているから。
・詞書はほとんどが無用。
・実景・実体験でなく、テレビや新聞が題材の時は絞るより広げよう。
・実際は3本でも歌(詩歌)を良くして座りを良くするため2本や4本にしてもいい。5本は多すぎ。
・詠嘆を使うときの注意。内容より浮き上がるな。

・助詞の使い方は何より大事。
・推敲をしよう。推敲とは他人の目で自分の歌を読むこと。出来れば3日以上措いて読む。読み終えた時に有り有りと実景が見えてくるか。
・言葉の選択の是非。思いが他者に伝わるか。伝わるための言葉の選択が適切かどうか。比喩を使っていたら、それは適切か否か。三十一文字しかない。思いは単純化する。
まだありましたが、右、同様にご存知のことばかりなのでこれ以上書くのは割愛します。
互選で30票以上の支持を得た私の歌を書きます。

龍角散 肝油 熊の胆 雪の夜ははの記憶をともす冬月

市原賤香 → 梶田ひな子 2007・1・27

今日の短歌教室は抜群でした。万葉と山中智恵子は休み。ただちに歌の添削に入りました。私の歌から

遺されて歳晩のまちを急ぎゆく地上のわれを誰か羞しむ

桜井：この歌は、夫なら夫と端的にせず、誰か、とした点がよい。

〈遺されて歳晩のまちを急ぐなり誰か羞しまむ地上のわれを〉

言葉には出さぬ別れをしてきました介護者われの退職近く

桜井：この歌は市原さんには珍しい口語。でも、してきました、のところ、為して出づ、とし

たらどうでしょう。してきましただと、よそよそしさが出る。ちょっと空間が出るというか。為して出づ、とすると直接的になる。「近く」は「せまり」に。直しは

〈言葉には出さぬ別れを為して出づ介護者われの退職せまり〉

こういった歌が歌集に入ると、全体にぐっと現実感が出て良いのよ。

なお、「出《い》ず」のほうがこの場合の表記は正しいのだが、「未来」では「出《い》づ」を許している（出ず、だと否定形「出ず」と紛らわしい）。

桜短歌会レポート

市原賤香　→　梶田ひな子　2007・4・15

4月14日、今日は暖かかったので午前中老母を車椅子に乗せて戸外で過ごしました。いよいよ春本番。昨日の講座のまとめをしました。お暇な時にでもどうぞ。

東歌を3首学んだあと、再び山中智恵子『紡錘』に。

木がくれに息づきあまるタウロスの山人もいまはい寝むとすらむ

桜井：タウロスはケンタウロスでしょう。半人半獣の。上句の「あまる」が山中さんらしい。結句の「すらむ」には面白さがある。

バビロンの肝占ひの羊皮紙に心をほろぼすよろこびしるす

桜井：上句の具体。肝占いだから多分行事のことを占うという場面。「占いによって心配事が

無くなることが分かり喜ぶ」という意味ではないか。

木の洞《うろ》よさらに傷《やぶ》れむ苦しみは酔ひのごとくに枝をかざして

桜井：二句切れです。上句の苦しみの表現がうまくいっている。石などではなくて生きた自然との対応の中に、人間が、いる。呼吸が見える。心象詠です。これもじめじめしていない。

今日の賤香の歌

救急車に横たう義母が素足みゆその足見つつ揺られゆきたり

桜井：下句は市原らしくない。反写実の市原にしてはつまらなくなる。写実と反写実の垣根を越えないでほしいのよ、とのことでした。

例として

〈救急車に横たう義母が素足みゆ何に追われれん揺られゆきたり〉

吸引の鋭き音の途絶えたる真夜わがための椅子ひとつあり

桜井：途絶えたる、だと死んでしまったことを表すので、存命であれば変えたほうがよい。参加者から質問あり。「義母が素足」は「義母の素足」とは違うのか。この場合は「義母が素足」のほうがよい。「義母の素足」だとスラーっといってしまうから。「が」で一度引っかかるから「が」のほうがよい。主語に続く「が」は違うということ。

賤香さんと私のメール歌会はこのようにしばらく続いた。いつも東京にいるわけではない私にとっては、月一度の東京歌会に出られないことが多く、このメールのやり取りが大切な勉強の場となった。
日付は不明だがこんなやり取りをした。

市原賤香 → 梶田ひな子　2007年日時不明

村永大和さんに私は、「歌のテーマをそろそろ決めなさい」と言われています。私にとっては歌のテーマというより、これからどう生きていくのか、だと思うのよ。チェンマイに住むことにしたという人のように。私は自分を必要としている人（人々）のところに行くんだろうなと漠然と思っています。

＊

それに対して私はすぐに返事をした。あなたの歌にはもうテーマが流れていると。どの歌も亡き編集長、あるいは神に対して報告するかのごとく詠い、呼びかけられていたからそう答えた。もっと長く時間が経てば生き方も変わるかもしれないが、少なくとも現在の歌にはテーマが流れていると思ったのだ。自らの目線で自らの人生を、自らの生活を、そして思いを、言葉に昇華させて「歌よ届け」の気持ちで詠んでいると。

「パラム」

時を同じくして、賤香さんは歌誌「パラム」を創刊した。志を同じくする歌人が集まって駅近くのゆったりとした喫茶店で歌会をし、歌を出し合い、評論を書き合う。充実しているのが手に取るよう見て取れた。私の歌友も2人参加していた。毎月毎月、遅れることなく我が家にも「パラム」は届いた。私は時々感想を書いて送った。10~20ページの「パラム」はファイルにどんどん増えていく。勉強の過程が伝わってきた。尊敬と感謝の思いで嬉しかった。

Re パラム2号

市原賤香 → 梶田ひな子 2007・6・11

パラム2号の感想を有難うございました。確かにおっしゃる通り自分の目線をしっかりと持つことは大切ですね。今まであまりきちんと「林間」を読んで批評してくれる人がいなかったので、その意味ではすごくいい刺激ですね。

あなたの歌は語彙が豊かできらきらしています。外国の雰囲気がよく出ています。朝市の興奮やらレストランの匂いまで感じられます。「男」という言葉の使い方が新鮮でした。こんなに生き生きとした旅行詠なら好きだなあ。

あああれはトリエステ行き笛鳴らし朝いちばんの男を運ぶ

初句が勢いがあって一気に結句までいく感じです。

生ハムに包みメロンの果汁吸う切なさは不意にいつも目の前

贅沢な切なさ。何だか分からないけれども暗示が効いていて惹かれます。

仕立て良きスーツ着けたるマスターは男の香りの珈琲を挽く

マスターの描写がいい。男の香りの珈琲もいいですね。

うつし世のチェルビニアーノの朝市に爪先だちてアスパラを買う

朝市が固有名詞で出て来てこれまた引き付けられます。下句が特にね。

くるくると日傘をまわすはつなつの舗道に銀のひかり溢れて

上句がやや通俗的なので下句が生きてこない感じです。

労働を終えたる男らカンパリとピザの夕餉に集まりてくる

ロザンナもセルジオもルカも呑みこみて町のピザ屋は夜を光れり

ピザ屋の混雑ぶりが活写されている感じです。労働を終えた男ら、それから固有名詞の連続で映画の場面のような雰囲気も。

あえかなる風のあとさき今宵知りし WWW のなかのみずうつくしき

インターネットの中の、ということでしょうか。少し分かりにくいかな。

ところで、リアさんとの夕食は楽しみです。予定をしておきましょう。桜短歌会のレポートは「パラム」が始まったので、しばらく中止にします。私、余談ですが、山中智恵子全歌集を購入しました。素晴らしい世界です。

安堵を覚える事が出来るかしら

梶田ひな子 → 市原賤香　２００８・８・17

コローの絵についての村永大和さんの文章は読み応えがありました。コローの奇跡を辿った後の「人間は時代の運命を引き受けて生きなければならないことを悟った。父を許そうと思った」また「絵を見て安堵を覚えるのは、その絵が、絵を見ているそのままの自分を受け入れてくれると感じるからではないか」自分に引きつけて解説されているからこそ説得力があり、わたくしたち読み手もまた、自分に引きつけて読めたように思いました。

玉城徹の歌についても同じことを感じます。今月号掲載の歌ではありませんが、

もろ人に幸来ざる間をひたぶるに楽しみなむかしづけきいのちを

昭和59年、「自分ひとりの幸福をしっかり考えしっかり手に入れること。それから初めて他人の幸福も世界の幸福も考えることができる……」という思想的立場を詠った歌。でも私が玉城徹の歌で好きなのはどちらかというと、晩年妻を亡くされた後の『枇杷の花』の中のあまりにも自然体の歌です。

妻をわが葬るべき日を小《お》ばやしにつくつく法師鳴きいでにけり
月いくつ経たりけむかも妻なしにひとりの歳を逝かしめむとす
起きいでて椅子にゐるとき大いなる寂寥一つ来たりけるかも

まっすぐに自分が作りたいように作って、何処かですとんと自分の胸に落ちれば、それでよい。

「一首鑑賞」のページに、玉城の歌から道徳的な深読みをしている文もあり、もっと歌の香気を楽に読んだほうが良いのではないかと思うのもありました。作品を読む行為とは、「なんて素敵な歌だこと」という賞賛とは別の客観的な心理作業も必要なのでしょう。特に批評を成立させるときには…。歌にある奥行きに分け入ることの大切さを感じます。奥行きを孕まない歌の多さと、読みの危うさを自分にも感じています。

読みに関する批判と危惧は、もう以前から言われていますね。結社の中だけしか見ない歌人たち、同世代しか見ない近眼的な歌よみたち、ネットの過剰な情報量に喘いでいる私のような者。総てが井の中の蛙かも知れず「自分が見ている風景以外にも多様で美しい世界があり、それが短歌という伝統詩の豊かさである」と、「豊かさの中の貧困」という文章で三枝昂之氏が書いていました。どのように気づき関心を広げるか。「パラム」のような地道な勉強会以外に近道はなさそうです。

矩形の感覚

梶田ひな子　→　市原賤香　　2009・10・24

パラム30号、有難うございました。続けるのはそれだけでもたいへんなこと、それを地道に進めていらっしゃった賤香さんに拍手とエールを贈ります。

さて、村永さんの文章「マーク・ロスコの絵」を興味深く読み返しました。その絵画が千葉に在ったことも驚きでしたし、気に入って買い求められて寝室に飾ってあるというのも驚きでした。名前を聞いたことがあるだけで何の知識もなかったわたくしには、前置きの説明が有り難い文章でした。心の深層に潜むイメージを無意識の手の動きにまかせて表出させる「オートマティスム」(※気の向くままに書き進め無意識に根ざす想像力を開放するという自動記述法)という手法で、悲劇的で永遠の主題を平面に表現された作品に対峙したならば、私はどう反応するだろうと、勝手に想像しました。作家の深層心理が色となって、厚みとなって、深みとなって抽象的な形となって表れるのを、私は理解できるでしょうか。作家の深層の感情と感覚によって生み出された絵を、見る側の感情と感覚で受け止める。それが出来るでしょうか。いや、でも、受け取り方はそれぞれであって、胎内のようだと感じなくてもそれは自由だから…などと思いめぐらしました。胎内と感じられたのは、色彩から来る安心感か重量感か、はたまた遠い記憶か…。矩形という形から、あくまでも丸みのある胎内には直接結びつきませんが、もっとマクロの（あるいはミクロの）深層心理が呼びよせた感覚ではないかと思いました。胎内の感覚は、人間の安らぎの原点ですから。

今回の「短歌」の文章は、親しみがあって読んでいて楽しめます。一首レポートも楽しみました。自分を高みに置いているような、おりこうの域から脱していないもどかしさのような、斎藤史という偉大な歌人像が先にあって、寄り添って寄り添って寄り添いすぎて見事だとか感服だとか佳作だというような批評や意見はつまらなくて、斎藤史を覆すような意見が響いてきます。

桜木由香さんの歌は、「銀河集」上位掲載が常となりましたね。好きな歌は、

さわだてる心あわれと想うまで梔子の香よわれに従きくる

「香が」でなくて「香よ」がいい。「よ」で、梔子がぴったり添ってくる。

頬痩せし滝沢亘悔しみの死さえ親しき茶房の灯り

雨音という名の深き森あらば寂しみ行かなその森深く

粉々にくだかれたしとふと思う裸婦の彫塑に囲まれていて

ロスコならぬとも、由香さんの深層心理が詠われていて言葉が大切に使われています。ネガティブな言葉を愛するのは深層心理？　抒情心理？

＊

10月4日から。イタリアファブリアーノ市へ行き、2ヵ月間の「写真と書のコラボ&作品展」を仕舞い、寄贈したり船便で送ったり関税のあれこれ書類を作って、企画した書道交流のまとめをしました。イタリア在住の友人の通訳・翻訳のおかげです。

そのあとすぐに、夫と中国西安（昔の長安）に行き、書の原点を見てきました。世界遺産の「黄龍《こうりゅう》」と「九寨溝《きゅうさいこう》」では、自然の偉大さと美しさに息をのみました。イタリア帰りの翌日からだったのでさすがに疲れました。

帰国したら、書のまち春日井の「春日井まつり」書のイベントに参加。、私がナレーションを行う中で学生「ブラッシュアート・ジュニア」10人が書のパフォーマンスをしました。原稿はイ

タリアへ行く前に下書きを書いていたので何とか間に合いました。これで、今年の私の大きな仕事は終わりました。買った歌集が積んであるので読もうと思います。明日から読書の秋ですもの。

アランのように

梶田ひな子　→　市原賤香　２００９・11・27

アランのように生きるのは簡単そうで実は難しいのでしょうね。

人（他人）と過去は変えられない。自分と未来は変えられる。つまり自分の心を変える　→　すると見方が変わる　→　相手を受け入れることができる　→　人の幸福を祈ること、報酬の来ないことに努力する心……。

「モラルを実行して身に着くのは人間の品性だ」とは生き方を考えるときに私の次兄がよく言う言葉です。

神についての考え方はまだ自分の中で落ち着きませんが、最近、分かってきた気がします。神様からの請求書はいつ、どこから、いかなる方法で届くか分からないけれども、必ず自分に来る。人為的にか自然的にか分からないけれども、それがやって来たときに人間が試されると。

賤香さんがお姑さんを引き取って介護されていらっしゃるのは、まさにこのことのような気がします。品性のある人生とでも言えばいいのかな。頑張りすぎないでゆるゆると進めてくださいね。アランとシモーヌの記述から思いが方向違いのほうまで伸びました。お許しください。ローマの帰りに、台風の影響で足止めを食ったパリ・ドゴール空港で書いて投函した短歌が、昨日届いた「短歌人」に掲載されていました。飛行機が原稿を運んでくれました。

ファブリアーノの朝

二か月の会期を終えて濃緑の身は中世の石畳踏む
熟れた実が枝を離れてゆくこころ展示作品そろりと下ろす
「日本橋」と印字の木箱船便の手ににおう TOKYO
日本まで無事に届くさ皺ふかき海運会社のアルベルト言えり
引継書・寄贈目録・委任状・サイン続けて書く 夕さりつ方
アパートは修道院跡梱包に草臥れた身をしずめてねむる
しずけさが床より生《あ》るる真夜の刻むかしむかしの修道女はも
リゾットがふつふつわらう手鍋にも教会の鐘が届き来るなり

ウディネ市のテレビニュースに続いて、ファブリアーノ市のDVDが送られてきました。書道交流の内容が紹介されています。船便は11月7日イタリアの港を発、名古屋港には12月半ばに着く予定です。梱包したらすぐに発送するととんだ勘違いをしていました。船が飛行機のように毎日出るはずはありませんものね。とても勉強になったイタリア企画の片付けでした。

昨日は義母の87歳の誕生日。ケーキと赤飯でささやかにお祝い。ウォーキングするグリーンベルトには四季桜が満開のままもう半月以上咲いています。紅葉と同居した花の強さに脱帽です。

東京の銀杏並木がきれいでしょうね。思い出します。

強くはげしくしたたかに　2010・3・13

梶田ひな子　→　市原賤香

60歳の誕生日を過ぎ油断したのか10数年ぶりに風邪を引きました。馬鹿でなくて良かったねとか、鬼のかく乱とか口の悪い友人たちに笑われながら咳に悩まされています。最近ゆっくり休んでいなかったのでツケが来たようです。明日は歌会なので休むわけにもいかず、少しだけ頑張ります。

さて、何回も「パラム」を読みました。倉片みなみさんの歌は特に興味深く読みました。「つつましく揺れて輝いて生きた」より「強く激しく強かに生きた」のではないかと思い始めている、というところまで来て、私の母を重ねてしまいました。胆石持ちで病弱であったこと、後妻として大家族の一員になったこと、満年齢88歳で春彼岸中日に亡くなったこと、強く激しくしたたかに、そしてつつましく、涙ぐましいほどのひたむきさなどが重なりました。「土までの短きを舞いいのちかがやく」人生は短いからこそ儚くも美しいというくだりは、少し言葉に酔って美化しすぎにも思えるけれど、筆者の心の底から出た思いであることも思いました。そうですね。歌を読み、いろいろな人に会い、いろいろな人の人生に接する楽しみは、他の言葉との出会いと同様幸せな気分にしてくれます。

「雲の瀑布」は結社内でも反響があったのではないでしょうか。

逝く夏の声間遠なり丘のべにかたみに呼ばうつくつくほうし
黒々と背鰭を見せて去るものを去らしめ水の舌動くなり
きさらぎの風にまぎるる君のこえ夜の駅は世の果ての駅かな
あの黙を分かたんものかひとすじの雲の瀑布へ群鳥むかう
便箋の旧きインクの君がこえ泉にそよぐ菩提樹《リンデンバウム》
抱卵のたゆき夕べの星あかりヒマラヤ杉はこずえ澄みたり
枕辺の雨音しげき夜の更けをバビロンの雑沓へ往きて還らず
こいねがうものの声々黄葉《もみじ》して遠き水辺に立つプラタナス

など言葉と言葉の共鳴から生まれる空間が素敵で、何度も立ち止まりました。詩的な時間、素敵な時間を有難うございました。

別便で、チェンマイに移住することを決めた80代の友人の戦争への思いを転送します。暇な時に読んでみてください。ではまた。

桜木由香

Re: 強く激しくしたたかに

市原賤香 → 梶田ひな子　2010・3・13

歌には人生がそっくり刻印されてしまうのね。こわいほどに……またそうでなければ歌は魅力が無くなってしまいますね。

2010・3・14

『Leaf Songs』『葉っぱのフレディ』

梶田ひな子 → 市原賤香

感想の感想、打てば響くとはこのことですね。有難うございました。最近私も「歌のテーマ」について悩んで迷っていました。長い渡り鳥生活から解放されて春日井という地に住み着き、さて何を詠おうか。日常の中から題材は見つけられますが、何でもかんでもでなく、テーマを持ちたい、持たなければ……と思い始めたところでした。自己表現ということでは、書の表現と繋がります。書の今年のテーマは、高林リアさんが送ってくださって彼女の思いが自筆で綴ってある『Leaf Songs』。そして『葉っぱのフレディ―いのちの旅―』、レオ・バスカーリア作の絵本。前者は魂の回復と自然の癒しに触れる本。後者は、「死」について考える作品です。フレディとダニエルの会話を通じて、生きるとはどういうことか、死とは何かを考えさせられます。「死ぬことも変わることの一つなのだよ」というダニエルの言葉に、著者の哲学が込められています。文章が中心の絵本です。只今、書作品に仕上げるべく制作中です。

この話は、チェンマイの高橋悦子さんが、札幌時代に取り組んだテーマでもあります。ちょうど2年前に私が実家の母を亡くした時もこの本のラストを思い出していました。

高林リアさんと高橋悦子さん双方の思いを書にしたくて、今取り組んでいるのが『葉っぱのフレディ』。多分これからの私の書のテーマが「命の旅」になるので、歌も「命の旅」「いのち」をテーマに詠い続けるような気がしています。歌のテーマについては、私もずっと考えて行きたいと思っています。

『再生する星』
市原賤香　→　梶田ひな子
2010・3

ひな子様――藪から棒なことを書きます。「今さら」の観ですが、私と亡夫の想い出の記を読んで頂かなくてはなりません。私の本当の友だちだけに読んで頂いています。といってもこの本は20冊しか作りませんで、私の分は10冊。そのうち2冊が手元にあります。恥しいので差し上げないで返却してもらっていますが、8冊はまだ返ってこないのです。

ひな子さん、どうぞ読み了りましたら、(何ヵ月後でもOK)返送してください。

ご迷惑かもしれませんね。でも、どうしても読んでくださいな。時間のある時に。

『再生する星』何処からきて何処へ行ったのか
梶田ひな子　→　市原賤香
2010・3・29

『再生する星』を繰り返し読みました。俳句〈いつの日かここに寄せ来よ　沖の波〉の本当の意味も理解できました。知らないことがいっぱいで、あの溢れるような知識の原点を垣間見たような、長い映画を観た後のような、厚い文学小説を読んだ後のような気がしました。そして、なんと素晴らしい恋をして、何と狂おしく愛し愛されて、何と慌ただしく人生を駆け抜け生き抜いたんだろうと、万年青年の風貌の市原編集長を思い出しました。賤香さんの今は、その延長線上にあるのだと。妙に納得もしました。切なくて、悲しくて、哀しくて涙が溢れました。

本当に何処にあってもひときわ異彩を放つ存在でした。私が北海道から東京に転居して東京歌会に参加するようになったときは、既に病に侵されていらした時と重なり編集部でも一度もお会いすることなく逝ってしまわれました。葬儀の前日も当日も受付で慌ただしく右往左往していて、会場から流れてくる「アヴェ・マリア」や「王宮の音楽」を聴いて祈っていました。最後に直接編集長のお顔も拝見することも出来ませんでした。ですから未だに、私の中の編集長は難解なことを話したかと思うと茶目なことを言って笑わせるお顔です。網走刑務所に入っている妹を歌にされたことがありました。評で、網走刑務所は男だけの刑務所ですからこれは作りものです、と言われ照れ笑いされたお顔が浮かんできます。茶目っ気たっぷりでした。京都で小野小町の歯（小石）を拾われた時も。「林間」や「短歌朝日」の編集があって、免疫をなくすほど雑事に追われて不規則な生活をされていたのだと思いました。一方で「林間」や「短歌朝日」があって、書く場があって良かったとも思いました。本当に駆け抜けていかれて、後に残された賤香さんの気持ちも思いました。その後の賤香さんの短歌活動を氏に伝えてあげたいと切に思います。亡くなられたことを受容出来ず、認識も出来ず、呆として過ごしたという親友のお気持ちは、高林リアさんの死を未だに受容できないでいる私の気持ちに重なります。

数日前、「葉っぱのフレディ」の額装が出来上がりました。その作品は、今は北海道の評論家の元へ審査のために渡っています。人生のテーマにするべく、これからも書いていきたいと思っています。

横道に逸れました。大事な大事な冊子を読ませていただき感銘しました。感謝です。ますます賤香ファンになりました。溢れるような知識のもとに短歌が生まれたことを知って、本当に嬉しくそして感動しました。思いを伝えきれません。いつかまた話しましょう。

桜木由香歌集『連禱』※を読む会

※第一歌集『連禱』（不識書院）は、急逝された夫（「林間」誌の編集長・市原克敏さん）の喪失をテーマに詠った挽歌集

様々なところで賞賛と好評を得た歌集だった。僭越ながら私は題字「連禱」を書かせていただいた。松煙墨と青墨に墨の添加物№101を混ぜて淡墨を作り、太長鋒筆で墨を飛ばしながら拙い字を書いた。装丁の田宮俊和氏が、「禱りの激しさと愛しさと静けさ」を、うまく引き出してくださった。うすむらさきの連禱の文字の近くに飛び散った淡墨のしずくは、宇宙《そら》に散った涙の結晶の小石だったのかもしれない。

2012年11月30日、東京中野サンプラザ8階の研修室で桜木由香歌集『連禱』を読む会が開

かれた。会の発起人は「未来」銀河の会。桜井登世子先生から「当日10分以内で一言お話しいただきたく…」という葉書を戴いていた。

最初に三枝昻之氏が資料を示して講評された。

・自然描写に個性のある歌として例えば、

さかのぼり遡りゆく魚らの影の記憶をそよぐ篠懸《すずかけ》

など9首の評。上句から下句への展開の切れ味がよい。風景の具体を抽象化して歌う歌を評価された。

・場面が印象的な歌として例えば、

少女なりしわたしがそこにいるように無伴奏オーボエ茶房に響く

水平をたもつ秤のかたほうに春のおぼろの月載せあゆむ

オルガンの残響つづく礼拝の羞《やさ》しき繭をわれら出でたつ

など9首。場面が印象的。今後の課題として、キリスト教・詩と短歌など容易に飛び越せない場でどう詠うか。

・相聞歌の魅力として例えば、

古書店の匂いまといきケンタウルスきみの外套《マント》にもぐりこみにし

君逝きし地上に年の過ぎゆくを数えたたずむ歳晩のまち

など7首。振り返った時のかけがえのないひとときを詠っていると好評。今の歌壇で気になることとして、文語定型詩のおさまりについて話された。書く場合は文語にし、口語で心に近づく方法などにも。また、傷み・悲しみ・愛しみ・強さ・祈り……上の句と下の句で引き合う言葉の選択が上手いとの意見も。

次々に歌人が立ち、講評が続いた。石巻の佐藤哲美さんも批評された。何と内容の濃い読む会だったのだろう。

私の番が回ってきた。私は参加者のほとんどが知らない（と思う）賤香さんの歌の背景である亡き夫・克敏さんとの出会いから訣れ、『再生する星』の半分以上を占める「魂の旅」のほんの一部を最初に朗読させていただいた。歌は本来1首独立して鑑賞しても耐えるものではあるけれど、背景の一部を知ることで歌がもっと切実に深く心の中に入ってくると勝手に思ったからだ。

市原さんが病院から一時帰宅する9月17日、寝室の外の濡れ縁にあったたくさんの段ボール箱を片づけようと開いた。「死はすぐそこに迫っていた」と書かれた時期の出来事からそれは始まる。その出来事とは、「処分する前に箱の中身をあらためたところ、その箱の1つに古い手紙がぎっしり入っていた。すべて書き損じた反故のものだ。その反故の手紙の1通を何気なく読んだ私は、激しい驚きに立ち竦んだ。それは、37年前に彼が私にくれたあの最初の1通目の下書きにほかならなかった！　そこには、信じられないほどの深く熱い想いが、26歳の若者らしい素直さで綴られていた」「悲嘆のどん底に追いつめられていた私のところへ、37年の時を超えて届いた1通の手紙。／まさしく私がそれを必要としていたその時に、まっすぐに私の心に飛びこんできた手紙。／私が病院の夫にそのことを告げると、彼は言った―『そうだよ。君ほど愛された女性は、世にも希なんだよ』」

核心はこの後にある。私が思うに、「ロミオとジュリエット」とも「月の夜の訪問者」とも「騎士と水の精」とも「鈴の兵隊」とも「ローザとバジル」とも違う恋物語。彼の影響で本を乱読するようになり、カミュやカフカやル・クレジオを、埴谷雄高を読んだ彼女は、リルケの詩に親しむようになった。

「一行一行が目も眩むほどの魅力で私を圧倒した。（略）私は、音楽無しには一日も過ごせなかった。それは、時間の芸術というより、魂がそこで過ごす、空間だった。音楽は私の礼拝堂であり、庭園であり、泉だった。／丁度小さな穴から不思議の国へ迷い込んだアリスのように、（略）私はこれまでとは全く違う世界に生きることになった」と、最初の項に記してある。

これを読んだ驚きとともに、どうしても少しだけでも皆さんに知らせたく思った。私は、乗り移ったかのように一部手紙を朗読して、歌集の歌に少し触れただけで、私の持ち時間10分を終えたのだった。

「パラム」77号　本当の希望は

梶田ひな子　↓　市原賤香　２０１４・３・１

「私たち人類の未来に対する本当の希望は、絶望を心の底にかかえて、それを乗り越えた人間にしか出てこないのだと、私は桜井さんの歌と大江さんの小説を読んで、改めてそう思った」（村永大和、「詩歌句随想」）

今月号の「パラム」を読んで、思いがどんどん膨らんであれこれ思いが飛びました。

山なすてさんまも来いば津波も来るそれが海だべ壁などいらね　巻　海堂

「地元の言葉で詠った絶望の後の希望（河北新報）」。今年の賀状は、「新年おめでとう」の替わりに「プラータナー（タイ語で希望）」の書作品を入れました。本当に希望とは……と、改めて思いました。

昨日の夕刊に「死の前日の歌は僕が聞き取った」永田和宏氏が3年前に亡くなった河野裕子氏の闘病生活を綴ったエッセイ集『歌に私は泣くだらう』に迫った新聞の半頁以上に及ぶ記事が掲載されました。

わたくしは死んではいけないわたくしが死ぬときあなたがほんたうに死ぬ　永田和宏

克敏さんと賤香さんもまた装いは違うけれど、愛し愛されて最期は澄みわたり別れを告げて、今も鮮明に生きていらっしゃるのだと思いました。相聞歌＝挽歌に関する文章を書くにあたり最初に思い出したのは、賤香さん、貴女の歌でした。思いが膨らんだ「パラム」77号でした。

探鳥のこころは遥か神無月雲のいづこへ弧をえがきゆく　桜木由香

ひとり子を自死に喪ひたりしひと「受容」を語るこの神無月
受け入れてそれからさらに受け入れて香油の壺は底のなき壺
びしびしと傘うつ雨を聞きゆけば渡河のこころの撓《しな》ひもぞする
雨あがり海より深き夕暮の街をよぎりぬ自転車漕いで
いとけなき吾の手をひく母の見ゆ夏靴履きていづこへ往きし

＊

私たちＬＣのメインアクティビティを終えた日、イタリアから友人が来て我が家に泊まりました。イタリア側は来年3月末を目指してＥＵ支援企画、ＥＶＧ州とクロアチア国立現代美術館の企画に予算案を出していてくれています。トリエステ市のミラマーレ城の修復もその頃には終わり、延び延びになった企画が今度こそ日の目を見ることができるかもしれません。嬉しいニュースでした。名古屋歌会では、いつもの愛知県芸術文化センターの会議室を飛び出して「伊良湖岬歌会」を計画中です。賤香さんのパワーに刺戟されながら。

「まろにゑ」

賤香さんは長く続けてきた「パラム」を終刊の後、２０１６年春、新たに月刊短歌同人誌「まろにゑ」を発刊されるようになった。無作為に項目のみ取り出してみよう。

・「まろにゑ」17号２０１７年9月。内容は、同人6名による短歌7首。

特集は、短歌評論を考える――「玉城徹／村永大和」論争の不幸と継承を池田祥子執筆。
はじめに――村永大和著『砂上の祝祭―戦後短歌の出発』との出会い
論争以前――玉城徹への敬愛
論争の発火点――村永大和の呟き　援助ということ。資料を読み込んで書いていて読み応えある力作。
プロムナード：「現実（リアル）からの復讐」村永大和執筆
・「まろにゑ24号」２０１８年4月。内容は同人7名による短歌7首。
「『労農は短歌する』を読む」を服部えい子執筆。
「モノ化する主体――鈴木美紀子歌集『風のアンダースタディ』を読む」を桜木由香執筆。

＊

つい最近まで賤香さんの手によって遅延なく定期的に続いた「まろにゑ」。その美しい挿絵は、市原多嘉雄氏。市原さんのご子息で２０２３年秋に『市原多嘉雄イラスト集』（明眸社）を出版された。母の傍らで描き続けた表紙画や挿絵の繊細なイラストにはいつも心が救われる。学び続けること、論じ続けること…そして、生き続けること。天空から市原編集長が見ておられる。

市原賤香歌文集『私の内なるわたくし』　２０１４年10月1日発行　明眸社

もう私は賤香さんに驚かない。「跋にかえて（書簡より）」で藤野絢さんが書かれたように、温かい友人や家族のなかにあって、「「音楽の虫」＋「読書の虫」＋「短歌の虫」＋「聖書の虫」＋「執筆の虫」……　賤香さんの1日は40時間あっても足りませんね。もう想像などできません」の境地になる。

賤香さんは、夫君・市原克敏氏逝去の後、吉祥寺カトリック教会で洗礼を受け、この頃より東光庵にて瞑想の指導を受ける。「聖書100週間」講座受講や「弾談の会ぴあ〜の」の立ち上げなど、精力的に活動していることはFacebookの投稿で知った。この頃から私も様々な活動で多忙な毎日を続けていたのでメールも疎遠になっていた。小金井市に根を下ろして息子さん家族と暮らしながら、時折り、Facebookに投稿・発信される「聖書100週間」やお孫さんとのお料理やそれにまつわるコメントを楽しみに読み、生き生きと生きて今があることで刺戟をいただいている。

立ち上げた「明眸社」のホームページでエッセイを読む。短歌を読む。そんなささやかな私の楽しみは、歌文集『私の内なるわたくし』1冊となって届いた。

第I部のタイトルは、「ある日」。

ギリシャ語のレッスンの話、昭和の自身の子どもの頃のこと、三男の子育ての1コマ、早くに亡くなった母のこと……などが続く。どのエッセイも引き込まれて読んでしまう。「なみだの泉」ではミモザの花が出てくる。仕事で訪れた先で出会ったリューマチを患う久美さんとのやり取りが書かれている。「久美さんは、本当に優しい方なのよ。この世にこんなに優しい人がいたのかと、思うような方なのよ」同僚に話すそんな一行からも優しさが立ち上がる。そしてそっと置かれた短歌も。

春の空になみだの泉あるごとし腰椎折れしひとをおもえば

第Ⅱ部は、「アヤロンの月」

旧約聖書の内容から自身の人生観に及ぶ。

夫は亡くなるころに、自分宛ての書簡類や日記はすべて処分するようにと言い残した。私は言いつけを守って書簡類はすべて処分したが、しかし厖大な日記は捨てることができなかった。夫が亡くなってから、日記を開いてところどころ読んだ。

長男が生まれて間もないころ、彼は短歌の結社のアルバイトのような仕事をしていた。木村捨録先生の主宰する結社であった。ある夜、彼が遅く帰宅すると私と息子はもう眠っていた。彼の日記には、眠っている2人をみて胸を突かれたこと、「2人にすまない気持で一杯だった。あしたこそは先生に、僕の給料をあげてくれるように頼もう」こんな記述があった。（中略）あのころからもう40年がたつ。夫が亡くなって12年。私達は3人の息子をもち、時間はかかったがなんとか生活のやりくりもできるようになっていった。／ヌンの子ヨシュアを照らした月が今夜も私を照らす。私はヌンの子ヨシュアの幸いを思い、その幸いに与かっていることを知る。確かに友人が言うように、私は「恵まれた人」なのにちがいない。

詫びひとつあなたに言えば青い花アヤロンの月輝きわたる

聖書を精読して書かれた思いは聖書から遠い私のこころも揺さぶる。第Ⅲ部は、「火をおぶる唇もちしもの」毎月勉強会と投稿と発行を為されていた「パラム」や「未来」などに書かれた評論やエッセイ。「美しきかなしき痛き放埓の――北原白秋」、「永劫の感覚と短歌――桜井登世子の歌」、「氷に眠るさいはひ――山川登美子を読む」、「今　挽歌とは」、「「息」と「今日」――窪田空穂」、「火をおぶる唇もちしもの――玉城徹」。

こうしてタイトルだけを並べて読んでも、わくわくしてくる。読みの広さと深さを感じてほしい。私がこの本を勧めるのは、何よりこの本は市原賤香さんのかたちを変えた「自分史」そのものだと思うからだ。

桜木由香第二歌集『迂回路』

２０１８年12月18日明眸社発行

私は若い頃にカトリックに入信しようとずいぶん思い、或る修道院での瞑想会に泊まり込みで参加したこともあった。私はリジューの聖女テレジアの自伝に感化されていた。だが、なぜだろう。私は洗礼を受けるには至らなかった。／洗礼を受けたのは、それから30年もたってからだった。夫市原克敏が余命宣告を受けた時、私は52歳だった。夫は私に「君は何か宗教を持った方がいいよ。僕みたいなことになったら、君はとうてい耐えられないだろうから」と言い、しばらく考えて、私にカトリックを勧めてくれたのだった。実際、私自身も信仰をもつならカトリックが一番自分に合っているような気がした。あなたは何故クリスチャンなのかと訊かれることがあるが、それは私が弱い人間だからだと思っている。受洗の為の準備の講座に通いながら、私は幼児洗礼を受けた人や若くして受洗をされた人々を羨ましく思ったものだった。それにひきかえ、自分の辿って来た道はなんとまあ遠回りをしたことか」（あとがきより）

つい先刻《さつき》はたちでありしわたくしが燃え尽きさうな秋の姿見
苦蓬ふつふつたぎつ石棺を神にあらざる者が継ぎゆく
命終はただにひそけしほとばしりひとつの家にありし歳月
八月の螺旋を尽くし啼きつくすわれの塒のみんみんのこゑ
啼きかはす声ごゑみつる朝のそら解きはなたれて春きたるらし
アッシジに住みたしとつね念へども丘青く澄むアッシジ遠し
鋭角がわたくしは好きとんがつた涙をこぼし昇る蠍座
たつたいま書きたるごとく温かきパウロ書簡は遠き日のふみ
枯れくさに虫のすだくをほろほろと月のひかりが縫ひとぢてゐる
「わたくしはここに居ります」黄落の公孫樹よ天へ天へと対かひ
ひふ病と飢ゑと毒蛇と『荒れ野にて』埃にまみれ迂回路行きし

聖書と言えば、出エジプト記はとりわけ印象深いところである。（略）ＢＣ１２７５年頃、当時ユダヤ民族はエジプトのゴシェンと言う肥沃な三角地帯にいて人口も増えたためにエジプト政府は彼らが力を持つことを恐れ、過酷な奴隷状態にした。／聖書によれば神はモーセという指導者をえらび、奴隷状態の民族をエジプトから脱出させた。あの海が２つに分かれて道になったという物語はこの時のものだ。エジプトを脱出した人々はまっすぐ地中海に添ってカナン地方へ北上すれば、わずか７日間でカナンへ到達できたはずだった。だが、聖書には、そのコースは危険な敵が待ち構えているからと、大きく迂回してシナイ半島を南下せよと神がモーセに命じたと書かれている。こうして始まった荒野の彷徨は40年間にも及んだのだった。／迂回路。それはまことに厳しく、飢えと渇き、毒蛇や皮膚病や外敵からの攻撃、仲間割れなど、危機が絶えず襲ってきた。だからこそ民は神を求め、神に祈り、犠牲をささげた。（略）誰もが望みのものや望む地点へストレートに到達することが出来るわけではない。むしろそこへ至るための道程こそが大切だと思う時、迂回路とは人生にとっても、ひとつの恵みなのだ」（あとがきより）

このあとがきを読んで、ようやく理解の入り口へきた私。賤香さんは３年半にも及ぶ「聖書１００週間」において聖書を読み進め、自身の人生に重ね合わせたのだ。そこから生まれた歌だった。「神はイスラエルの民の神であり、イスラエルの民は神の民である」という契約は今も生きているのだろう。

＊

２０２４年現在、世界で起こっている戦いに、私の思いは及ぶ。イスラエルとパレスチナ２国の悲劇がぶつかっているように見えて、実はそのイスラエルの背後に世界の国が絡んでいる。日本も国と国のつながりで否応なく（？）入り込んでいる。ユダヤ教の国で新しい教えを広めたのがイエス・キリストだが、ユダヤ教の聖職者と対立して十字架に掛けられてしまった。長い時間が経って、オスマン帝国の時代があって……ナチス・ドイツのホロコーストがあって……イスラエル選手が襲われたミュンヘンオリンピックや、イラクの湾岸戦争があり、今に続く。

私の拙い頭では理解できない戦争が続いている。樺太を追われ故郷を失くした95歳の札幌に住む友人を思う。何年たっても、何百年経っても、人間は過ちを繰り返し続けている。歴史から学んでいない、同じじゃないか。変わらないじゃないの。

＊

「君は何か宗教を持った方がいいよ」と賤香さんに勧めたという市原さん。正解でしたよ。賤香さんは、強く優しくしなやかに生きて、魂のロンドを奏でていらっしゃいますよ。大事な貴方を失ってから失ったもの以上に多くのものを心の中に得たのだと思います。魂が生き生きと回復していくのを眩しく見ています。

市原賤香 → 梶田ひな子 2018・12・18

丁寧に読んでくださり本当に有難くうれしく何度も読み返しています。私の歌集は、第一歌集と比べると身めぐりのことも沢山あって、文体も変わりました。それを内容が濃くなったというふうにおっしゃってくださりとても嬉しいです。この平成の時代、何と沢山の訣れがあったことかと思います。結局また挽歌集になってしまったなあとも思います。(中略) 短歌よりエッセイのほうが良いとおっしゃる方もいますが、短歌でしか表せない心もあると思っています。平成の次は、どんな時代が来るのでしょう。平和を願うばかりです。どうぞ良いお年を。

市原賤香歌文集『私の置かれた場所』

2019年12月1日 明眸社発行

「明眸エッセイクラブ」は、月1回、互いに原稿用紙15枚程度のエッセイを読み合い合評をしながら、いずれはエッセイ集や自分史をまとめようというクラブ。賤香さんの思いは留まることを知らないかのように次々と足跡を残して行かれる。

第一章「半端じゃない人」には「詩人金井直の想い出」「月の光と樹」「二・二六事件と私」など日常雑感や読書感想エッセイが20編収録されている。

第二章は、「預言者と現代」として「アブラハムのイサク奉献」「バビロン捕囚と預言者(1)(2)」、「ヨブ記を読む」など聖書で学んできたことを確かめるかのようにかみ砕くかのように心の中で咀嚼して、私たちに届けてくれる。

第三章「故郷とは何か」は短歌に纏わるエッセイ。様々な方の歌集や歌人論や考察をまとめている。

『私の置かれた場所』の書名は、シスター渡辺和子さんの著書『置かれた場所で咲きなさい』(2012年春・幻冬舎)からいただいたという。

渡辺和子シスターは、30代で修道院へ入り36歳で大学の学長を務められた。私は名古屋の中日文化センター(中日ビル)で特別講座があるというので申し込み、駆けつけて講演を聴いたことがある。出版されて話題になっていた時期だったので会場は満席だった。参加者の多くは女性だった。

「仕方がないとあきらめることではありません」「咲きなさいとは自分で生きることです」「咲くということは自分で幸せになるということであり他人を幸せにするということです」「ひとりひとりが置かれたところに笑顔でいなさい」「そこで工夫して生きなさい」

自らの人生を振り返りつつ失敗や間違いを示しながら、かみ含めるような優しい声で穏やかに話してくださった姿が今も眼に浮かぶ。

「場所という言葉は含蓄の深い言葉だと思います。どこであってもそれが私の信じる神のみ前であることは確かです」と『私の置かれた場所』のあとがきにある。信仰があり、家族を愛し、友を愛し、亡き人を愛し、本を愛し……綴られた。

ひぐらしの啼く公園の車椅子喪ひしこゑは木より降りくる　由香

第六章　面影を乗せて

佐藤哲美さん

石巻在住歌人佐藤哲美さん

第五章の市原賤香さんと共通の友人（もっと言えば故・市原克敏さんの友人）との出会いは、彼が東京歌会に参加した時から始まる。

会場は、ＪＲ京浜東北線大井町駅から徒歩5分の品川総合区民会館「きゅりあん」の会議室。作品批評を終えた後の「題詠」が楽しかった。直前に係から題を出される。短歌作成時間は休憩時間の10分足らず。係が詠草を集めてすぐに模造紙に歌を書き連ねる。そして各々がまたすぐに作品選考にかかる。批評会は、選んだ人が優先的に指名されて、なぜ良いと思うのかを話し、選ばなかった人はなぜ選ばなかったかを話す。とにかく、楽しき緊張の連続。点をいただくとちょっと嬉しいし、ひとつも点が入らないと残念な気持ち。新しい言葉を覚えて言葉の膨らみを感じて楽しい時間だった。

佐藤さんは私と誕生日がほぼ2週間しか違わない同い年。ということは団塊の世代（昭和21～24）とひとくくりにされる世代のいちばん最後の学年にくっついている早生まれで「五黄の寅年」。ちょっとやそっとではへこたれない強さを持つ。

何かと気が合い、年に何回かメールやLINEで話し、電話で長話もする。大抵は「元気？」の情報交換だけど。政治談議や作家談義にも及び、今の世の中を互いに憂う。そういう世代なのだと簡単には言えないけれど、そして戦友という位置づけとも違うけれど、とにかく話して楽しい歌友だ。かつて「林間」に所属し、退いた時期も同じだった。

２０１１年3月11日、東日本が大きな震災に見舞われた時、石巻も大きな津波に襲われた。無事を知りたくて行方を捜したが、通話制限と停電で電話は繋がらず、ましてや現地に行くことも出来なくて心配だけが募っていた。仙台に住む我が家の息子家族とのやり取りは何とか翌日に携帯電話が繋がって無事が確認されたが、息子の岳父が被災された出張先の街は、重油タンクが燃えて火の海になり連絡が取れなかった。息子の妻は連絡の取れない父親を心配しつつ、4歳児と1歳児を抱えて近くの避難所へ逃れて気丈に頑張っていた。電話が集中していて東北の彼女の親戚にも繋がらなかったから、私は伝言ダイヤルを通じてメッセージを送ったが、「息子家族は無事で生きています」の伝言が届いたか否かも判らなかった。命からがら、息子の岳父は5日後に帰宅できた。東北の地が哭いていた。人も哭いていた。佐藤さんには全く連絡が取れなかった。

梶田ひな子

無事ですか何処にいますか繋がらぬ伝言ダイヤル瓦礫の言葉

にんげんがかなしくなると雨が降る菜の花の黄を掻き乱し降る

毎日毎日、名前を探して必死にパソコン検索をしていた3月の末日、どうしても行方の知れなかった彼の名前が小さな文字で見つかった。彼である保証はない。カタカナの名前と年齢を表す数字のみの情報。年齢の数字は合う。興奮して、真っ先に賤香さんに電話をした。他の友人にも知らせた。

「佐藤さん、見つかったわ。生きてくれたわ。無事よ。石巻湊小学校避難者名簿に見つけた。サトウテツミって。年齢も合う。お母さんらしい名前と並んでる。無事よ、多分」

実際に当人に連絡がついたのは、もっともっとずうっと後だったが、生きていてくれたことが確認できて安堵した。

翌年の晩秋にドキュメンタリー映画『石巻市立湊小学校避難所―人はいつだって優しくて、すごい』（監督：藤川佳三）が名古屋の今池シネマテークで上映されることをネットで知り、観に行った。100席もあるかないかの老朽化したこの映画館のスクリーンは、大手が映さない国内外の話題作をこれまでも提供してきた。独りの避難者女性と少女の繋がりや心の交流を映し出しながら、避難所生活のそのままを1年以上追いかけたドキュメンタリー映画。避難所で連絡係をしていた佐藤さんの姿がないか目を凝らして観ていた。女性と少女に焦点が当ててあったので彼は出てこなかったけれど。教室の片隅で暮らす避難者の生活がスクリーンに映っていた。湊小学校は彼の家の目の前にある小学校で母校だった。避難先がすぐ近くで助かったいのちがたくさんあった。

写真集『北上川』

――この世とあの世をつなぐ糸であるかのような石巻の匂い――

何時だったか、彼から送ってもらった写真集がある。写真家・橋本照嵩著『北上川』（2005年・春風社）は、表紙も裏表紙もすべてかつての石巻の写真で埋め尽くされた分厚い写真集だ。ノンブルもないし目次もあとがきも無い。あるのは見返しページに書かれた著者橋本氏のサインと、「橋本照嵩を推す」と綴られた三浦衛氏のエッセイのみ。とにかく写真を見て、感じてくれというメッセージ写真集だ。本の作り方がいい。著者の思いを押し付けずにまるごと読み手に届けるから。

次の紹介文に引きつけられる。

「写真家橋本照嵩の故郷は宮城県石巻市。子供のころ、父や伯母の引くリヤカーに乗せられ見た景色・視点が橋本の写真家人生を決定づけたと聞いている。味覚を刺激する写真を撮る写真家、聴覚を刺激する写真を撮る写真家がいるけれど、橋本は「地を這うよう」にしながら匂いを嗅ぎ取り嗅覚を刺激する写真を撮る。橋本の写真は圧倒的に嗅覚にうったえてくる。あたかも匂いがこ

『北上川』

の世とあの世をつなぐ糸であるかのように。（中略）
虚実ない交ぜの生活と幻想のすべて、息遣いを魂の写真家はギョロ目を開けて写し撮る。人間はどこからきてどこへ向かうのか。これは、いわば写真家橋本の人生探索の記録であり、〈四次元銀河リヤカーの旅〉なのだ」。（三浦衛氏の推し文より）

＊

この写真集を送ってくれた佐藤哲美さんは、石巻で生まれ育った。ところどころに挟んである一筆箋に書かれたコメントが、岐阜の裏木曽で生まれた私の郷愁を誘うのはなぜだろう。

・〈タイトル「北上川」について〉　写真家の中では『北上川』なのでしょうが、古き良き時代の石巻に暮らした体験を持つ僕から見ると、このタイトルはもう「この世のどこにも無い石巻」とするほうが余程相応しい感じがします。※昭和20年～30年代後半の石巻の街の雰囲気がよく出ています。（僕の幼稚園～小学校6年生くらいまでの頃）
・〈石巻－女川《おながわ》線に架かる鉄橋〉今もこの感じで残っています。この辺りは稲井と呼ばれるあたりで、左が石巻、右奥が女川方面です。石巻高校は鰐山《わにやま》と呼ばれる小高い丘の上に建っています。石高の愛称は「鰐陵《がくりょう》」。僕は40回生。ちなみに俳優の中村雅俊氏は41回生。
・〈兄ちゃんと祖母〉この「兄ちゃん」というのが後に石巻高校の美術の先生になった橋本和也氏。僕はこの橋本先生に高2の時美術を教えてもらいました。もっとも絵を描いているよりグラウンドでラグビーばかりやってる変な「美術の時間」ではありましたけれども。
※「そもそも美術とラグビーは非常に関係が深く……」というのが口ぐせの先生で、飛び抜けてテーホ者（規格外の人）でした。高校時代より今のほうが美術や芸術のことをいろいろ教わっています。
・〈昭和30年代初め頃の石巻メインストリート「橋通り商店街」〉この写真の手前側が北上川で、中瀬と呼ばれる中州を挟んで、東西に二本の橋が架け渡されている。奥が市の中心部で8月1・2日の川開きには五彩の七夕飾りが通りに沿って百本ほども立ち並び、都会のラッシュ並みの人で溢れかえっていた。この商店街にあった石巻唯一の百貨店「丸光デパート」はとっくになく、洋服屋も金物屋も薬局もカメラ屋も下駄屋も時計店も半分は消えた。
・〈内海橋から撮られた北上川河口に浮かぶ漁船の群れ〉現在漁船は海側にできた新漁港の方に接岸しているのでこのような景色はもう見られません。漁船も近代化されて写真に見えるような木造船はただの一艘もありません。
※画面の奥が太平洋で右手に見える山が「大漁唄い込み」にもうたわれた「日和山」です。僕の家は左側の湊地区に在ります。
※昭和35年5月24日のチリ地震津波が襲ったのは、正にこんな状態に船がひしめいて繋がれてる時だった。橋は崩れ、船は全て沈むか陸に打ち上げられた。たまげたよ。
・〈旧石巻魚市場　門脇側〉※手書きの地図（略）画面左側に見える建物の中ほどのところを曲がって直ぐのところに、僕の通っていた石巻カトリック幼稚園がありました。園のすぐ前に「朝

市場」と呼ばれる市が立ち、市民の活気で溢れかえって居りました。今となっては夢のまた夢のことでしかありません。旧魚市場は、今は廃墟すら残っていません。

・〈旧石巻魚市場　湊側〉※手書きの地図（略）湊と門脇を往復した渡し舟。僕は小学校低学年の頃風邪を引いたりすると、祖父に連れられてこの渡し舟で門脇のうしろ町というところにあるかかりつけ医院に診てもらいに行ってました。湊にも医院はあったのにわざわざ渡し船まで使って対岸の「佐藤清佶医院」に行っていたのは、清佶先生と僕の家の浅からぬ縁《えにし》によるものです。テレビの朝ドラでやっている「だんだん」ではありませんが人の縁というものは実に小説みたいですね。

・〈旧石巻魚市場　湊側　岸壁に横付けされたかつお船からかつお水揚げ〉岸壁の長さは南北に500mほどあります。その岸壁いっぱいに写真に見えているような大型かつお船が横付けして、いっせいにかつおを吐き出すのですから活況たるや想像してみてください。確かに現実であったものがお話になってしまう。これってどうなんでしょうね。不思議というか怖いというか。しかしまあ、それも今は遠い昔の話でしかありませんが。

・〈北上川河口〉ここから左手に500m程行くと太平洋に出ます。左ページに重なって見えている山は、手前側が「日和山」（芭蕉が曾良と連れ立ってやってきて、見える訳がないのに洋上はるかに金華山を遥拝したなどとホラを吹いたところ。芭蕉が目にしたのは田代島と網地《あじ》島です。金華山は牡鹿半島の影になっていて日和山からは決して見えないのです）、奥が「羽黒山」

です。※手漕ぎの渡し舟が見えているので昭和30年より前の風景と思われます。
・〈川開き祭りパレードの一コマ〉昭和30年代初め頃。写真の3人は、向かって左から由利徹、天津敏（石高水泳部の大先輩）、南利明の面々。2人はコメディアン、1人は俳優。写真に見える子どもたちのように、僕も祖母に連れられて毎年必ず見に行っていた。
・〈広小路通り〉この一帯に定期市が立ったので市民からは「朝市場」の通称でも親しまれた。左ページの真ん中に見える大きな旅館ふうの建物は、徳田秋声の傑作『縮図』に登場する待合「千登利《ちどり》」。この写真の頃は旅館をやっていたが今は無い。
※画面奥の船具店から右に200m程行ったところにカトリック幼稚園があった。木造2階建ての小さな幼稚園だったけれど、ブランコ付きの砂場があって、いじめられたりいじめたり、イエス様やマリア様に見守られながら幸せに生きていた。
・〈俺家《おらい》の先生佐藤清佶先生（せいぎっつあんと皆呼んでいた）〉文字通り僕の家のホームドクター。とても優しい名医でした。僕が渡し舟に乗ってわざわざ診てもらいに来ていたのはこの先生だったのです。先生は早くに亡くなられましたが、奥様は今もお達者で2階の居間に女王様の如く君臨しておられます。医院は佐藤清寿医院と名を変えてご長男（写真の男の子）が継いでやっておられます。
・〈臨海学校の一コマ〉子どもたちのうしろに立っている美青年が若き日の写真家。僕たちが6年生になる頃まで、毎年夏休みの2、3日前になると学校や地区の子ども会で長浜海岸というところに海水浴に来ていた。これが終わるとすぐ夏休みになるので、子どもたちにとっては最高の楽しみのひとつだった。※この子どもたちは橋本先生が付き添っているところを見ると、石巻小学校の生徒たちと思われる（僕は湊小学校）。

＊

写真は全てモノクロ。タイトルもほとんど無く、ところどころのページに写真を邪魔しないように最低限の言葉があるのみ。例えば黒い部分に小さな白抜き文字で、白い部分には小さな黒文字で「三和土《たたき》」「落穂拾い」などと。だから、読者は純粋に写真だけを見て、写真家がファインダー越しに捉えた空気や色や匂いやてざわりなど感性を総動員して、写真に近づき感じることができるのだ。

なぜか懐かしさが込みあげてくる。おかっぱ頭の女の子や手ぬぐいで頰かむりしたおばあちゃんやリヤカー……、子どものころ東北に行ったことがなく海を身近に知らずに育った私にもわかる。かみふくめるように書かれた一筆箋の手書きの説明がこれまたいい。

てにをはの機微に触れつつ語らいし四次元銀河リヤカーの旅

梶田ひな子

3月11日の東日本大震災のはるか以前に撮影された写真集に載っているこの景色は、津波でほとんどが浚われてしまったと思われる。後年、案内されて日和山から見た北上川河口の石巻は、1度目は瓦礫の山また山しかなく、2度目に訪れた時は瓦礫の山に草木が生えて緑が増えていた。何も無くなった平野の奥に被災した市民病院だけが辛うじて建っていた。何とか事業を開始しようともがく水産加工の工場が、支援金をもらえたところともらえないところで明暗を分けていた。そして、北上川は、あの濁流が嘘のように鎮まっていた。

＊

ＬＣの仲間の一人安達保子さんが例会で「母の故郷は女川です。大きな被害を受けました。他人事ではありません」と東日本大震災について語ったのを聞いて、「この写真集をお母様に見てもらって！」と渡した。石巻から女川に続くかつての景色はお母様の心のどこかに潜んでいて、この写真に触れたら心が癒されて休まるのではないかと思ったからだ。

「いつも有難うございます。長いことお借りしました。母が時折り見せていただいては懐かしく拝見していました。アマゾンで調べてみましたがもう手に入らない貴重なもののようですね。残念！　もし入手できるなら教えてください」と、後日温かいお便りを貰った。

＊

やはりあの日、起こったことに少し触れなければならない。

２０１１年３月11日午後２時46分、宮城震度７／Ｍ８・８大津波被害　号外　河北《かほく》新報

宮城県を中心に東北６県を発行区域とする地域ブロック紙「河北新報」の号外白抜き文字だ。

河北新報社著**『河北新報のいちばん長い日』**（２０１１・10・30　文芸春秋）

三陸沖を震源に発生したマグニチュード９・０、最大震度７の激震は、巨大津波、原発事故・

放射能汚染を引き起こし、私たちの東北に甚大な被害をもたらした。宮城、岩手、福島三県の太平洋沿岸を中心に死者・行方不明者は約2万人に上り、自宅、地域を失ったり、放射線に追われたりして避難生活を余儀なくされている人は、半年たっても八万人を数える。大津波で家々が根こそぎさらわれたり、全半壊したりした街や集落は、がれきの片付けは進んではいるが、コンクリートの基礎だけが残った光景がそこかしこに広がっている。国政の混迷もあって復興への道筋は深い霧で覆われているかのようだ。

今も、私たち東北は、大震災のただ中にある。

被災地にある新聞社として、河北新報が、伝えなければならない状況があり続けている。伝えなければならない声、伝えていきたい声がある——。（あとがきより）

第1章　河北新報のいちばん長い日

われわれはみな被災者だ。今は誰かを責めることは絶対にするな

・鬱積する疲労と不満。いら立つ記者たちに向かって、報道部次長は強く戒めた。

・「白々と悪夢の夜は明けた……」津波に遭遇し、一緒に避難した女性が目の前で溺死するのを目撃した記者は、震える手で肉筆の原稿を書き始めた。

・「ごめんなさい、ごめんなさい……」ヘリから被災地を空撮したカメラマンは、眼下で助けを求める被災者へ必死に侘びる同乗者のつぶやきを聞いた。（カバー袖より）

・「激震のあとに待ち受けていたのは「明日の朝刊は制作不可能」の報せだった。１００年以上重ねてきた紙齢は絶えてしまうのか？　社員たちの戦いが始まった。震災で本社の新聞製作機能は麻痺したが、新潟日報社の全面サポートを得て号外を完成させた。」（本文より）

＊

佐藤さんと連絡がつくようになると、時々メールのやり取りをして元気でいるか否かを伺った。長い避難所生活から、これまた長い仮設住宅での生活が始まり、自宅の修復が成ったのは被災して2年半後のことだった。。

メールやLINEの最後に本名を書くのは稀で「キメラ館主人拝」、最近は「巻　海童拝」と書いてある。キメラ館は被災後にリフォームした自宅の呼び名。海童は石巻生まれの彼らしい短歌の筆名。石巻弁が温かい。

被災した子どもたちの家庭教師をしながら、短歌を詠むことも忘れない。「河北新報」の文化欄にもたびたび投稿しているそうな。読みたい。

Re:　お変わりありませんか？
佐藤哲美　→　梶田ひな子　2012・1・17

返事遅くなってごめん。何もお手伝い出来なくて……なんて恐縮しなくていいんだってば。ふとした折りに思いを寄せてもらえれば、それだけで俺たち被災者の気持ちは和むんだから。俺たちは被災者だけれども、特別な存在でも何でもないんだから、助けてあげなきゃなんて身構えられたら、それこそ惨めになってやり切れません。どうか今まで通り、普通に付き合ってくんなまし。

　でも、今度また仙台に来られるんだったら是非、連絡して。被災地を君の目で直接見てもらいたいんだ。天国と地獄が入れ子になったこの地に立てば、人生観までは変わらないだろうけれど、被災地と被災者に対する君の認識は、間違いなく変わると思う。そうなったからって、別に偉くもなんともないんだけれど そのせいで君の歌や批評に深みなり広がりなりが生まれれば嬉しいじゃないか。書だって無事に済まされないかもしれない。

　連絡貰えたら俺、車で仙台まで迎えに行くから。ホント遠慮しないで連絡してよ。

　賤香さんの歌集の題字『連禱』の文字見たよ。俺、書のことは批評できなくて申し訳ないんだけれど、精神性が感じられてあの歌集のイメージには合っていたと思う。

　今度の震災では、無くしてはならないものまで無くしちまったけれど、その分たくさんの人たちと新しい縁が持てた。それはやっぱり喜んでいいことなんだと思う。賤香さん、服部さん、ミナ子さん、有村さん、そしてひなちゃんと、歌の仲間たちからも物心両面にわたって感謝しきれないほど励ましをいただいた。地獄にあっても、俺はつくづく果報者だと思ってるよ。いただいた恩義には何とかしてお返しをしたいが、今はそれを考える時期ではないと思う。とにかく今日一日を凌がなきゃ。長くなってめんご。

佐藤哲美

鎮魂の鐘鳴る夜の霧ふかく青春は人知れず遠くゆくべし

三陸復興応援事業「絆」に参加

震災のわずか5日後に投稿したツイッターのメッセージは翌朝からどんどん書き込みが増えていった。詩人・和合亮一『詩の礫《つぶて》』（2011年6月・徳間書店）に当時のツイッターの言葉が揺れている。「言葉の中の〈真実〉」と題して最初にこう記された。

3月16日の夕暮れ、最も放射能数値の高い福島市の部屋で一人きり、パソコンの画面を睨《にら》んでいた。アパートの二階に位置しているが、隣近所に人の気配がない。直前の数日間に原子力発電所が白い煙をあげたから、一時的にも避難していたのだろう。私は父や母や、職場があるから、福島に残ることを決意した。そして絶望していた。「これで、福島も、日本も終わりだ」（中略）気力が失われた時、詩を書く欲望だけが浮かんだ。これまでに人類が体験したことのないこの絶望感を、誰かに伝えたい。書くということだけに、没頭したい。死と滅亡が傍らにある時を、言葉に残したい（略）放射能が降っています。静かな夜です」「ここまで私たちを痛めつける意味はあるのでしょうか」（略）揺れの中で「チクショウ」などと呟《つぶや》き、悔しさと情けなさと混ざり合ったような心地で、泣きながら、言葉を打った。（略）福島を含む東北の地が揺れていた。悲しみと怒りに泣いていた。

世界各国から、日本中から支援が始まった。テレビはコマーシャルを自粛・封印した。ただひとつ「ぽぽぽぽーん」（ACジャパン）が譫言《うわごと》のように繰り返された。

1人でも多く助けたいと全国各地からボランティアが次々に駆けつけていた。知人友人がボランティアに行っていた。義妹もバスで被災地へ出かけて話をしてくれた。地獄を見た事はないが、被災地の酷い現状は地獄だったろうと想像できた。

私たちクラブも普段から〈出来る人が、出来る時に、出来ることを！〉を合言葉に、出来る活動を模索して行ってはいたが、仲間の一人と直接東北の地に足を踏み入れたときは、もう1年2ヵ月経っていた。

２０１２年5月10日よりライオンズクラブの先輩水谷寿美子さんとともに「三陸復興応援〈絆〉」に参加して被災地を訪れた。ツアーの始まった日は5月なのに寒い日で雨も少し降っていた。小牧空港から花巻まで空路で入り、その後はバスで移動したり復興した区間の北リアス線に乗ったりして移動する。「応援ツアー」なるものがどんな支援になるのか心細くて申し訳ないような気持ちであったが、何もしないより現地を肌で知ることが最初の入口だと自らに言い聞かせた。震災後にボランティアに入っていた方もいた。

どこを廻っても住宅の基礎のコンクリートだけが残った何もない土地が続いた。ここで多くの生活が続くはずだったのに、地震による津波がみんな攫っていき、そして何も残らなかった土地。堆く積まれた瓦礫の山々があちこちに大きなオブジェのように鎮まって天に伸びていた。

梶田ひな子

ゴトゴトと三陸鉄道は進みゆく鎮まりかえる田老地区見せて

浚われてすべて失せたる町の上に空はいちまいひっそりとあり

三陸鉄道の車両から見下ろすしか出来なかった田老地区は、リアス式海岸の入り江にあった小さな町。明治と昭和、続けて大津波による壊滅的な被害を受け「万里の長城」と呼ばれる長大な防波堤が築いてあったが、街を囲う防波堤は健全なまま残ったものの、津波は海面から10ｍの高さを誇る防波堤を越えて町を襲ったのだった。何ということだ。人智を越えた自然の力を見せつけられた。言葉を失くした。1年後でさえこの悲惨さ。どんなに怖かっただろう、どんなに寒かっただろう、どんなに悲しかったことだろう。怖かっただろう。『詩の礫』の中のツイッターに呟かれた黒い文字がまたよみがえる。

――街を返せ、村を返せ、海を返せ、風を返せ。チャイムの音、着信の音、投函の音。波を返せ、魚を返せ、恋を返せ、陽射しを返せ。乾杯を返せ、祖母を返せ、誇りを返せ（略）

――何を失ったのか、流されてしまったのか、分からないけれど…、これまでたくさん人生を生きてきて、拳で拭わなくちゃならない悲しみを、今まで予想してきたことがあったのだろうか、そう思った。…　そう語り、ある日、Aさんは泣いた。

――彼は、「立派な、いわきを作ってくれ」と叫んで、手を離して、まもなく海に沈んでいった…、助けられなかった、消防団の人々はみな、悔しくて泣きじゃくった。…それを教えてくれながら、Oさんも泣いた。

住宅地の基礎だけが目立ち、鉄筋コンクリート造りの建物も立ちすくんでいた。人ひとりいなかった。陸前高田の語り部なる高齢の紳士が指さす方に向かって、名古屋ナンバーのダンプカーが横切って行った。名古屋市からの参加者が多かったから、感謝の拍手が自然に沸き起こった。名古屋市は陸前高田市へ「行政まるごと支援」に入っていたのだった。（※これが縁となって3年後に「友好都市協定」が結ばれた。協定書は被災した陸前高田市の高田松原の松を使って作られたという）。

今も瓦礫の山だらけの当時の写真を見ると切なくて悲しくなる。私は、これを自分の目で見に来たのだ。「被災地を君の目で直接見てもらいたいんだ。天国と地獄が入れ子になったこの地に立てば、人生観までは変わらないだろうけれど被災地と被災者に対する君の認識は間違いなく変わると思う……」佐藤さんのメールに書かれた言葉のように、ここで何が起きたかを知るために来たのだ。カメラのシャッターを切るのも申し訳なく思いながら記録写真を残した。

「奇跡の一本松」は、その時はまだ立っていた。防風林として立っていた仲間の松は全部流された。苦しそうに1本だけ立っていた。枝葉が異常に少なかった。また悲しくなった。

疲れたろう怖かっただろうもうねむれ奇跡の一本松と呼ばれて

梶田ひな子

大槌町の町役場はそのまま残っていた。4階の上まで津波が襲っていたことが見て取れた。大津波に襲われ、市街地は壊滅。甚大な被害は報道で見ていたが、それより悲惨だった。私たちは、言葉を失くして佇んだ。

陸前高田市の市役所の1階にはまだ流されてきた車が何台も突っ込んだままだった。「何もかも失くして元に戻らないのが震災だ」と語り部は語る。「でも人は生きていかねばならないんだよ」と。聞きながら、私に出来ることはないか模索していた。

辛うじて買い物が出来たのは、臨時に出来た仮設の商店街だった。ここでお金を落とすのも支援のひとつです、そんな言葉が誰ともなく出ていた。お店の人たちは明るい笑顔で迎えてくれた。私たちは袋いっぱいに魚や漬物やお菓子を買った。

山あいの竹駒地区にはなやげる仮設商店街味噌漬けを買う

梶田ひな子

北上川・日和山・キメラ館・石巻市立大川小学校・花火

２０１２年８月初旬、仙台の七夕祭りの時期に長男宅に寄った後、石巻を訪れた。仙台から仙石線に乗って1時間と少しで着く。街は一見美しく整備されていたけれど、あちこちに震災の爪痕が残る。まだまだ復興が始まったばかりだから海岸に近い地域は手つかずのところがある。ともかく街なかは少しずつ整い始めていた。

被災者が住む仮設住宅から駆けつけてきてくれた。佐藤さんは思ったより元気そうだった。くよくよしてたら生きていけない。笑ってくれるのがいい。

あの震災で当たり前だった日常は消えてしまい、石巻中心市街地もどこから手を付けて良いの

１年後の市役所１階と折り鶴

か分からないほど大きな被害を受けていた。

車で、震災の爪痕を廻って見せて貰う。辛いことに違いなかった。芭蕉が金華山を眺めたという「日和山」に登る。多くの人々がこの山へ避難した。石巻が一望できる場所として知られていて眼下に流れる旧北上川の河口の先に太平洋が広がる。北上川とそこに広がる平野。しかしそこに家は無かった。津波がどれだけの脅威だったかが分かる。瓦礫の山の中に潰れた車ばかり積まれた小高い山があった。「あれが市民病院だったところ」「あれがショッピングセンターだったところ」……残っている建物は少なかった。茶色だった瓦礫の山々は遠くから見ると緑色になっている。月日が経ち、瓦礫に付着した草木が根を伸ばしているのだった。何年もかかって街全体をつくり変えていかなくてはならない。日和山神社は無事だった。日和山は震災も復興も見続けている。

吉野町の佐藤さんの自宅へ寄った。押し寄せた津波の傷跡がそこかしこにあってとてもじゃないが住めない。一階は津波で壊滅。全壊は免れたが、再建

2年後日和山より望む石巻

の目途が立たない段階だった。どこもかしこも大工さんの目途や建築資材の目途がたたないという。未来を語るのが辛かったが現実を見せてくれて有難かった。

佐藤さんの車で石巻市立大川小学校に向かった。石巻の中心地から車で40分ほどかかる。震災で津波に襲われ、近隣の学校に比べて多くの犠牲者を出した小学校だ。児童74人、教職員10人の合わせて84人が犠牲となった。校舎に向かってすぐ右手に裏山があった。なぜ裏山に避難しなかったのか、先生の指示通りにしていたのに何故？　なぜこの学校だけこのように多くの死者を出したのか。報道で何回も何回も追及された。

河口から離れているこの地区は、北上川の近くではあるがこれまで津波が到達した記録がなく、住民はいざという時の避難所として小学校を想定していた。多くの住民もここに避難しながら、5分で避難完了可能な学校の裏山に逃げるという危機意識が欠けていたと記録にある。

危機意識——。南海トラフが近いうちにあると言われ続けている私の住む東海地方住民もどこか他人事である人が多いからわかる。多くの人が、ここは大丈夫と思ってしまうのだ。私が小学校勤務時代も毎学期、火事や地震を想定して避難訓練をしたが、今まで一度も災害は無かった。けれど、この先に無いという保証は無い。

初めて訪れた私の目に映ったのは、円形にカーブを描くモダンな校舎だった。しかし、津波の爪痕が無残に曝され、かつては歓声が聞こえていたであろう学校に音は皆無。校歌の歌詞に「未来を拓く」という一節があるというが、多くの子どもたちの未来が拓くどころか閉ざされてしまった。献花台が設置され、線香の煙が風に吹かれて匂った。訪れる人が絶えないのだ。ひまわりやダリアや夏の花々が供えてある。失われた命を思うと悲しくなった。合掌した。

破壊された校舎はほとんど手つかずであったが、流されてきた瓦礫はおおむね取り除かれていた。瓦礫はゴミではない。生きるための大切なものばかりだったはずだ。被災地現場に佇むと声を失う。

夕方、市の中心部に戻り、鎮魂と復興を願う花火大会があるというので花火の見える土手へ行った。多くの人たちが集まって空を見上げた。買ってきてくれたジュースと焼きそばやなんかをつまみながら見た。大きな花火がうち上がるたびに「おおっ!」とどよめきや歓声が上がる。上がる花火が天《そら》で弾けて、火花のひとつひとつがスーッと地上に落ちる前に消えていった。そしてすぐに次の花火が大きな音を立てて上がって弾けた。

花火の打ち上げは震災があった2011年にも市民の希望によって、瓦礫が残るなかで何とか開催されたのだという。石巻の川開き祭りは、治水で石巻の街を救った先人に対する報恩感謝の祭り。もともと川の恵みに感謝するとともにご先祖様供養のために始まったらしい(花火実行委員会HP)。亡くなった命を悼むように、生きている命をいとおしむように、花火はいくつもいくつも打ち上げられた。

梶田ひな子

算《かぞ》えきれぬ声の根、胸の極限に三尺玉の牡丹が散りぬ

慟哭のあまたの影逝き水逝きぬ花火消ゆればまたかなしけれ

あれから一週間経ちました

佐藤哲美　→　梶田ひな子　2012・8・13

もしかしたら角乃さん（※私の祖父は近所の職業婦人の名を付けたかったが反対した父は私をひな子と名付けた）になってたかもしれないひな子さん、お元気ですか。あれから一週間経ちましたが、全然そうは思えなくて、明日にでもまたすぐに会えそうな気がします。

この前の話で僕が一番驚いたのは、君が岐阜県の中津川市の出身だと聞いたこと。それも中津川のボランティアの人たちにきれいにして貰った我が家の玄関先で…。君とは何か不思議な「縁」みたいなもので繋がっているのかも知れない。それはともかく、僕はあの壊れた家を本格的に修復してできるだけ早くあの家に戻ろうと思う。

石巻の復旧がどういう形でどういう方向に進んでいくのかは全く予想もつきませんが、僕は僕自身の生涯依るべき場所として、ただその事だけのためにあの壊れた家を再建しようと思う。今日はそれを君に伝えたくてメールしました。本気で歌をやっていくならやっぱり自分の家でないとね。

石巻に来てくれて本当に有難う。嬉しかったし、勇気をもらえた。残暑まだ暫く続くと思うので、体には気をつけてね。書も歌も上手くいくよう祈っています。

汚染されてもここはふるさと

佐藤哲美

汚染されたるまま朽ち果てん悔しさよ東北《みちのく》まとめて花一匁

汚染されてもここはふるさとぼくたちの生まれて生きて死にゆくところ

「われわれ」の括りで言うな原発事故《ふくしま》はあなたのぼくの背負う十字架

放射能に追われてついに平成の棄民となりし被災者《われら》をこそ祭れ

仙台はいい街ねなんて言ってたくせに少し揺れたら西へ西へか

お母さんかも知れないけれどそれよりも歌人の君でいてほしかった

避難所の校舎の下に現れし奈落また対岸の業火

人間の奈落がありて海を恋う海には海の奈落あらんに

存《なが》えてかかる奈落は見るものかさあれ血の池に咲く花はちす

自衛隊の炊き出しの列に並ぶときのわれの目つきは狐の如し

瓦礫の中の「雄勝硯《おがつすずり》」硯工人・杉山唐龍斎先生の作品

佐藤さんから雄勝硯が送られてきた。箱の中にさらに白い紙に包まれて漆黒の美しい硯が現れた。裏に硯工人の名前が彫ってある。「唐龍斎」と行書体で。

雄勝硯とは、宮城県石巻市雄勝でつくられている硯。硯工人がひとつひとつ丁寧に手で彫り磨いて作っている。雄勝はもともと良質な原材料の雄勝石が採石できる土地である。「雄勝石」

が持つ天然の光沢のある漆黒の石肌は、美しく劣化しにくいことで有名だ。室町時代からつくられ、江戸時代に伊達政宗に献上して喜ばれたと伝えられ、のちには伊達藩お抱えの硯として特産品となった。硯一面（一石）作成に如何ほどの時間と気力と技術を要するかは理解している。おいそれと簡単に頂けるものではない。しかも、この雄勝硯は、東日本大震災の津波で流されて、瓦礫の中から見つかった硯だという。お弟子さんたちが泥や瓦礫の中から見つけ出して丁寧に洗い直した硯作品だった。驚くと同時に、有難かった。感謝した。

唐龍斎先生の展覧会が近隣市で開かれたのを知って、買い求めたのだという。勿体ないと思ったが、そんな硯だから有難く毎日使ってあげようとも思った。

先生にもお見舞いとお礼とエールを贈りたいと付け足して、佐藤さんに礼状を出した。返事はすぐ帰ってきた。

泥の中から見つかった雄勝硯

佐藤哲美　→　梶田ひな子　2012・5・14

ひなちゃんの毛筆書きの手紙を見たら、唐龍斎先生もさぞかし驚き、お喜びになることでしょう。

大切な作品のほとんどを津波に呑まれたばかりか、硯の制作に必要な全ての道具も失って、先生は一時生きる気力さえ失くしておられたそうです。それを息子さんや先生を慕うお弟子さんたちが、必死で泥や瓦礫の中から生き残っていた作品を拾い出し、道具もどこからか調達してきて、何とか先生にもう一度鑿《のみ》をふるってもらおうと努められたそうです。そうした多くの人たちの先生に寄せる思いが実を結んで、先生は再び鑿をふるう生活を取り戻され、この前の大崎市での作品展が実現したわけです。

書のまち春日井市から唐龍斎作の硯を使っているとの便りが届いたら、先生のやる気にますます拍車がかかること請け合いです。ぜひ、あの硯で磨った墨でお便りをしたためてあげてください。先生のお住まいは○○○○。今は奥様と二人で上記の借り上げアパートに仮住まいなさっておられるそうです。

でも、あんまり無理しちゃだめだよ。メニエールは僕の知り合いに罹っている人がいるけど大変そうだ。僕はこのごろ期外収縮が慢性化して弱っている。手術と薬両方の治療法があるらしいんだが、いずれも決め手にはならないって言われてる。結局、なるべく脈が乱れないようにおとなしくしてろってことだよ。

2014・1・1

佐藤哲美→梶田ひな子

山なすてさんまも来いば津波も来るそれが海だべ壁などいらね

被災者もいろいろな考え、おもわくがあり復旧も復興もままなりません。

歌詠みらしく行くほかないか!?

仮設住宅

2013年、季節は秋にはいりかけていた。私はまた石巻を訪れた。この時の記録は何も残っていない。が、心の中に大きなうねりのような形のものが残った。

なぜならば、仮設住宅を訪れて一泊したからだ。普通は多分そんなことできないのに、集会室ならば大丈夫！と許可された。長い避難所生活から仮設住宅へ生活の場は移り、自宅の修繕を待ちながら仕事を続けながら、そして年老いた母を助けながら……の生活。復興住宅建設が進んでも、人が忘れていっても、何年経っても苦労は続く。

高齢のお母様は、東松島市に住む妹さんの家に移った。80代になって住み慣れた土地を去ることの辛さは如何ばかりか。その妹さんも被災して、お寺の住職のお連れ合いとお義母様を亡くし独りだと聞いた。親子・兄妹支え合って生きなければならない。

再び日和山から見る石巻と北上川は、少しだけ復興が進んでいた。あれだけたくさん見上げるように在った瓦礫の山がすっかり取り除かれて、代わりにコンクリートの土台があっちにもこっちにも残っている。そこに確かに街があったという証拠だ。さらにそこに泥とともに運ばれてきた草の種が根を下ろし花を咲かせている。復興の証である公営住宅の建設も少しは進んでいたが、ほとんどの土地は手つかずのまま荒れ放題になっていた。復興援助金が出るところと出ないところの差がくっきり見えた。行政は、何処かで線を引かなければならないのだろうが、一方には酷な現実が見てとれた。

被災区域から離れた公園や空き地に造られた仮設住宅は、規則正しく何列にも並んでいた。東日本大震災の津波は、高さ20m、浸水面積327㎢、宮城県だけでも人的被害は1万人以上、行方不明者は未だに1300余人、住宅被害は全壊半壊合わせて23万棟以上という、かつてない大規模な災害。生活レベルをマイナスからせめてゼロへ、そしてプラスへと持っていくには絶対に必要な仮設の住宅だった。

同じ造りの家が並び住宅番号が掲げられている。案内された住宅は生活に必要な最低限の設備が整っていた。被災者は自宅が修復できるまで、あるいは復興住宅が完成するまでの間、ここで過ごすことになる。何を話したのかあまり覚えていないけれど、私が詠んだ短歌がある。

一間ある仮設住宅集会所の入口跨ぐ蚊をかなしめり
寝つかれぬ仮設の床《ゆか》の下闇の神経回路　うまく泣けない
夏雲のしたに開けたる万年筆のブルーの染みが悲しみに満ち

「一緒に泣いて心に寄り添うこと、うまく泣けない被災者とともに何度も何度も一緒に泣くことが被災者応援でもあると思います」

こう教えてくださったのは、名古屋市にある東海高校（愛知県屈指の男子高）で教鞭をとりながら、様々な被災者支援活動を行っている久田光政先生（※カヅラカタ歌劇団顧問・東海高校サタデープログラム顧問・NPO法人被災者応援愛知ボランティアセンター理事長・国際NGO Aichi Volunteer crew for the people of the fourth World代表）。後年上梓した私の初の作品集『愛《かな》しみの嚢《ふくろ》』の批評を書いてくださったので紹介したい。まさにこの仮設住宅の一首に対して書いてくださった。

被災者の悲しみに寄り添う歌人 ――『愛しみの嚢』批評

久田光政（東海高校教員）

寝つかれぬ仮設の床《ゆか》の下闇の神経回路　うまく泣けない

私は国語教員で、ＮＰＯ法人被災者応援愛知ボランティアセンターの理事長も務めています。宮城県石巻市の被災地にはこの六年間で１５０回近く訪問しています。

仮設住宅に何度も宿泊しています。その私の心にこの歌がストレートに入ってきました。

東日本大震災から6年。被災地では復興住宅の建設が進んで来ています。が、6年たった今でも仮設住宅で暮らさざるをえない方々も少なくありません。

「床の下闇」がこの歌の解釈の難しいところであり、仮設住宅ではずっと寝つかれない夜をすごしている、うまく泣けないでいる被災者は多くいらっしゃいます。

ＮＨＫラジオ深夜便。夜の11時から翌朝の5時まで放送される人気番組です。しばしば夜遅くまで、あるいは未明から、仕事をすることのある私は、そんな時、ラジオ深夜便を聴きます。被災地のリスナーさんの投稿が紹介されることがあります。そのような時間に仕事をされている被災者もいらっしゃるのでしょう。また、表題の歌のように寝つかれない夜を、ラジオを聴いて気を紛らせている被災者も少なくないのでしょう。

私にこう言われた被災者がいます。「大震災前はほとんどの被災者が久田さんと同じように、生活レベルは『プラス』だった。でも今、私たちは『マイナス』。だから、せめて気持ちをどうにか『ゼロ』までは持っていきたいともがいている。『ゼロ』になって、ようやく『プラス』にするには？ と思えるのだから。『マイナス』から『プラス』になんてできっこない。だから、気持ちにいろいろ歪みが生じるのは仕方のないこと。今は、一日のうちでさえ、何とかなると思えるときと、なんでこうなっちゃったのかと思うときと、生きていてよかったのだろうかと思ってしまう時と……、まだまだ平安ではない。自分のそういう不安定さに疲れている」。

「震災から何年もたつのだから、もうボランティアは必要ないのではないか」と、名古屋で言われることもあります。

そうではありません。高台に新しい復興住宅ができたからといって、心の平安が取り戻せるものではありません。六年たっても未だに不安をかかえ、心の平安を取り戻せない被災者が少なくない状況だからこそ、私たちの被災者応援活動は必要なのだと確信しています。

涙を流すことは、亡くなった方々を悼み、自分の悲しみも涙とともに少しずつ外に出していくことです。私たちの被災者応援活動は、うまく泣けない被災者といっしょに何度も何度も泣くことでもあると思っています。
表題の歌は、被災者の心に寄り添い、被災者とともに涙を流す歌人の姿を感じる見事な歌です。

「短歌人」２０１７年第９８１号

佐藤哲美

ふるさと石巻

海のほとりに住むなら海の優しさに抱かれる勇気持たなきゃ僕も
森が海を育むと云うことわりを知る漁民《たみ》はせじかかる工事は
磯も浜もコンクリで埋《うず》めですまってがらいまさらふるさどてえげに《ヌ》なげよ
食《か》れねがら原発村さはまたってが郷土《くぬ》まで売るてほどごさ居る
被災地が食い物にされている現実も見てってくれよ生徒さんたち
赤錆びた線路の間《あい》にほそほそとハマヒルガオは群れて咲きおり
りゅうりゅうと肩聳やかすアワバナに埋め尽くされて被災地の秋
息子のズボンの虫喰い穴に継ぎ宛てて母は生涯の針仕事終えぬ
助手席にきょうも面影を乗せて走るこの坂《さか》道あの街角《かど》見えっかおふくろ
おふくろあどひと月《づき》で桜《はな》咲ぐよ日和山さも石高《せきこう》の校庭さも

春めく日に思う

この原稿をPCに打ち込んでいるのは2024年2月尽日。日脚がのびて、飛翔する鳥影も増えてきた。家の中の白い壁や和室の雪見障子を抜けてくるひかりが明るく感じられる。庭の古い火鉢をすみかとしているメダカも、冬眠から覚めたかのように時折水面に上がってくる。春めくの「めく」は春夏秋冬それぞれに使えるが、「春めく」が一番情感豊かなような気がする。冬から春への移り変わりを、春を待ち望む心情的なものも加えて、茫洋たる空の広さから感じる柔らかい空の色から「春めく」を感じたいと思う。

今年の冬は元日に能登半島で大きな地震が起きた。半島という土地ゆえに東日本大震災とはまた異なった辛い状況も垣間見えてきた。早く元気になりますように、早く見つけてあげられますように、早く温かくなりますようにと祈る日が続いている。温かい光は空に拡散していくが、歌の言葉は詩の言葉と同じように、時を経ても心の奥底に降り積もっていく。愛する人や大事な友や美しい自然に対して詠んだ歌の言葉が、胸の奥に懐かしさとなって溜まっていく。それが「生きる力」となるときが来るだろう。それは、今かもしれないし、もっと先かもしれないが。

あの日、3月11日、一緒に避難所へ逃げて助かったお母様は先年、お父様のところへ旅立たれた。修繕して新しくなった自宅を見て、家族が助け合って生きる姿を見て、生涯の針仕事を終えて、あの世へ旅立たれたと想像する。佐藤さんの石巻弁の歌が温かくて切ない。

まだ13年、やっと13年。見た目の街の復興は進んでいるが、事故から間もなく13年の原発の問題はまったく解決していない。漁業者の反対を押し切って処理水の海洋放出が始まって半年経過したが、何か見えてきたか？　処理すべき汚染水の発生は止められず、デブリも取り出せず、この世のツケをどこまで延ばすのか皆目見えてきそうにない。

ただ、春だけが異常に早くやってきそうで、３月末に咲くはずのハナモモが2月末に咲き始めたとの知らせが友からあった。２月の夏日も心配なニュースだ。春は、ゆっくりと春めく心の準備とともに来てほしい。

「おふくろ、あどひと月で桜が咲ぐよ。日和山の桜も石高の桜も。見えっか」

孝行息子佐藤さんは、今日も母の面影を助手席に乗せて走っている。

第七章　アオギリのララバイ

山田真喜子・マゴナラさん

インターカルチャー・翻訳・通訳・ライター

留学生エリカ・マゴナラさんと有珠山へ

その少女エリカはまだ高校生だった。イタリアから短期留学生として北海道胆振地方の白老高校に通い、ホームステイ先は彼女の母の高校時代の親友である漫画家・はまおかのりこさんの家。私は当時の苫小牧発明研究会の西川辰美会長のお誘いで、有珠山噴火跡地視察に同行したのだった。西川さんの案内で参加したのが、私とはまおかさんとエリカ。

少女エリカとはその一度きりの出会いだったが、後にその母である山田真喜子・マゴナラさんが、親友の漫画家はまおかのりこさんとともに東京に住む私に会いに来てくれて懇意になる。以来、互いの人間力を高めつつ、今日までの日伊文化交流活動に繋がっている。

山田真喜子・マゴナラさんのこと

※2007年社会貢献者表彰、北海道苫小牧市出身、1954年生まれ。イタリアに美術留学後、現地の男性と結婚。サンジョルジョ・ディ・ノガロ在住。2人のお子さんの母親でもある。

（公益財団法人社会貢献支援団体）資料より引用

イタリアでは、被爆国の日本について教科書などで、人類の悲劇として教えられている。同国は大戦の敗戦国として、また近年も隣国ユーゴスラビアでの内戦などから平和教育が盛んであるという。

子育ての傍ら翻訳、通訳、フリーライターなどとして、日本とイタリアの文化の橋渡しをしていた山田さんの、平和のための活動のきっかけの一つとなったのは、1990年頃、東京の友人から「翻訳して平和のために役立ててほしい」と贈られた絵本であった。その本は広島で被爆した家族の話『ひろしまのピカ』（丸木俊著）で、山田さんはそれから2年がかりでイタリア語に訳して出版した。その後、この絵本は、北イタリアを中心に平和教育の教材として、広く使われるとともにイタリア全土の教師の研修にも使われている。

そしてもうひとつのきっかけは、92年苫小牧市に里帰りしていた折に、たまたま開催されていた原爆被害者の沼田鈴子さんの被爆の証言会に行き、その話に感動した事であった。沼田さんにイタリア語の『ひろしまのピカ』を手渡し、イタリアでの証言を依頼した。この後、山田さんは、沼田鈴子さんとともにイタリアの各地で活動を展開することになる。

３年後の１９９５年、終戦50周年行事のひとつとして、Ｅ・バルドゥチ支援センターやヴェローナ市を中心に、第1回目の沼田さんの証言会の開催を実現させた。山田さんは、補助金の申請、旅行の手配、随行、通訳など必要とされる総てを手掛けた。被爆を乗り越え強く生きる沼田さんの姿は、一般市民や難民とその子どもたちに大きな感動と励ましを与えた。

１９９７年には、イタリア在住の日本人からも協力を得られるようになり、ミラノ市などで第2回目の証言会を開催した。トータルで約2万5千人が参加し、この模様は平和教育の一環として、同国内のテレビやラジオでも放送された。その後、第3回目の証言会をヴェネツィア市やミラノ市などで開催した。

現在活動は、Ｅ・バルドゥチ支援センターやウディネ大学の関係者と広島市の関係者との間に交流が広がるなかで、平和のメッセージとして青桐（アオギリ）の種を植える活動とともに展開されている。広島市は平和事業のひとつとして、被爆樹木の発掘と保存を行っているが、アオギリはその被爆樹木のひとつでもあり、国連にも植樹されている。

山田さんは「今後も子育てをしながら、頑張りたい」と家族や支援者に支えられながら、活動を続けている。

被爆樹アオギリのプロフィール

「アオギリ紀行」（2007年アオギリ紀行編集員会）より

被爆に耐えたアオギリとはどんな樹木だろうか。

中国の有名な詩に「少年老い易く学成り難し　一寸の光陰軽んずべからず　未だ覚めず池塘《ちとう》春草《しゅんそう》の夢　階前の梧葉《ごよう》すでに秋声」（朱熹《しゅき》）というのがある。この梧葉が日本では青桐のことで中国の文人が古から好んで植えた植物だそうである。

爆心地から半径2キロ内の被爆樹木は現在確認されているだけで55ヵ所160本ある。その代表として今、平和公園に移植されたアオギリは青々とした大きな葉をつけているが、これまで様々な困難を乗り越えて来た。1933年4月、爆心地から1370m地点にある広島市白鳥町の広島逓信局（現在中国郵政局）の庭に落成時に4本植えられた。原爆で爆心地側の幹半分が焼けえぐられ、見るも痛ましい姿となった。しかし、1973年までの28年間に120cm伸びたという。推定樹齢は70年か80年で、生き残ったアオギリは1973年に3本が平和公園に移植された。その後治療中の1本のアオギリが1996年に枯死した。現在2本が育ち、2000年から積極的に海外に苗木が送られるようになり、アメリカを始めイラクの戦場地にも贈られている。さらに被爆アオギリのそばにもアオギリ二世が親を凌ぐ勢いで成長し続けている。多くの見学者に被爆に耐え、生き抜いたアオギリ親子の命の連鎖は生きる勇気と感

イタリアですくすく育つアオギリ二世

動を与えている。

被爆アオギリ二世はイタリアの地に根を張っている　2005年
――民間平和大使沼田鈴子さんとイタリアの・反核平和の取り組み――

「アオギリ紀行」山田真喜子執筆部分より抜粋

北東イタリアのウディネ市郊外にあるバルドゥチ支援センターの中庭。沼田鈴子さんが初めてこの庭を見た。その目の輝きがイタリアのフリウリ、ベネツィア・ジュリア州の写真集に掲載された（2006年出版）。

1995年9月、講演会「第二次世界大戦の記憶」、被爆50周年記念の証言に広島からはるばるイタリアのバルドゥチ支援センターに、松葉杖でこの庭に入った鈴子さん。1997年に鈴子さんがイタリアを再訪問した。ヒロシマの被爆アオギリが大やけどの傷にも負けず、しっかりと生き延びていることを伝えてくれた。ウディネ市とミラノ市、ヴェローナ市で原爆の証言をし、被爆アオギリと彼女の人生が深く繋がっている話をした。

1995年11月、私は鈴子さんの半世紀をイタリア語で出版する準備に広島を訪れた。広島市植物公園から発芽して2年になる2本の被爆アオギリ二世の苗を頂いた。私は大切に、フリウリ県のウディネ市郊外にある「バルドゥチ支援センター」に持ってきた。その翌春、バルドゥチ支援センターの近くに住むヴィトリィナさんとマリアさんの2人がアオギリの種を蒔いた。広島から世界へ、被爆アオギリが多くの人に〝平和の心〟を伝えて、勇気を与え続けている。

幾歳月を飾る春の知らせ、新春のアオギリの芽は限りなく優しく初々しい。種を蒔いたその日から水と場所に気を使い、芽が出た喜び！

「さあ、これからも守ってあげなくちゃ」。ところが、虫に食われる、豪雨や雹《ひょう》に当たったり、うっかり水が足りなかったり、順調に育ってゆくのは、発芽の数より少ない。発芽して、すくすく育った苗は大切に、バルドゥチ支援センターの新しく拡張された「平和の庭」に植樹された。

2000年、鈴子さんが3度目のイタリア訪問の時、彼女と広島アジア友好学院の沼田平和事務所の交流団（故・佐古琢也団長他5名）が証言活動に来られた。バルドゥチ支援センターの出版部から翻訳出版の企画が実現した。イタリア語「スズコ、ヒロシマの心」と題する『青桐の下で』（日本語版・広岩近広著）の翻訳本が出版された。

広島の被爆アオギリ二世の植樹がバルドゥチ支援センターの中庭で世界各地のコミュニティの代表者が見守る中で行われた。鈴子さんが絶望の淵でみた「希望の芽」、1947年春のアオギリは、半分焼け焦げた体で命をふりしぼって、高く大空に伸びる枝から新芽を出した。

「鈴子、生きることはつらいけど、素晴らしいのだよ」とアオギリは語った（『青桐の下で』

から)。原爆の証言に被爆アオギリの願いを加えて、最後に鈴子さんが全ての人に贈る言葉が、「命は贈り物です」。

これは、命の尊厳を訴え続ける鈴子さんの心の原点である。

しかし、原爆はそれを破壊する悪、核兵器を造るのは人間である。私たちの母と言える大自然も病んでいる。核の製造と保有は人類の存続にどのような影響があるのでしょう。

この地球上に生きる旅人の私たち。しかし世界各地では戦火に苦しんでいる人々が沢山いる。皮肉なことに、日本では平和教育が軽視されている。なぜ、広島と長崎に住む人々が被爆したのか、歴史を学ぶ必要がある。そして、ひとりでも平和への一歩を意思表示できる。たった一粒の被爆アオギリの種は教えてくれる。一人の人間として、種から発芽させることを通して学ぶ平和の心。「歴史は現在である」というイタリアの言葉がある。被爆者の願いを継続して多くの人と一緒に学ぶ必要がある。

歴史の証人として鈴子さんのような被爆者は、原爆の実相を世界に語りかけて来た。しかし、彼らの語れる時間が刻々と少なくなっている。広島と長崎の被爆者たちは、核廃絶への歩みが、いまだに旅の途中にあるという。私たちが「地球の家族」として、不戦の誓いを交わせる日はいつだろうか。被爆地から魂の叫びを聞いて、イタリアで〝平和の芽〟を育てている記録をお知らせする。そして、より多くの人と一緒に、毎日の暮らしの中で身近な人や遠い地に住む人とどのようにつながってゆくか、考えてみたいと願っている。

マリアおばあちゃんの庭と平和の芽

被爆アオギリ二世から三世へ

「アオギリ紀行」（山田真喜子執筆より抜粋）

私の姑マリアおばあちゃんの庭で生まれた被爆アオギリ二世の木も元気に育っている。

2005年秋、この木がイタリア最初の被爆アオギリ三世の誕生の花と実を付けた。

マリアおばあちゃんは、庭仕事が大好きな私の夫の母であり、元小学校教師、幼い頃は鈴子さんのようにとてもやんちゃな女の子だったそうである。

イタリアでは、花や木を育てるのが上手な人を〝親指がみどり〟の人と言う。まさにマリアおばあちゃんは緑色の指を持っている。住んでいる場所は、サンジョルジョ・ディ・ノガロという町である。私の夫と子どもたちはこの街で生まれ育った。

初めての私の日本イタリア文化交流

2007年4月

真喜子さんから電話が入った。「イタリアで文化交流をしませんか」と。テーマは「PACE（平和）」。日本を前面に押し出すという現地の実行委員会からの依頼だ。素晴らしいテーマに惹きつけられて引き受けた。

同行するのは、長く日舞を趣味とし、着物の着付けも茶道も得意な金丸総枝さん。彼女は夫の赴任でニュージーランドに住んだ経験があり、グローバルな視点を持っていた。さらに、私の苫小牧時代からの社宅の隣人であり、東京在住。互いに刺激を受ける友人のひとり。

訪れる時期は、フェスティバルの最中ではなく、事前の準備の時期に決まった。プリムラッコのフェスティバル実行委員が「日本」と「平和」をテーマに日本家屋を建て、床の間を作って掛け軸を掛けたいという申し出だった。

必要なものはまずは掛け軸一幅。北海道から東京に引越して直ぐに書道師範の試験は合格していたが、自分で書くのはまだ自信がない。東京教室と春日井教室に顔を出していた私は、登紘社の原田凍谷代表に打診し、有り難いことに書いていただけることになった。書道文化をイタリアの皆さんに知っていただくという初めの一歩。この先、書道を通してどのような交流ができるかは未知数だった。原田先生から色紙2枚と小サイズの赤富士の軸を預かった。後に、イタリアで売れるか否かも未知数。

山田真喜子・マゴナラさんは、東洋から北イタリアのサン・ジョルジョ・ディ・ノガロへ初めて嫁いできた開拓者だった。当時のイタリアの新聞に「東洋からきた花嫁」「町に日本人花嫁がやってきた」などと紹介されたという（記事は娘のエリカさんが2023年秋に日本を訪れて再会した時、大切にスマホに入っている写真を見せてくれた）。東洋から来た若い花嫁が真っ白いウエディングドレスを着てインタビューを受けている。それが北海道で会ったエリカさんの母で、現インターカルチャーの真喜子さんだった。

＊

成田空港からイタリアのアリタリア航空（ＪＡＬ提携）に乗り、ミラノ空港で乗り換え、イタリア極東の都市トリエステ空港に向かう。夜のトリエステ空港に着くと、セルジョ&真喜子夫妻が迎えに来てくれていた。アドリア海を左にして夜の道を走ること30分余。サン・ジョルジョの自宅に着く。翌日からの滞在は、隣のファブリアーノ町の英語教師エレオノーラさんのアパートメントを借りた。冷蔵庫もキッチンも何もかも自由に使っていい、ただ一つ鍵をかけたプライベートの寝室以外は。彼女は10日ほど旅に出て大きなセミナーで勉強してくるという。日本ではなかなか考えられない部屋の貸し出しが有り難かった。時々娘のエバちゃんが訪ねてくる以外は人も来ない。自由に町へ出てマーケットで買い物をして、料理したり昼寝したりして文字通り自由なイタリアライフを楽しんだ。

小学校5年生に日本の文化授業　２００７年

Lezione di Shodo: arte della callirafia in Can e in Giappone.

4月のイタリアの庭は花の季節だった。桜が咲き、紫色の藤の花房が垂れている。黄色の菜の花も見えた。寒くもなく過ごしやすい季節。真喜子さんの家の周りは裏に広い畑が広がり、地下水が湧き出ている。飲み水にはならないが裏庭の散水や大きな洗い物には重宝する。イタリアの水は硬水なのでカルシウム分をたっぷり含んでいて水の蛇口は真っ白くなっていた。左隣に警察官の家、右隣にはこれまた広大な敷地に大きな邸宅。人の気配が感じられないほど広かった。

いよいよ小学生に何を教えるのか、授業案を組みたてなければならない。簡単な打ち合わせをして、書道の用具を携えて、朝の学校へ車で向かった。近くにある教会の鐘の音が美しく聞こえてくる。イタリアは、歴史的に4世紀からのローマ帝国におけるキリスト教布教の影響で、街を歩けばカトリック教会があり、多くの人々は日曜の朝は必ず礼拝に行く。時を告げる鐘の音が胸に心地よく届いて、深呼吸する。

学校へ着いた。2階建ての瀟洒な校舎の窓は3段の出窓で、ブルーのサンスクリーンが下りて美しい。勿論、朝の1時間目の授業中。日本の多くの学校建築で見られる北側廊下に各教室がずらりと並ぶという造りではなかった。声掛けして、資料室で大きな世界地図をお借りした。

イタリアの学校（Scuola）制度は、9月に新学期が始まる。小学校は6歳から5年間。中学校は11歳から3年間、高校は14歳から5年間。義務教育期間は6～16歳である。

さて、授業を行う5年生Cクラスは算数の授業中。女性の先生が3人いた。チームティーチングとか副担任とかでなく、いつもこの体制なのかしら。私たちの顔を見つけると、しばらくして算数の授業は終わり、次の授業「東洋の日本の文化」に入る。日本の学校の

サン・ジョルジョ小学校授業

ようにチャイムも、5分休み時間もなければ、号令もない。先生が何か一言二言話すのみ。子どもたちが管理されていなくて自主的に動いている様子が見て取れた。いつの間にか、日本文化の授業が始まった。私とアシストをしてくださる総枝さんは、先ず自己紹介をした。真喜子さんが紹介と通訳をしてくれる。

教室の前方黒板の上に十字架が掲げられていた。一人一人の真っ白な広い机の4本の脚は鮮やかな赤い色。椅子も真っ赤でそれぞれの自由な通学リュックや上着が掛けてある。明るい雰囲気がいっぱいだ。

まずは、大きな世界地図を広げる。日本という国が昔、太平洋戦争をした時に、ドイツ・イタリアとともに三国同盟を築いていたことなど、子どもたちは多分知らない。地図の真ん中に長いブーツ型をしたイタリアがあり、周りにヨーロッパの国々、大きなアフリカ大陸、そして大西洋、アメリカ大陸。当たり前のことだが、世界各国の世界地図で違うのは国のポジションだ。日付変更線も含め国際情勢を俯瞰するにしても、日本は端っこ。多くの世界の人たちから見れば、日本のロケーションはいちばん端っこの笑えるほど小さなまさに「極東の島国」。その国がどんなにがんばって戦後を生き延びて来たかは言わないが、「とても遠くの小さな日本という国から来たんだよと」いうことだけは子どもたちに伝わったようだ。

日本の文字が中国という隣国から伝来した漢字を元に、「ひらがな」「カタカナ」「漢字」「数字」さらに「ローマ字」も使うことにふれた時、中国籍の男の子の面差しが変わった。にこにこしている。漢字の国・中国を母国とする男の子だった（この子は後日、真喜子さんの家を探して訪ねて来たらしい）。多くの外国人が最初に感じるように、子どもたちの眼には日本の文字は絵や図のように見えているだろう。違う国では違う文字を使っていることが伝わり、日本の文字に興味を持ってくれればいい。更にはそれを日本のアニメなどとともに体験する興味の入口になってくれればいい。

次は、「Shodo 書道」という日本文化の簡単な体験。用意した小皿に墨液を入れ、一人一人の児童が筆で自分の名前をカタカナで書く。「サムエレ」「トーマス」「カロラ」などと。あらかじめ真喜子さんが名前を聞いて準備してくれたのでスムーズにできた。これはどの子どもも興味深く感じたようで楽しそうだった。真っ白な机上で、白い半紙に筆で書いたそれぞれの名前が楽しそうに踊っている。歪んでいてもいい。カタカナが跳ねていた。

終わった後、持って行った日本サイズの新聞紙で作ったカウボーイハットをかぶって遊んだ。イタリアの新聞はタブロイド判がほとんどだから日本の大きな新聞紙の帽子を先生も面白がってかぶって笑った。カウボーイは、元々アメリカなんだけど、まあいいわ、かっこいい帽子なんですもの。

「グラッチェ！　チャオ！」。清々しい気持ちで学校を後にした。

インターカルチャー・真喜子さんのおかげで初めての異文化交流授業を終え、彼女の夫も子どもたちも通ったサン・ジョルジョの小学校の空は雲ひとつなく青く澄んでいた。

教会の鐘の音が遠くから聞こえてきた。太陽が高く上がって、もう昼だった。

プリムラッコのフェスタ　２００７年４月

「FESTA DEI FLIRI 21-Aprile – 1- Maggio 2007」PrimuLacco

プリムラッコは北イタリアの北東部の小さな町。花の産業が盛んな町だという。

プリムラッコでは毎年、フェスタが開かれる。この年は4月21日から5月1日まで。テーマは「日本　PACE（平和）」。縦に四つ折りに畳まれた大きなパンフレットには、50以上のイベントが計画され、予告の写真が載っていた。ひときわ大きな写真がMOSTRA; 〝UNO　SGUARDO SUL GIARDINO　GIAPPONESE〟。それは龍安寺で客数人が腰を下ろして静かに石庭を見つめている写真だった。他に「無」を表す静けさの伝わる写真があり、IKEBANA／生け花、ORIGAMI／折り紙、KENDO／剣道の文字もある。

公道から次第に細い道に入り、広場に着く。フェスタの実行委員会を訪ねた。数人の男性が公共の広場の片隅に日本家屋を造る真っ最中で、既に大きな柱は立てられて、その横に2畳ほどの穴を掘っている。太い腕にはタトゥーが彫られていて、いかにも頑丈で屈強な男性たち数人が、小さな石庭と池を作っているのだった。見本として広げられた写真は、やはり枯山水で世界的に知られている龍安寺の石庭。

エリザベス二世が１９７５年に日本公式訪問をして、石庭を称賛したことと、巷《ちまた》の禅ブームが後押しして有名になったらしい。小さな石庭を造り、そこに池も造って魚を放つのか？　はたまた、もみじの木でも植えるのか？　まだ穴掘りの段階だったが、ワクワクしてくる。部屋には床の間を造り、掛け軸を飾り、茶道具を置く。更に着物も飾るとか。想像上の日本がイタリア人の手で構築されて行くのが楽しみになった。

次に訪れたのは、フェスタの実行委員の個人宅。90代の夫人と家族が手作りのチーズとワインでもてなしてくださった。いちばんのおもてなしはやはり会話であり、真喜子さんの通訳を交えながら楽しく話が進む。そうこうしていると、先ほどまで穴を掘っていた男性が家に戻って来て会話の輪に加わった。体はレスラーのように大きいが、話すととてもフレンドリーで頼もしく笑顔が素敵だった。イタリアの家庭ではいつも何種類ものチーズが用意されていて、そのチーズの講釈も楽しい。

総枝さんが真喜子さんに着物の着付けをした後、お嬢さんにも着せた。前の晩、総枝さんがアイロンを掛けたり、掛け衿を掛けたりしてくれて準備万端だった。着物を縫う仕事をされていた真喜子さんの北海道の母親が、イタリアに嫁ぐ真喜子さんに持たせたという着物。金色の扇子を手

プリムラッコの家庭を訪問

に日本の民族衣装である着物について説明する真喜子さんはいつにも増して饒舌になった。立体裁断の洋服と違って、着物は丈や幅を調節しながら着られる。ピンクの着物に赤い帯の文庫結びやリボン結びが美しくて、着物を初めて着たお嬢さんが笑顔でくるりと回って見せた。

次はお抹茶体験。干菓子と少し苦いお茶を体験した後、またチーズとワインで乾杯した。

壁には油絵がどの家にもお洒落に飾られていた。そして大切な家族の肖像画や写真も。時代を表す大きな時計が、振り子を左右に規則正しく振っていた。代々引き継がれてきた大切な生活が覗われた。

フェスタの本番はきっとうまくいく。そう思った。

フェスタの事後に送られてきた写真には、天井まで届くような大きな障子戸がつくられ、幅の狭い床の間には掛け軸、その前に鉄瓶をはじめとした茶道具が置かれ、衣桁には花嫁衣裳の打掛も展示されていた。そして、なぜか赤ちょうちんがぶら下げられていた。居酒屋と龍安寺の石庭の融合？？くすりと笑える。日本文化をいっぱい詰め込んだ日本家屋にぶら下がる赤ちょうちんも愛嬌だった。フェスタ当日はきっと賑わったことだろう。

フェスタ日本家屋

北イタリアの一地方の町で、「平和」をテーマにこうした取り組みをしていることが嬉しかった。地道に何年も開催されているフェスタは、今も続いている。

書道研究団体「登統社」イタリア書道交流　２００９年７～９月

「イタリアと日本の文化教室の交流をしませんか？」そんな申し出を受けた２００９年、夏休みを利用してイタリア書道交流を企画した。

参加者は、岐阜県無形文化財保持者・陶芸家の玉置保夫氏、写真家の加藤慎一氏、書道家原田凍谷氏と登統社会員と一般参加者の18名。

詳しい内容は登統社旧ＨＰに掲載されているので割愛するが、主な交流は

①ヴェローナ市「楡の木農園文化センター」昼食会と書道指導交流
②ウディネ市「野原の家」日本語文化教室の皆さんと友情交流会
③ファブリアーノ市「紙博物館」　ジャズと書のコラボフェスティバル・書道体験

紙博物館ギャラリーでの展示会は２ヵ月間に及び、10月に梶田と山田が搬出と諸々の手続きを済ませた後、船便で作品を日本へ送った。名古屋港に着いたのは12月末。盛り沢山の観光をはさみ

ファブリアーノ紙博物館展示会２ヵ月

ながらの初めての団体交流は、コーディネーターとしてのノウハウを学ぶ貴重な機会となった。

Mostra "Seta; if filo d'oro che uni Piemonte al Giappon e" 2018年9〜11月
「絹〜ピエモンテ州を日本とつないだ黄金の糸」

日本イタリア友好通商条約提携150年記念企画事業

この企画が、インターカルチャーを通じてトリノの「櫻協会代表」Yuko Fujimotoさんから入ったのは2018年4月のこと。日本イタリア友好通商条約提携150周年を記念した企画で、期間は9月半ばから11月後半。日本側の企画を依頼したいとのことだった。

とりあえず、先ず、書道会として私の所属する登統社に打診。展示会が済んだ「チープな額に楽しい書」の作品の中から30数点を寄贈していただき、「日本週間」の間、トリノの会場に「展示&登統社の活動紹介」をすることが決定した。

日本週間に会場で展示された後、トリノの日伊文化交流「櫻」教会で展示。次にはウディネ市の日伊文化交流協会「狐」へ、そしてウディネで毎年春に開催されるFEFF「国際東洋映画祭」ギャラリー会場でも展示された。その会場では筆跡学の講演も行われた。

着物&和スカ（スカート）の「ファッションショー」

次に、黄金の糸と謳う日本とイタリアピエモンテ州をつないだ絹糸のイベントであることから、古布創作作家・森田奈己さんに打診。快い返事を頂いた。

この日から、目まぐるしい企画と、着物リメイク作品創作が始まる。人一倍几帳面で妥協を許さない奈己さんと、アシスタントひろみさんのきめ細かい企画と制作が進み、さらに日が経つうちに協力参加者は8人に膨らんだ。

更にイタリア側でも、トリノ市の「絹のイベント」の話を聞きつけてトリエステ市で、ポルデノーネ市で、ウディネ市で同様のイベントをしてくれないかと依頼が入る。

主な5都市の企画の内容を簡単におさらいしよう。

① トリエステ市　東洋美術館
Re-make Japan:Kimono & Music, il Giappone tra tradizione e modenita'
・企画：日伊文化協会　原田貢（yujo 協会）グイド・ミキェリス（kitsune 協会）
・アーティスト：森田奈己（着物リメイク）・千田俊介（ギタリスト）
・スタッフ：原田貢・グイド・ミキェリス・山田真喜子・梶田ひな子
・ギターミニコンサート、着物と日本の歴史レクチャー
・公募したモデルのファッションショー
ギタリスト千田俊介氏の奏でる「蘇州夜曲」の透き通った美しい音色に乗って、日本の古い時代の着物から蘇った美しい現代的なスカートが、モデルのイタリア人のお嬢さん方を演出した。

東洋美術館内の雰囲気に調和していた。観客席いっぱいの人々が惜しみない拍手をくださった。最初のイベントは大成功。

原田（Mitsugu Harada）氏は、FVD州立オーケストラ首席奏者、コントラバス奏者。千田（Syunsuke Sennda）氏は、トリエステ・インターナショナルスクールミュージシャン。いずれもイタリア等の第一線で活躍する日本出身者。イタリア語に長けた二人のタッグが、実に頼もしく素晴らしかった。地元の新聞には、Neimiこと奈己さんの作成した和スカ（スカート）記事が日本の着物の写真とともに大きく掲載されていた。

②　ウディネ市　SELLO美術高校モーダ科　出向講座

・日本の着物文化、着物リメイク行程・着物への思い・和スカ紹介
・講師：森田奈己（着物リメイク・モデル）
・スタッフ：山田（通訳）、梶田（コーディネーター）
・アシスタント：グイド・ミキエリス、モレッティ・ダヴィデ

イタリア北東部の街ウディネ市は、ヴェネツィアの影響が見られる広場が魅力的なポーラニアーチを通り抜けて階

2018年トリエステ記事

段を上がると、歴史ある古いお城が現れる。セッロ美術高校は、そのウディネ城近くの大きな公園に隣接している。公園に通じる街角には様々な彫像が立ち並び、目を楽しませてくれるまさに芸術の街！

ホールに集まった学生のほぼ全員が女生徒で、未来のデザイナーを目指して学んでいる。学校長もお洒落なスカーフを纏う素敵な女性だった。Neimii が古布への思いと亡き祖母と着物への思いを話し、次に着物をほどいて水に浸して…という生地を大切にする行程の映像を流して、生地作りの説明が始まった。未来のアーティスト&デザイナーたちは、東洋日本の着物生地の話に真剣に聞き入る。最後には奈己さん自らモデルとして和スカをまとい会場を歩いた。洋服生地には世界でも定評のあるイタリアの学生の目に、日本の古布の魅力が届いただろう。

③　ポルデノーネ市図書館 Biblioteca Civica di Pordenone

・日本文化交流協会「Yume 夢」
・協力責任者：三枝治代、Maruco・Veronika & Piccolo
・クリエーター：森田、コーディネーター：梶田、通訳：山田
・第一部：着物リメイクの日本文化内の位置・着物生地・着

ウディネ SELLO 美術高校

物の歴史
・第二部：着物の種類・実演・織やデザインの意味、ヴェロニカさん解説
・第三部：着物リメイク紹介（文化協会メンバーモデル）質疑応答

ポルデノーネ市は、フリウリ＝ヴェネツィア・ジュリア州にある中都市。会場は図書館という名称だが、重厚な建物はその名以上の文化的価値を持っているようだった。中庭には絶好のロケーションの広場があり、読書や勉強をする環境としては申し分ない。夜9時の開始にもかかわらず、歴史ある公共図書館の広い会場は満員。着物文化に直接接する機会が少ないのだろう。日本でさえ、着物文化は成人式や七五三などハレの日の文化になって、着物が箪笥の中に仕舞われているのだから。

ボルディーネ市図書館

図書館長のマルコさんがネットでリアル配信すると、直後300以上のフォローがあって関心の強さを示した。

④　トリノ市　日伊文化交流協会「Sakura 櫻」
前々日に列車でトリノへ移動。日本とイギリスから合流の5人と用意されたウイークリーマン

ションでの共同生活が開始され、買い物や料理やパーティを楽しんだ。

世界遺産ラッコニージ城&サヴォイア教会準備の間に「櫻」協会にて、

・ワークショップ「絹地で作る小物」指導：伊藤典子
・９月にジャポンウイークで展示された書道作品30点展示

⑤　ラッコニージ市　世界遺産ラッコニージ城&サヴォイア教会

・Mostra〝Seta; if filo d'oro che uni Piemonte al Giappon e〟
・２ヵ月間のイベントの最終を飾るファッションショー
・司　会・ナレーション：ジュリナ　Giulia Ciammaichella
・通　訳・ナレーション：Yuko Hujimoto
・着物ワークショップ&ファッションショー総括：森田奈己
・着付け：森田奈己・アシスト（伊藤典子）
・ヘアメイク：野田拡見・徐彩虹
・ゲスト：ラッコニージ市長ほか

サヴォイア教会モデルさん

2018 サヴォイア教会着付け実演

・モデル：森田志生実・山田真喜子・前田扶美子・イタリア人モデル
・進　行：梶田ひな子
・ネット配信：野田拡見

歴史ある古い教会がファッションショー会場となった。普段はミサを行う神聖な教会に赤い絨毯が敷かれランウエイとなる。多くの市民が駆けつけて満席となった。

教会の真正面にスクリーンが掲げられた。息を殺す様に神聖な場でそれは準備され進行した。母の伊藤典子さんと娘の志生実《しおみ》さんが支えた奈己さんの目には、達成感と安堵の涙が浮かんでいた。

ファッション業界を長年支えてきた素材のひとつとして生糸（絹・シルク）がある。古くから着物などで親しみが深く高級素材である日本の絹は、長年に亘って輸出品の中心であり続けた。世界遺産となった富岡製糸場が1872年に設立されると繭から作る「生糸」の大量生産を実現した歴史がある。養蚕業が全滅した時のイタリアに助けの手を出したのが日本の養蚕業だった。日伊通商友好条約提携から150年。その2ヵ月のイベントの最終に、世界遺産ラッコニージ城のサヴォイア教会で開かれた絹糸の繋がりのイベントに招かれ、多くの力の結集で無事に完遂できたことに感謝した。

絹の裾がひらりと舞うランウエイに

ピエモンテ州＆日本―過去と未来が行き合うところ

梶田ひな子

序章は夜　グイドの車に立ち込める霧の匂いが窓より入り来

マキネッタで淹れる立ち飲み珈琲のグラスを持ちて紳士立ち去る

追いつめておいつめられてなんとしょう眠剤飲みても眠れぬ夜は

石窯の上段にふつふつ焼き上がるマルゲリータは王妃の名前

時は秋サヴァイア協会夕まぐれ過去と未来が行き合うところ

すべからく予測つかぬと悟るべし　けだし至言は耳に逆らい

控えめなアモーレ！　聞こゆトルソーに花嫁衣裳を飾りておれば

扉隔てアナウンス流るる時の間を待つシモーレ・カミラ・テナ…麗しき

妙齢の人妻がまとう正絹の裾がひらりと舞うランウェイに

ジェラシーのちさき震えを覚えつつ美しきモデルを繰り出だすかな

東洋の絹ひるがえす青年の脱《ぬ》けたる笑みが硝子の如し

ラッコニージ市長はスマートあやまたずエスコートの手を差しのべて笑む

いつかまた会う日のためのヴォナセーラ出会いの裏に貼りつく別れ

ラッコニージの片空に月、ひそやかに今宵の催し見届けて浮かぶ

風吹けば風のなかにて悔いひとつ古布作家ネイミーの胸
タブロイド判の片隅にひかるネイミーの記事柔らかく褒めているなり
糸杉が群青の空に立ち並ぶ　眼に甘酸ゆき休息が欲し
くちどけも肌ざわりも違う人生の悩みを聞こう今宵はたっぷり

プロでなくても出来る。そんな体験の準備期間8ヵ月と、半月に及ぶ北イタリア都市でのファッションショーは、人間力を試される期間だった。携わった者全員が成長したと思っている。成果と反省を糧にして、それぞれが、自分の道の次のアクティビティに生かすことができたら嬉しいと心底思う。

イタリア報告会ファッションショー　ホテルプラザ勝川　2019・1・24

帰国して翌年1月に、ホテルプラザでその報告会もかねてミニファッションショーの機会を得た。それは前田扶美子氏が主催して10年目の「華やかに生きる会」でのショータイム。会場はホテルプラザ勝川さくらの間。

イタリアで披露したNeimiiの着物リメイク作品を今度は地元の皆さんに見ていただく絶好の機会。今回、モデルは新たに交渉した。ヘアメイクアップアーティストもモデル兼任し、男性モデルや子どもモデルも整えて、新しい作品も披露した。このように披露する機会を得て、今後

Neimiiが起業家として更なる高みに羽ばたくことを祈った。イタリア「絹のイベント」の最終章が、地元で奏でられたことに感謝する。

桐塑人形作家・伊藤典子《まりこ》氏と書家・梶田春陽のそれぞれの個展もロビーで開催させていただいた。ご協力いただいた関係者と観てくださった方々に感謝の一日だった。

春日井とイタリア絵手紙でつなぐ

2021年9月

「絵手紙展」を企画したのは2020年4月。FEFF（Far East Film Festival）参画で、展示会を開催する予定だった。が、Covid-19パンデミックがあっという間に世界中に広まり、やむなく延期していた。7月にウディネ市にオープンするガレリー・テンポラリーにて展示をしたいという知らせが届く。ギャラリーオーナーのジョバンナさんに、真喜子さんを通して2019年暮れに、作品を渡していた。その展示を楽しみにしていた手紙作者の参加者、杉浦冨喜子さん（100歳）がお手紙をくださっていたから、1日でも早くと思っていた矢先の朗報だった。勿論ロックダウンをしたイタリアに行けるわけがない。イタリア側ですべては進んだ。インターカルチャーの山田真喜子さんとジョバンナさん、そして支えてくださる方々。私は日本でパソコン越しに打ち合わせをしながら見守るのみ。

出品者は冨貴子さんと絵手紙サークル等より5名。出品数は40点となった。9月10日からガレリアで展示。花や果実、鳥や魚、招き猫や合掌造りの家など日本の風物の絵に時候の挨拶を添えた作品が並んだ。初日の様子を画面越しに見守った。新型コロナウイルス感染防止のため、同時に入場できる人数が制限されていたが、ギャラリーの外では大勢が順番を待つほどの盛況だったようだ。

イタリアの人たちが見た印象と、見てくれた方々に伝えたことを真喜子さんが話してくれた。

「日本の絵手紙の普及は世界的に珍しい現象といえます。元々多くの人が趣味とする俳句や短歌を楽しみ書道教室で文字を学ぶ国で、「絵手紙」という文化活動がここ25年ほど根を張っています。美しいことごとを共有する民主的な文化が生んだ日々の営みを大切にする表れではないでしょうか。インターネットの時代に、郵便局を使って交流するのは……。人と人が親しくいとおしむ和心の賜物だという印象をもっていいと思います。日本ならではの美しい文化をこのように紹介しました」

百寿の個展の作品の中からイタリアに作品を贈った杉浦冨貴子さんは、楽しみにしていたイタリアでの絵手紙

2021年ウディネ絵手紙展

展を待たず、6月末に100歳で天に召された。ジョバンナさん作成の絵手紙展小冊子が届いたのはその翌年春。ジョバンナさんも病を得た中での奮闘だった。杉浦さんの娘の水谷寿美子さんを通じて仏前に報告した。

「イタリア石の風景」ブログで発信

インターカルチャー（文化仲介人）である山田真喜子・マゴナラさんは、日本の商社やイタリアの商社の展示会に「通訳」として参加している。特に石材に関しての展示会では関係が長く、日本の石材新聞の記事を書くばかりか、「イタリアの石風景」として石のマガジン執筆をしている。

日本の「木の文化」に対して、イタリアは「石の文化」といわれる。

日本の法隆寺のような木造建築物に対して、イタリアには多くの歴史的石材建築物がある。イタリアの石材はとても大きく、世界中で使われている大理石の量と種類は突出している。上質な石材は、駅の床材や教会の円柱、石段や石畳、家屋の建築資材、洗面台や浴室、街角に至るまであらゆるところで生活を支えている。イタリア北部には山脈全体が白い大理石で出来ているとも言われるドロミティ山脈がある。山が18峰、標高3000mを超える白い岩山群は、石灰岩のドロマイトという固い岩石でできているそうだ。真喜子さんの山の家からドロミティ山脈が見える。雪で真っ白かと思った山は、白い岩の山でもあったのだ。

石のマガジン「イタリア石の風景」ブログはネットで見られる。日本語で、イタリアの様々な石の活用術と芸術性が綴られている。日本の石材新聞社や石工会社と、イタリアの石材の橋渡しをしている真喜子さんのブログ記事をぜひ読んでほしいと思う。

石の都岡崎市の石工団地と石材新聞 ２０２３年７月

日本へ帰国中の真喜子さんと仮名書家の松田真理子さんとともに、岡崎市の石材新聞社を訪問した。岡崎市は良質な御影石（花崗岩）の産地であり、日本三大石産地のひとつ。大迫力の鳥居や石像、灯籠から小さな置物まで、岡崎の石工職人の技術は日本有数。石材新聞社も在る。彼女はイタリアから石材関係の記事を執筆している。

我が家から近い東名高速道に車を走らせて石材団地を目指した。岡崎の街は大河ドラマ「どうする家康」人気で賑わっていた。整然とした美しい街に岡崎城の一角が見えた。

「石の都・岡崎」は、戦国時代に岡崎城築城のため大阪から石職人を移住させたことに始まるという。60社もの石材会社が並ぶ一画に石材新聞社があった。真喜子さんが打ち合せをしている間、私は石の街に並ぶ数々の石像を見て回った。石灯籠やベンチや墓石のような大型のものから、インテリアの小物まで、街なかの至る所に石製品が並ぶ。石工神社は鳥居から社まで石でできているというが、今回それを見ることは叶わなかった。

岡崎の石材を身近に感じた一日だった。勿論、赤味噌八丁味噌の街でもあるから帰りには老舗の味噌会社の見学訪問も追加した。

素敵な商社ウーマン　未来さんとの出会い　２０２３年１月

２０１９年に始まった新型コロナウイルス感染症の発生から３年余り経ち、５月８日から感染症分類が季節性インフルエンザと同じ5類に移行された。イベントの観客制限や、マスク着用は団体や個人の判断となり、渡航制限も緩和され、日常が戻りつつあった。

数年に及ぶコロナ禍。ロックダウンになり渡航もままならぬなか、文化交流をするにあたり何が不便だったかというと、日本・イタリア間の郵便状況が封印されたこと、渡航できないこと等々。結局交流事業は出来なかった。

２０２２年は２０１９年に預けていた絵手紙の作品展を現地で開催していただき、２０２３年からは渡航が比較的柔軟になり、現地に行くことができるようになった。まだＰＣＲ検査は必要だったけれども。

＊

年間60を超えるミラノ国際見本市や展示会を中心にイタリア各地では多くの国際展示会・イベントが行われ、世界を相手にビジネス商談や買い付けをはじめとするビジネスステージが広がっている。イタリア語通訳アテンドは、長年イタリア在住で両国の気質を理解するスキルと豊富な通訳キャリアを持ち合わせていて、大切な商談をサポートしている大役だ。

海外渡航や郵便もシャットアウトされた重い時節からようやく脱する気配が見えた新年早々、4月の渡航とFEFF東洋映画祭参画展示会の準備の打ち合わせをしていた時、イタリアから電話が入った。

「ひな子さん、今度ヴェローナで商社の仕事がありいつものように通訳するのだけど、その大手商社の担当者が春日井の人だったのよ。奇遇すぎてびっくりです。つきましてはお願いしたいことが…」

聞くところによると機械関係の仕事で3日間通訳を担当するそうだ。郵便事情がなかなか回復されないで諦めていた作品制作に使う日本の古布を預けてくれないか、それに味噌も作りたいから日本の麹も欲しい、という内容の電話。わくわくしてきた。古布と玄米麹はNeimiiと伊藤典子さんにお願いした。イタリアに託す資料やお餅やお菓子も準備した。郵便事情が悪くてずっと送ることを控えていたので、このタイミングの良さに感謝した。商社の佐藤未来さんと早速LINE交換して、市内の朝宮公園駐車場で会うことにする。

お父様の仕事で長くフランスに暮らされたという未来さんは、都合でお母様の車で一緒にいらっしゃった。

「はじめまして」

今までに何度この言葉を使ってきたことか。そのたびに視界が開かれ、たくさんの方との縁が繋がっていく。依頼品を預けると、

「大丈夫よ。3日間の出張だからトランクが空っぽなの」

嬉しい気遣いの言葉をいただく。未来さんとはその後、イタリアの商談出張から帰られた時と、私がイタリア渡航から帰国した時に再会できた、折にふれて交信している。

FEFFウディネ東洋映画祭　Udine Far East Film Festival　2023・4・21〜5・1

この映画祭は、ウディネ市にて毎年4月に開催されている。会場には、アジアの映画作品を称えるため多くのゲストが駆けつけ、東洋14ヵ国から全78作がプレミア上映された。上映会場は市の文化の中心地テアトロ・ヌーヴォ。普段は音楽会や演劇など様々な文化活動に使用されている会場で、プレスセンターもゲストオフィスも記者会見も行われる。普段落ち着いた佇まいの街はメイン会場のみならず、街の中心的な広場でのマーケットやアニメや音楽会、飲食店、そして様々な文化のワークショップが展開される。ヴェネツィア映画祭のように華々しくはないが、実に多くの人々が集結する。2023年は、俳優の倍賞千恵子さんにゴールデン・マルベリー賞が授与された。授賞式に出席するほか、出演映画の『男はつらいよ』『ハウルの動く城』(声)『家族』、最新出演作「PLAN75」が現地放映された。過去には2015年に音楽家の久石譲さん、2016年に大林宣彦監督、2022年に北野武監督が同賞を受賞している。日本での報道はネットで流れる程度だが、知る人ぞ知るアジアに特化した映画祭だ。

この賑わいの中で行われるFEFF参画のワークショップに「書道/Shodo」として、キッズと大人向けの2教室を申請、さらに「書道展」を開催することが出来た。書道展は自由に鑑賞できるが、ワークショップは先着申込人数のみ。キッズの会場はウディネ城の見える公園で、大人の会場はテアトロ・ヌーヴォのロビー。キャンセル待ちをして立ち見客がいるほどで、異文化を楽しむ人々で溢れていた。運営をする実行委員として、学生をはじめとしたボランティアが活躍していたことを素晴らしいと感じた。真喜子さんは被爆アオギリのようにしっかりとイタリアに根付いているのを確信した。

FEFF2023　参画　書道展　テーマ「平和のいのりと調和」

第1会場はGalleria Tina Modatti. 私は軸装「時代」「念」、額装「平和の俳句」(中日新聞)を7面出品した。山田真喜子さんは、原爆詩集・峠三吉の詩「人間をかえせ」「恵みの雨」「尊厳」など8面。そして平和を希求した故大江健三郎と故坂本龍一を追悼してQRコードを提示した。第2会場は、ガレリー・テンポラリー。色紙額を並べて販売もされた。

キッズ青空書道教室

アオギリのララバイ　Shodo展　23 in ITALY

梶田ひな子

ハッシュタグ＃　風　緑　ワイン　いちめんの葡萄畑がぐぐと近づく
ゆるぎなく被爆アオギリ二世生き礼拝の庭にひびく鐘の音
星空のスピカのように整うや占星術を今日は信じて
朱の釦　眼鏡　ソバージュ　皺深きキュレーターの指示がテキパキくだる
ギャラリーの石壁に書を並べゆき冷気のように思惟とがりゆく
地下壕では燭の灯が揺るるキーウより投稿のHAIKU　書体は声だ
オルガンの通奏低音追いながら差し出す絵本は『ひろしまのピカ』
QRコード「時代」の声が聞こえますか風のビブラート白いことづて
戦争が答えではない！　風となりし世界のサカモトの非戦の言葉
調和とは何とほろ苦きテーマなる　滅びゆく世にほろほろ生きて
ゆるゆると寛容なドアを出入りしていつでも仕事いつでも遊び
いちまいの空からひかりはおりてきて青空教室は春のコラージュ
筆先に墨を吸わせてひらがなを左からふわり「さぁ、あんどれあ」
まっさらな紙に日本の文字を書くいとけなき手で黒々と書く
異文化があかるむ構図　不可思議なShodoブースは満員御礼

古井戸の石灰とばしる硬水に筆三十本をじゃぶじゃぶ洗う
あかねさす終戦記念日むらさきのジェラート舐めて蜂蜜買って
石畳の凸凹道をすれ違うひとそれぞれに翼あるらん
人生の寄り道こそがオツなれば子犬のラナに曳かれて歩む
平和なり　退屈なほどの歩幅もて虚のなかの実　街なかをゆく
ララバイをこころの奥に唄いつつ白湯《さゆ》を注いで飲むカプチーノ
さりさりと墓標に春の陽は射して手折りしミモザをジュリアに捧ぐ
ひともとの樹下にだれかれ吸い寄せてアオギリ二世の時間果てなし
夕されればアオギリの幹に生きの緒の在りて祈りの水を吸い上ぐ
つつがなくプロジェクト一つ果てましして自由な夕べにワインとチーズを
ゆるびたるこころの襞に封をして別れのハグとチャオ！をいくたび
アドリア海に沈む陽の色テラコッタの尻のラインはほの明るくて
喉仏がほどよく動く技師のもとトリエステで受けるPCR検査
晩春《おそはる》のアブダビ空港に日は落ちて「マダ～ム」の声についと振り向く

イタリアと日本の文化交流は、左記のイタリア各地にある日本文化交流協会のご協力と日頃の活動の賜物である。

＊ウディネ市の「kitsune 狐」協会 Guido Michielis
＊トリエステ市の「yujo 友情」協会　Mitsugu Harada
＊ボルデノーネ市の「yume 夢」協会 Haruyo Saegusa , Veronika
＊トリノ市の「sakura 櫻」協会 Yuko Hujimoto
常日頃活動されているイタリア人と日本出身者に敬意を表する。そして、それを繋げてくれる山田真喜子・マゴナラさんらの地道な活動と数々のご縁に感謝する。

＊

2024年6〜8月、POFFABRO 会場での芸術家によるグループ展開催中、テーマは「自然─芸術が魂をまとう」。

地球環境を考えたメッセージ性ある作品群が並び、その一員になれたことを感謝している。

第八章　エッセイ

私の人生の2ステップは北海道から

　4月は別れの後の出会いの季節。それまでなら新しい学年を迎えて、学級づくりのいちばん多忙な時だが、その春は今までと違った春になった。私にとっては最後の担任、小学校の6年生を卒業させた後、25年余の教員生活に別れを告げて次の道へ進む決断を下した春。とはいえ、直ぐに次の道へ進めるわけではなかった。諸々の整理と、息子の学校のこと、年老いた夫の両親のことなど1年をかけて総てに何とか目途をつけ、整えた後に北海道へ向かった。

　新天地は夫の赴任先である、北海道道南の海沿いの街、苫小牧市。夫はもう何年も前から単身赴任だった。

　結婚したばかりの時に一度転勤打診があったが立ち消えた。その後、私は体調を崩したこともあり一度退職し、2年後に復職した。子どもと関わる仕事が好きだったし図書館司書の仕事も諦めきれなかったから、図書館があり、そして子どもたちのいる学校は、私にとっては最高の夢を紡ぐ場で、本当に楽しかった。月曜日が楽しみで仕方がなかった。

　それからおよそ20年、夫は初めての転勤。会社で、「妻は年度末まで仕事をして、その後赴任地へ来ます」と言っていたことは、「薔薇の会」という妻の会で上司夫人から聞いた。「ええっ、私、一緒に行くなんて言ってないけど」「いい、いい、そのうち決めれば……」。そして、翌年もその翌年もずうっと単身赴任になった。薔薇の会には単身赴任の先輩がいるから何も心配要らなかった。私は小学校に勤め続けた。

その間に2人の息子は地元の中学・高校を卒業し大学・大学院へ進み、下の息子も学生マンションで一人暮らしを始めた。夫の父は病で倒れた後、病院を3ヵ月ごとに転院する生活、家には義母と私。6人家族が5ヵ所に暮らす生活は、こころがバラバラになりそうだった。後に「渡り鳥生活」と名付ける「あっちの家にも行き、こっちの家にも居て、病院にも行って、また本来の家にも帰る」そんな足もとのおぼつかない生活の始まりの春だった。

＊

4月、本と身近な衣類や雑貨を引っ越し業者でなく宅配荷物で10箱ほどのみ北海道に送った後、愛車カリーナとともに名古屋港から太平洋フェリーに乗り込んだ。その日の天気は曇りから雨になる予報だった。旅立ちの天候としては決して良くはないが、ちょっと旅に出てきますね…そんな旅立ち。フェリー乗り場から大型トラックが次々に満載の貨物を積んでフェリーの中に消えていく。40時間かけて北海道の玄関口に着いたら北海道各地に運ばれて行くのだろう。昔の貨物列車からトラック輸送全盛の時代へ変わっていた。高速道路を利用するにしてもフェリーを利用するにしても、北海道と沖縄と離島には宅配輸送に多く料金と日数を要するのはこういうことかと合点した。私も車も船の中に吸い込まれていく。驚くほど隣の車と隙間なくぴったりに入れてもらいブレーキを踏んだ後、予約していた一等船室に移動した。

最初は本当に快適だった。航路は、名古屋港〜仙台港（停泊）〜八戸港〜苫小牧港。長時間をフェリー内で過ごすのだから、読書も出来る。一等船室だからテレビも見られる、レストランへも映画館へも行くことが出来る。そう思ったのも束の間、私は自分が車酔い（船酔い）する体質であることを久しぶりに思い出した。午後から夜に入ると雨が降り出し、波も出てきた。せっかくレストランへ行っても美味しいはずの食事が美味しくなく食べられない。フワフワクラクラ船酔いが始まる。個室のベッドで休んでも船酔いは収まらない。気分転換に船内のお風呂へ行くと、湯がチャポーンチャポーンと大波を立てる。揺れるお風呂の中でできた友人も同じくヘロヘロ。電話も通じない、テレビは砂嵐。ますます船酔いが収まらない。二度と再びフェリーに乗るものか、とフラフラの頭のすみで誓った。

かくして七転八倒の最悪の船旅は、「間もなく終着港、苫小牧港フェリーターミナルに到着いたします。下船の準備を……」のアナウンスとともに終わろうとしていた。新しい一日の朝陽が差し込んできた。日付は翌々日の朝になっていた。

荒い波に乗って着いた太平洋南岸に面した苫小牧港の天気は晴れ。大型トラックが次々に道内各地へ向かってスピードを上げて去っていく。順番に下船の手続きをして愛車に乗り込む。国道36号線を街の中心街に向かって走る。季節はひかりの春から芽吹きの春へと移行していた。空気はまだ冷たいが気持ちいい。長期の休みごとに訪問していた街だから夫の社宅への道は分かる。まだ夫は会社で仕事中だ。時間はたっぷりある。

「そうだ、支笏湖へ行って来よう」。

思い立ったらすぐ行動する性質《たち》。超真面目なA型だが、石橋を叩かないで突進すること多々あり。そのたびに池にポチャンと落ちて、ずぶ濡れになって元へ戻って少しだけ反省する。子どもの頃、いつもの道でなく川向こうの道を友だちののりちゃんと下校中、バイバイした後遠くの橋まで歩くのが面倒になった。「近道しよう」と川を歩いて渡ろうとした。前日の雨で川の水は勢いを増していた。浅いところを選んで歩いたが川の途中で靴が脱げて転んで、鮎釣りをしていたくにちゃんのお父さんに助けられた。かくして、石橋を渡らないでずぶぬれで帰宅して母にコテンパンに叱られた。「急がば回れ」を肌で知った低学年のころのこと。あの頃から基本的には変わらない。思いより行動が先走る。

さて、国道36号線から車の向きを276号線、支笏湖通りに変えた。この地域一帯は北海道胆振《いぶり》地方と呼ばれ、北に岩見沢、北東に札幌、南東には日高や襟裳岬、南西には白老、登別、室蘭へとつながっている。西へ向かって約20㎞走る。行っても行ってもどこまでも林が続く。木立の中に支笏湖国民休暇村のある支笏湖が見えてきた。定規で引いたかの如く真っ直ぐな道路に並行して山線と呼ばれたかつての王子軽便鉄道の線路跡があり、「三哩《マイル》」「六哩」などという停留場の名が残っていた。両サイドにカラマツやミズナラが立つ一本道は四季の変化がはっきりわかる美しい道。走っても走っても林が続いた。緑が目に飛び込んでくる。

支笏湖は、千歳市に在る淡水湖。4万年以上前の大噴火によってできたカルデラ湖で、カルデラの縁に恵庭岳と風不死《フップシ》岳が噴出して今の形になっている。湖岸約40㎞、水深は田沢湖に次ぐ深さで、湖水の体積は琵琶湖に次ぐ。そして日本最北の不凍湖。陸封魚ヒメマスが棲む。摩周湖やバイカル湖とともに水が澄んだ美しい湖として知られ、支笏湖ブルーと呼ばれる。湖の北西には三大秘境の湖オコタンペ湖があり、日によってコバルトブルーやエメラルドグリーンに色を変える（この湖を訪れるのはこの20年後、2019年のこと。千歳市に住む元環境省に勤務の白崎清春氏の案内だった。今は通行止めになっているから遠い展望台でしか望むことが出来ないらしい）。

車で走ること30分余、湖畔に着いた。いつの間にかあの船酔いはすっかり消えていた。空気が美味しい。旅館や研修センターやお店が立ち並び、遊覧船も浮かぶ。湖水が日に反射している。支笏湖ブルーと呼ばれる深い青色が美しかった。赤い橋が見える。春休みの湖畔は賑わっていた。40代後半の女が独り、今ここに佇んでいる。知らない人が見たらそんな風に見えているかな。悲恋の小説を思い出して、くすりと笑った。そういえば水森かおりが歌う「水に咲く花・支笏湖へ」も悲恋の歌詞。北の大地の湖のイメージが悲恋を想起させるのかしら。

独りで軽い食事と珈琲を飲み、ゆっくり辺りを散策した。リラックスした身は、市の中心地にある目的地の社宅に向かった。真っ直ぐな道、自然にスピードが出ていた。

夫の育てている観葉植物シンゴニウムは蔓をぐんぐん伸ばしてリビングをグリーンに染めていた。多分赴任した時から一度も剪定していないだろう。ジャングルみたい、そう思った。でもグリーンが多いのは嫌いじゃない。心地よい。

初日は、段ボールの口を開いたまま部屋に並べて、そのまま眠った。初めて専業主婦になった。分刻みの時間は持たなくても良かった。

陸封魚我がほのかに染まるまで「内地の人」と人呼ぶらしも

新墾《にいはり》短歌会

北海道に越して翌日は、月に一度の新墾短歌会苫小牧支部の歌会の予定が入っていた。引っ越しの段ボールもそのままにして、いそいそと会場の街の会議室に出掛ける。この機会を逃すと歌会は一ヵ月後になってしまう。勤めていた頃、夏休みや冬休みに訪れていた時の風景と違って見えるのは、これからここでの生活が増えるという気持ちの変化なのか、建物も木々も信号さえも新鮮に映った。先達、苫小牧生まれ、春日井在住歌人の渋谷政勝さんが連絡してくださっていたことと、あらかじめ代表の西東妙子さんに手紙で連絡していたので、会場に一歩入るなり拍手で歓迎してくださった。一気に肩の荷が下りる。参加者は40代から80代まで、苫小牧は勿論、札幌からも胆振管内の鵡川からも集まって十数人。

「いやぁ、よく来てくれたわね」「渋谷さんから聞いてるよ」

苫小牧弁のイントネーションが優しく響いた。

作者名のない詠草が人数分印刷された紙を見ながら、年齢や立場に関係なく思うがまま評をし合う。歌会のやり方は、何処の歌会でもたいていは同じ。自分が詠んだ歌をみんなに読んでもらえるだけでも嬉しいのに、人がどう読んだか評を聞くと世界が広がっていく思いだ。難解だと思っていた歌の視野が、評を聞いているうちにどんどん広がっていくのも楽しい。私も自由に意見を言っていた。この雰囲気ならばできる限り、毎月参加したい。

私にとって初めての北海道での歌会は、おかげで楽しく終えることが出来た。渋谷さんが手紙で紹介してくださった西東さんやチーちゃんや悦子さんが参加してくれたのが嬉しかった。歌会が果てた後、場所を変えて新入りの私のために歓迎会の食事会をしてくださった。場所は、駅前のデパート・ダイエーのレストラン。改めて自己紹介をして、会食をして、いっぱい話した。すっかり皆さんと打ち解けたあと、隣に座る高橋悦子さんに渋谷さんの手紙を見せた。数人の詳しい紹介の最後に付け足すように「高橋悦子さん　昨年6月に春日井市から札幌市へ移転してゆきました。歌も上手ですが、座談が巧みで楽しいオバさんです」と書いてあるのを読んで、悦子さんと顔を見合わせて笑う。

「あはは、楽しいオバさんだって。でも紹介はたったそれだけ？」

渋谷さんに手紙で報告しなきゃ……、無事にお仲間に入れましたよと。

＊

人の輪　ユネスコ国際協会北海道

United Educational Scientific and Cultural Organization

※パリに本部。ユネスコ憲章の精神に則り、「世界の平和と人類の福祉」の実現を目的に活動するＮＧＯ。

私の人生の２ステップは、北海道に引越した時から始まった、と書いたが、二重、三重生活は相変わらずで、愛知県春日井市の家にも時々帰って義母との生活をして、一緒に義父を病院に見舞う。北海道では苫小牧の新しい生活にも慣れ、友人も出来た。北海道と内地の南帰行と北帰行を短期で繰り返す渡り鳥生活。後に、同じように飛行機に乗って東京と北海道の２ヵ所で暮らす友人は「空飛ぶ家政婦をやってます」と笑った。

誘われて参加した「ユネスコ国際協会」の北海道苫小牧支部は、民間のボランティア団体で、「相互理解を深め、教育・科学・文化コミュニケーションの分野で、国際平和と人類共通の福祉を促進しよう」という理念に共鳴した人たちが活動する。初めてユネスコの団体が誕生したのは１９４７年戦時中の仙台だ。この精神の源流は、１９２０年代に国際連合で活躍された新渡戸稲造博士だという。私がいちばん心を動かされて一緒に活動したいと思ったのはその目的だった。

ユネスコ憲章にあるこの言葉だ。

【戦争は人の心の中で生まれるものであるから、人の心の中に平和のとりでを築かなければならない】

男性も女性も、若きも老いも、主婦も公務員も会社員も参加していた。

各種講演会参加・募金活動・青少年育成事業・国際交流事業・文化施設見学会・世界遺産勉強会などを体験した。

「人間力」を感じさせるメンバーの知的な明るさと真摯な奉仕精神……これらは、後々春日井に帰ってから参加したライオンズクラブ国際協会の活動に繋がる。私に如何ほどの人間力が付いたかは胸張って言えないが、人間力はこうした社会奉仕（諸ボランティア活動）や文化的な活動に参加することからもじわじわと養われると信じたい。参加している方々は、いずれも他に奉仕することで己を見つめる視点を多角的に養い、その結果強い意志力を持っている。お遊びだけでは続かない。人と人の繋がりを広げながら、知りえなかった他の分野を知ることが出来たのは本当に有難い環境だったと思う。

継続は力。その後、このような活動は何処に住んでも少なからず継続した。

抒情のための自然学——自然界の調和と短歌

自然は絶えず破壊と生産を繰り返し、一定の秩序を保っていく。この調和は一体何なのだろう。自然界も人間社会の営みも、何らかの制御が働いており、私たちは無意識のうちにそれらと関わっている。

理科で学習した「食物連鎖」。葉緑素を持った葉から→ハムシ→クモ→シジュウカラ→タカの図式が成り立つ。そして、大部分の葉は落ち葉となって堆積し、地中のミミズなど土壌動物や微生物の分解によって養分となって循環する。しかし、現代ではこれも人間の欲望のままに日に日に破壊されつつある。科学を追求するあまり、便利さを求めるあまり、私たちは何か大切な心のブレーキを忘れつつあるのではないだろうか。

三輪山を然かも隠すか雲だにも情《こころ》あらなむ隠さふべしや　額田王《ぬかたのおおきみ》

万葉集に詠われている奈良の三輪山は、山自体が神体として信仰され崇められてきた。日本各地には、神が住むという樹齢何百年も経た杉などが保護されている。また、「天狗さまの住む山だから木を伐るな」と親から子へ語り継がれてきた森は、水源帯でもあった。山の神は、日本の山々の至る所に存在し、先人たちは山を大切にしてきた。

逆らわず川流れゆくを見つめゐて従ふものの素直さ思ふ　加藤嘉保

裸木の幹に掌置きて伝ひ来るは樹液の息吹きかはつかに温き

人間が共存し癒されてきた自然の秩序を守るためには、かつての木曽の五木の伐採制御の政策のような知恵が、今こそ必要だと思う。

最近、日本の自然界から姿を消したトキ。

保護というかなしき監禁　もう二度と翔べ無い空が美しすぎる　橘響

絢爛の命なりしに項垂れて常世ゆめ見るうつそみの朱鷺　嘉村広子

鴇色の語源となった奥ゆかしい淡紅色の鳥は、かつて北海道から本州まで広く生息していたという。1905年には、ニホンオオカミが奈良を最後に姿を消した。人間がこの地球にのさばり出してから、実に多くの動物たちが姿を消していった。秩序を保っていた多くの動植物は、今や人間によってその場を追われようとしている。身近なところでは長良川河口堰問題然り、愛知万博候補地の海上の森然り。人間の心の制御で歯止めをしなかったら、地球上の生物の一員である人間はトキと同じ運命を辿る日がきっと来る。

※付則（文中のトキについて：2003年に日本のトキは一旦絶滅したが、以後中国からのトキの提供によって保護活動がなされて増えている。2023年、営巣ペア数115・孵化羽数48・巣立ち羽数34、環境省、野性下のトキの繁殖結果についての速報値より。）

次に、環境改善の仕事に携わる歌人の排水処理に目途を得た「活性汚泥」と題する歌。

馴養する虫といえども眼には見えず遊びにも似て顕微鏡あり
汚水処理に虫を使うと仕組まれて燐窒素などわれも秤りぬ

渋谷政勝

高度成長期の歌だ。高度成長環境破壊の事実の一方で、自然の秩序を保とうと並々ならぬ努力がなされてきたことも周知の事実だ。

水道水からほとばしる水。森林によって造られる一滴の水は、約1兆個の1億倍もの水の分子から成り立っている。この水の分子は2つの水素原子Hと1つの酸素Oから作られる。熱すれば水蒸気になり、冷やせば氷となる。気体の間は勝手に運動しているが、氷になると見事な六角形の結晶になり、原子が規則正しく配列される。何とこんなミクロの世界にまで秩序が表れるのだ。

原子の中心には核があり、その周りを電子が回っている。この構造は、太陽系の太陽と惑星の関係に似ている。150億年以上前の宇宙の大爆発から、気の遠くなるような年を経て、その太陽系のなかの惑星・地球においてあらゆる生命の秩序ができて、コントロールされている不可思議。この宇宙創造の秩序を、2千年以上も前のギリシャの哲人は「神は無秩序を廃して秩序化した」と語っている。が、現代の宇宙像において、神の出番はこの物理的秩序から否定されるのだろうか。否、確かに神の出番は少なくなったかに見えるが、人間の生活の中に「神なるもの」の存在は大きいはずだ。

仏教では、7月（8月）の13日に先祖の精霊が家々に戻って来て、15日、または16日にあの世に帰っていく「盆」という行事がある。京の送り盆として、有名な「大文字送り火」は「都市の祭り」（和崎春日）によると「今日の市街地の中心から左右には、東西の迎え盆の寺、その向こうにかつての葬送の地と大文字がある。山の彼方のあの世にいた都市のご先祖は、六道（地獄から天上界に至る六種の冥界）の辻の鐘を頼りにこの世の都市に戻って、人々と都市生活に精気の力と幸をもたらす。そして、大文字の火を頼りにあの世に帰っていく。盆という祭りを媒体として、都市全体がこの世として人々に感知され、山の彼方が生命の源泉としてのあの世なのだという共通の宇宙感が、人々に再認識されるのである」とある。つまり、祭りは、現在から先祖や過去の原点の時間に立ち返ることで人間を解放し、人々の心身に精気を取り戻させ、ひいては未来への跳躍の力をつくっていく。

微視的な秩序も、巨視的な秩序も、人間の知恵と営みによる制御（コントロール）によって、調和を見出していくと言ったら過言だろうか。自然を見つめる心、抒情への意志を大切にする心＝短歌も、知らず知らず身につけた人間のコントロール意識の表れかもしれないと思う。美しいものを見た時、詩に残し、辛い思いがあった時、詩に託す。未来へ生きる力をもたらすものは、先に述べた神や仏や祭りの存在に似ているのではないか。

新聞のコラムに作家の車谷長吉氏が次のように書いていた。「文学の言葉に、もし少しでも良いところがあるとするならば、それは「医《いや》す力」である。人間存在の美しい部分のみならず、寧ろ抜き差しならない悪の部分を見据えねばならず……」と。頷いてしまった。

美しい骨格を持って、内側に秘めた深い意志を、人生の惻惻たる実感を、三十一文字に込めて詠う。美しい短歌作品に出合う度に透明な音楽を聴いた気分と重なる。そして、私もそんな歌を詠えるようになりたいと思う。

大寒の日は安達太良に沈みたり月の出際に膨らみしそら 服部童村

無花果の熟れいそぐなる夜の闇ひそかに育つ愛もあるべし 五十嵐美世

手鏡に心の窓を覗きゐるけふ君の瞳のふかぶかと藍 松浦茂夫

暮れそめし風景の中にいくひらの楽譜を慕うオペラ座通り 木村捨録

（1997年「林間」4月号掲載　一部追記）

戦争詠是皆遺言——戦争の愚かしさと悲しさから　鏡を持つということ——

1

「南京犠牲者数　日中に溝」２０１０・２・１「朝日新聞朝刊」の一面にこんな文字が躍った。この日の各紙は一斉に一面にこの記事を載せた。日中歴史共同研究委員会による日中戦争と太平洋戦争の総括として報告書が発表されたが、日中の捉え方に温度差があったという内容だ。ＮＨＫの番組は中国でも流れているが、これを報ずるニュースは途中で中断されて数十秒間画面が真っ黒になったという。ああ、またかと思う。中国では、基本的に国益に反することは報道されないのだ。

この2日前の「中日新聞夕刊」文化欄には、エッセイ「和解と平和に向けて」が載った。倉橋綾子著『憲兵だった父の遺したもの』（２００２年・高文研。憲兵として中国に出征した父親の遺言が、中国人への謝罪文を墓に刻むことであったという話）で、これを英訳したフィリップ・シートン北海道大学院准教授の文章だった。憲兵だった父のことを告白してようやく少し解放されたという作者の思いは、「日本人特有の意識」であると伝えたかったという。

私ごとではあるが、連合いの仕事の関係で昨年まで中国上海に居を持っていた。上海の都心にあったが、幾許もなく歩くと厳かな墓地「龍華烈士陵園」があった。いつも不気味なほど鎮まっていた。1元（13円）を払って入口からまっすぐ進むと、平和を表現した巨大モニュメントがあり、記念館もある。もともと中国内戦の犠牲者を弔う場ではあったが、日本も関わる過去の悲惨な事件を表した「5・30惨案碑」もあった。無名烈士の墓にあるオブジェは、敵兵らしき者に荒々しく引きずられている。余りにもリアルなその姿に、眼を背けたくなった。上海に何年も住んでいる知人は、日本人は近づかないほうがいいとまで言った。

戦争を知らない世代の私は、戦争体験者ではない。体験とは「自分が身をもって経験すること」であり、経験とは「実際に見たり聞いたり行ったりすること、それによって得た知識や技能」と、定義されている。私の母は、先夫を太平洋戦争で失い、希望も失った。5年後、父と再婚して私が生まれた。言いかえれば、太平洋戦争がなかったなら、今、この世に私は存在していない。物心つく頃からずっと、名誉の戦死を讃える立派すぎる墓の前で母と一緒に合掌し、その度に戦争の話を聞いた。一昨年に亡くなるまで戦争を引きずり続けた1人だった。言葉によって己を他へと繋ぎとめる方法は、母にとっては、愚かで惨く悲しい思い出話を娘にすることだった。

死者は去るのではなく二度と還ってこないのだ。取り返しのつかないもの、どうあっても取り戻すことの出来ないもの、それが死であり、その死を大量に作り出すのが戦争だ。反日感情をもつ中国や他のアジアの人々も、戦場となって亡くなった沖縄数十万人の犠牲者の家族も、靖国に合祀されている250余万霊の家族も、さらには戦犯と名指しされた人の家族も、未だに心に重いものを引きずっていて決着がつかないのは、取り返しがつかないからだ。リセットする方策がないのだ。

母国の、近すぎて、ある意味遠すぎる過去の戦争時に書かれた戦争体験者の言葉の山である戦争短歌。その膨大な歌からも、そして上海で見た生々しいオブジェからも、同じ重量で……一種闘争的な詩情が燃えたぎり、一つのイデオロギーにまで到達しそうな勢いで……生の烈しい告白が迫ってくる。

2

19世紀から20世紀の帝国主義の時代、東アジア・東南アジアにおいて列強の植民地化があった。唯一免れた日本は、西欧列強の支配からアジアを解放するという「大東亜共栄圏」の名のもとに、中国から東南アジアに侵攻して行った過去を持つ。

土屋文明が〈新しき国興るさまをラヂオ伝ふ亡ぶるよりもあはれなるかな〉『山谷集』と歌った時代は、昭和の大不況が始まり、実質中国東北侵略戦争である満州事変、傀儡《かいらい》満州国樹立・国連脱退……。国そのものが、そして国民の心も何かに向かって激しく傾斜していく時代であった。この時代に生きる誰もが、望むと望まないにかかわらず、日本人の愛でる花鳥風月の美意識とは別世界の、荒々しく激しい意識で時代を直視せねばならなかっただろう。

後に『小説太平洋戦争』の執筆を終えた時、作家山岡荘八は、12月8日の太平洋戦争開戦の日の思いを、次のように記している。山岡は、日中戦争時、上海に赴任していた。

「戦争というものが、すでにどのようなものかは私も少しは知りかけていた。殺人という平時最大の悪行が、殺し合う人々の間には直接何の怨念もないというのに、国家の名で堂々と行われる。その殺人の量が功績となり忠誠心を計るバロメーターになって勝利者が決まってゆく……というような不思議なルールの現実が、どうしても私には納得できなかった。我々の棲んでいる世界は、その様な野蛮な矛盾をかくし持って文明を偽装していたのだというおどろきに、良心の戦慄を覚えながらも、12月8日の時点では、正直に云って、私は一種の武者震いを感じた」そして、正式に徴用令書を受け取ってからは「こうなれば日本人として生死すべきだと覚悟を決めた」と。

そうなのだろう。国民の多くは、日本は勝つと信じ、また、勝ってほしいと願っていた。戦いが長引くにつれて、早く終わってほしいと願いつつ、同時に日本の国は負けて欲しくないと思っていたに違いない。

歌の言葉の発生は、多くは新しい体験から呼びさまされる。この時代、当然のように従軍する人たちの戦地詠が新聞雑誌に続々と発表されるようになり、戦争歌集も次々と発行された。その先駆となったものが、『支那事変歌集・戦地編』大日本歌人協会編改造社刊。

竹藪にて突きたる敵の少年兵を夜半の眼ざめに思ひ出だしぬ　浜田　初広

匍匐ひて敵に近づく時の間や生きて還ると誰が思ひけむ　島崎　英彦

照準つけしままの姿勢に息絶えし少年もありき敵陣の中に　渡辺　直巳

引いた3首全てに「敵」が描写される。味方でない者はすべて敵であり、生きるか死ぬかが無造作に反復される戦場にあって、個人の意識や感情は余計な重荷の別世界だっただろう。敵が少年兵であった時の辛さや驚きには、底を流れる人間愛のようなものが見えてくる。３万首以上の中から選ばれた2704首。明日をも知れぬ中でこれだけ多くの兵士たちが歌を詠んだという事実に驚かされる。なかには〈南京城は陥落のニュースに傷兵らのびあがり起き上りすすり泣きおり〉（岩田しげ子）のような従軍看護婦の歌もある。命令が一切の行動基準であり〈生きて還ると誰が思ひけむ〉だった。明日の命も知れぬ戦場体験の声は、難しい言葉もなく、劇的である。

上海の戦闘から引き続き九江攻略後戦争中に、迫撃砲を浴びて人事不省に陥ちていくまでの歩兵軍曹石毛源の実践記『江南戦線』（昭和14年）。

敵前の呉淞クリーク橋あれば命を向けて弾雨に入りぬ

五歩宛の距離とりて渡れしからずば支ふる兵が死すと叫び居り

石毛　源

〈命を向けて弾雨に入りぬ〉は当時の一対一の戦闘模様を語る。〈距離とりて渡〉るのは白兵の歩兵、〈支ふる兵〉は架橋工兵だという。一丸となって闘う兵士のさまを歌ったこの歌は、当時世評の高い歌の一つだったと記録されている。

「歌を書きつけたノートを、手榴弾や缶詰類、あるときは鶏や家鴨とともに雑嚢に入れて持って歩きました。泥、雨水、垢、汗、あらゆるものに汚れきってボロボロになったノートに、何時しか自分の死んだ後へ残される唯一のものだという物苦しい程の愛着を寄せるようになりました」と後書に書いた。まさに命をかけて闘い、命をかけて遺した歌は、一兵士の遺言そのものではないか。もう一冊。

『支那事変歌集』にも入っていた渡辺直己は、呉市立高等女学校奉職中に応召、陸軍歩兵尉官として出征、天津で31歳で戦死した。『渡辺直己歌集』（昭和15年・呉アララギ会刊）。

血に染みて我を拝みし紅槍匪の生々しき記憶が四五日ありき
頑強なる抵抗をせし敵陣に泥にまみれしリーダーがありぬ
壕の中に坐せしめて撃ちし朱占匪は哀願もせず眼をあきしまま

渡辺直己の歌が人の心を打つのは、敵を憎むのではなく、人間として愛をもって見ている点にある。敵なる学生に重なるのは故郷の学生たちだっただろう。人間愛が深ければ深いほど、人間的な苦悩も深まる。助けてくれと拝み懇願する姿が脳裏を離れず、幻覚にも悩まされる。心の眼に無理やり封をして銃を引くその辛さ。それが戦争の実態であると、戦争映画のようなリアルさで戦争心理が語られる。この戦争は間違いであると、言葉の深いところの意識で語り続けている。結局渡辺にとっては意識の戦場であった。無理やり酒を飲んで忘れようとする歌も幾首かある。伝聞や想像の材料が多いという評もあるが、そう思わせないのは、心理描写の言葉の力であろうか。敵兵への愛情・惨禍の実相や戦争への批判・反省が盛り込まれた遺稿集が、検閲をくぐって刊行された意味は深い。多くの人に読まれるべき歌集だと思う。

この翌年、日中戦争は太平洋戦争に拡大してゆく。『大東亜戦争歌集』（日本文学報国会編）は実に3389首。取られなかった歌も含めて、歌という器の数だけ人の心があり遺書がある。正直、読むのが息苦しくなった。

3

時間をかけて戦争短歌と向き合い、ここまで幾首か取り出し読んできて、思うことがある。戦争詠を読む側の姿勢である。読み手は、歌が語るものをそのまま謙虚に聞くべきであろうか。戦場という生活体験と詩的緊張時の言語体験とは、一人の心の中で直結して表れるものだろうか。十分にこれらを認識する努力を尽して、生の記録は生まれてきたのだろうか。

何を歌うかは、あくまで作者の責任範囲だ。読者の立ち入ることではない。歌うべき対象があり、作者がいる。いかに鋭く見て感じたとしても、言葉に置き換え確実に把握されない限り見たとは言えないし、証左もない。言葉で捉えなければ、対象と作者との繋がりは幻となってしまう。そのうえで、言葉の羅列のみでは詩にならしめる詩的緊張はないし、短歌にはならない。事象と心を密着させる「言葉」を選ぶこと、言葉を組み合わせること、言葉の共鳴とでもいえよう。その言葉選びの苦渋をも含めて一首を味わいたいと思う。

実際には〈のびあがり起き上りすすり泣きおり〉や〈地に染みて我を拝みし〉、〈泥にまみれしリーダー〉に見られるように意外に明快な事実を示される。読者は、それが正確に写されていると思いながら作者の軌跡を追う。類型におろすことを警戒しつつ選んだ言葉とは思えない。実体験から切り取られた言葉自身の持つ斬新さ・迫力・残虐さ等は、それだけで胸に刺さる。生きる覚悟を味わう。

また、例えば　歌は割愛するが、他の歌に出てくる〈弾丸はあかあかと地の上にあり冬日に照りて〉や、〈気流にしづくする飯盒〉などのフレーズには思想云々より、短歌の様式美に一瞬腐心する作者が見えてくる。言語構成の美に対する礼拝者ともちがうもっと内なるもの、語彙の持つ意味を哀しいまでに心に沈めて歌にする「真実の体験」「生の記録」以外の何ものでもないと私は思う。

当時は、銃後の人も含め短歌愛好者は巨大な数だったと思われる。そこで、戦争を詠んだ名歌がたちどころに生まれたかというと、そうでもないらしい。類型的に成りがちな時局短歌に対して鏡はあったのだろうか。

そのあたりを危惧する「戦争と歌人」というエッセイがある。『短歌造型論』（第二書房刊）。著者は木村捨録で、戦争当時、短歌の総合誌「日本短歌」と「短歌研究」の発行者であった。「作品と同時に、しっかりとした批評が必要である」と、説いている。一部を引いてみよう（原文は旧字体）。

「小説。戯曲などの世界は、比較的に、批評と実作とが並行して進んでいるようなことがあり得るのである。処が、短歌の世界はどうであろう。（略）短歌には大衆的なものと、純芸術的なものとの、この二つの対立がないのである。或いは、百歩譲ってそれがあったとしても、「意識」されないのである。それは鑑賞があっても批評のない文芸であるところの、短歌の世界にとっては当然のことであるが、最も滑稽にして悲しむべき文学形態だと、他の分野から陰口をきかされる原因も実はここにあるのだろう。」

「作品以前に批評を確立すること、即ち、鏡を持つことを短歌は今痛感しているのだ。戦争という大きいテーマに直面するには、不可欠な条件になるのである」

鏡をもつこと。これは、そのまま現在、短歌を詠むときの姿勢に繫がるのではないか。

4

戦争詠を読む。読みながら、詠わずにはいられなかった多くの死者を思う。これらはまさしく家族への、そして後世に生きる者たちへの遺書となってしまった。その遺書を鏡として読むとき、歴史という長い時間の果てに浮かび上がる戦争の愚かしさと悲しみの姿が見えてくる。人間の命の尊厳も、現在論争検討中の沖縄基地問題も、国益とは何かなどもこの鏡の角度からでも十分に切り込んでいける。鏡に映して語らなくてはいけない。

この項を書き終えた日、ベルリン国際映画祭にて太平洋戦争中の中国戦で両手足を失った帰還兵の夫と妻の生活を通して、戦争の愚かさと悲しみを描いた日本映画『キャタピラー』主演の寺島しのぶが最優秀主演女優賞に輝いた。「いつかすべての国の戦争がなくなることを祈ります」という寺島のメッセージは重い。戦争詠をまた思い浮かべた。

参考資料
『現代短歌大事典』三省堂　２０００
『大正昭和の歌集』短歌新聞社　２００５
『支那事変歌集・戦地編』改造社　１９３８

『渡辺直己歌集』呉アララギ会刊　１９４０
「遺骨の戦後」岩波ブックレット　２００７
「いま特攻隊の死を考える」同　２００７
『短歌造型論』木村捨録　第二書房　１９５２
「国文学　解釈と鑑賞」詩とことば　至文堂　１９７６
『戦後日本の思想』岩波現代文庫　和波書店　２０１０
『小説太平洋戦争』山岡荘八歴史文庫　講談社　２００９
『小林秀雄対話集』講談社文芸文庫　講談社　２００９
ネット　広島文化資源詳細情報

「短歌人」２０１０年　第36回評論エッセイ賞佳作、一部追記

ミニエッセイ

主に「短歌人」誌に書いたものの中から少し、そして自由な雑文を。

批評の批評

S様、今年開府四百年の名古屋は熱いです。先日名古屋城能楽堂においてNHK短歌大会があり、当日参加しました。5人の選者が各々選んだ歌の評をします。当然の事ながら歌も違えば評も違い、その違いを聞くのが楽しみです。

合評の時、ある人はA作品が面白いと言い、ある人は分からないと言います。互選の点を入れておきながら批評をする段になり辛い言辞を呈することさえあります。人が他人の作品を理解するとかしないとかいうこと自体が所詮はあってないような基準に立ってのもの言いであって、修辞だろうと言葉の解釈だろうと詩観だろうと自分の基準に合わせての発言でしょう。完璧な理解を望むこと自体おこがましいことですが、作品からどうしたら作者と同じ感動を受ける事が出来るか、持てる知識と感性を総動員して近づく他にありません。鑑賞さらに批評に至って、自分と違う意見に会うのも文学の醍醐味ではありませんか。

ところで、批評はあっても批評の批評はあまりありませんが、先日の貴殿の手紙は嬉しいものでした。「戦争詠是皆遺書」の拙文について書かれた次の件りです。

「相当量の資料に当たられ半端でない数の短歌を慎重に読みこんだ上で問題を絶えず心に返しながら自身苦悩しつつ書き進められた労作。前半を読むと、批評の言葉を安易に投げかけてしまうことの危険・恐ろしさとぎりぎりのところで格闘しつつ、筆が進められていっていることが分かります。

しかし、戦争詠の読み込みにこれだけ気をつけている作者が、戦争詠ひいては戦争をテーマとするのに、そこに関わった人間たちの加害者としての顔に全く触れていない。兵士は被害者である前に加害者です。明白な殺人者です。特に中国や朝鮮・東南アジアに展開した日本兵は。日本人としてあの戦争を語る以上、僕は此の視点の欠落は決して小さな綻びとは断じられないように思います。加害意識に目を瞑ったまま、どんなに兵士たちの悲劇的な運命を語っても、兵士たちの歌にどれほど切実な人間愛を見たとしても素直に読者の心に入って行かないでしょう」

弱みを指摘されたのに批評の批評がずしりと何より嬉しく届きました。また語りましょう。

（２０１０年）

揚子江

いにしえびとの魂映したる長江の波のまにまにビル千万里

滔々と水を湛えて流れる中国第一の大河、長江（揚子江）。河口にはハイスピードで都市開発の進む上海が拡がる。連れ合いの仕事の関係でわたくしにとっても関わりは現在進行中だ。

その昔、李白は揚州へ赴く友人を見送り、こう詠んだ。「孤帆遠影碧空尽　惟見長江天際流」。

ああ、悠久の流れとともにゆったりと流れていたのは「時」にほかならない。

（競詠「川の歌」２００５年）

人書倶老《じんしょともにおう》

周囲がざわざわしている。試験の前のこの時間は何回経験しても落ち着かない。「務追険絶既能険絶……通会之際　人書倶老」と唱えながら唐時代の孫過庭《そんかてい》による書論『書譜』の点画厳正、筆路自在な文字を思い浮かべている。※（孫過庭は、書の神様といわれる王羲之《おうぎし》の書法を学び草書に優れた初唐の書家）。

山を掛けたところが出題されますように。墨を磨りながら試験前のおさらいの声がここかしこで聞こえてくる。

書道大学の卒業試験。問題用紙と解答用紙が伏せて配られ始めた。まるで、まだ明け初めぬ冷たい湖面に、真雁の群れが旅立つその一瞬を待っているかのような緊張感と臨場感。

時計の長針が６を指す。

「始め！」

試験管の声。数多の羽音が風を切り開いて大空へ飛び立った。硯の海が小刻みに揺れている。解答用紙の上をすべる鉛筆の乾いた音と、毛筆の湿りのある音とが粛々とはりつめた教室の空気の中を走っている。

「鳥風」という言葉がある。それを知ったのはつい最近のこと。極々地味な音が集まると、大きな波動となって立ち現れる。今、まさに今、全神経がそれを感じている。無音の音が耳に届く。

設問〈次の作品の作者と年代と特徴を述べよ〉

来た！　やはりこの設問だ。頭の中に必死に詰め込んだ数々の法帖の映像が駆け巡る。多肉多骨、仰勢重厚な顔真卿《がんしんけい》の『多宝塔の碑』　空海が最澄へ宛てた書状『風信帖』　王義之の『集字聖教序』　懐素の『草書千字文』もある。

〈ふみわけてさらにや　とはむ　もみちはの　ふりかくしてし　みち　とみながら〉色紙に散らし書きで書かれた古今和歌集のこの和歌が紀貫之の『寸松庵色紙』と気づくまでしばらく筆が止まった。色紙は数多ある。はて？　さて？　情報がこんがらがって絡み合ってきた。普段の勉強不足が悔やまれる。何も感じなくて、文字の形ばかり倣っていた。うーん、次は……藤原行成の『関戸本古今集』。小野道風は出ていない。山は外れた。

次の設問は〈楷書を草書に、草書を楷書に直せ〉

『書譜』だ。最後におさらいしていてよかった。

次、〈次の和歌を万葉仮名書で書け〉

国語学・漢詩学・教育原理・書道史・東洋哲学・書論……数々の講義が浮かんで消えた。夜明けの空の、美しい雁の棹を思う。過酷な旅に向かう雁たちの殺気を一度でも感じたことがあっただろうか。

「やめ！」

緊張感がするするほどけていく。墨の香が教室に広がっている。何年ぶりだろう、この緊張感、この爽やかさ。

学書の過程には3つの時期があるという。初期は、基礎の学び。基本を意識して端正に書こうとする。中期は、勉めて奔放に書こうとする段階。後期は、中正に立ち返る。これがいちばん難しいし、なかなかここまで到達しない。孔子曰く、「七十にして心の欲するところに従って矩《のり》を踰《こ》えず」。人も書も高尚で気高くなって、心のままに書いても書法を踏み外すことはないという境地に達するらしい。

改めて書論『書譜』のなかの「人書倶老」を考える。人と書は倶に成長し倶に老いるという。年齢を重ねるとともに深みを増してくる人と、その対極にあってもの忘れや気力の衰えや頑固一徹の人が生《あ》れる。書論『書譜』の一節が浮かぶ。

「然る後、初めて融通無碍の境地に達し、この時こそ書も円熟し、円満な人格が備わるのであります」あぁ、まだまだだ。

大好きな墨の香が匂う。

追記　無事に卒業試験合格！　卒業出来ました。（2008年）

墨の匂い

透きとおる身より出でたる光芒の文字は黒白《こくびゃく》となりてあらわる

霧の匂いが好きだ。４年暮らした北海道の海辺の街は、春になると毎日海霧に包まれて街路灯が霞んでいた。内地から移り住んだ私は、肌に濡れて重たい霧の中に佇むとまるで母の胎内にいるかのような錯覚におちいるのだった。この感覚に近く、いや、今ではいちばん好きな匂いと言えば墨の匂い。古びた松煙墨を磨っている時の部屋中に立ち込める匂いは、どんなに心を鎮めてくれることだろう。この匂いの静けさの中に居たいがために、書を続けているのかもしれないとさえ思うのだ。

筆が走る。真っ白い紙を埋めていく文字の言葉にならぬ溜め息の墨液が、筆の穂先から滴る。筆が走る。文字を書く。巨大な紙の上は、観客の息づかいが聞こえてくるほど鎮まり返っている。数秒の間は余白の白を生み出すための一瞬の呼

小野道風「屏風土台」を10人で臨書

吸。この呼吸が無いと筆は行き場を失ってしまう。筆の穂が同じ向きに進めば整然とした文字になり、筆の穂先が開いたり捩れたりして進めば筆触と筆線を繰るカリグラフィーとなる。濃墨を含ませて筆が走る。

当地愛知県春日井市は、和様の書の三跡（小野道風・藤原佐理・藤原行成）の一人である書聖道風の誕生伝承地であることから〈書のまち春日井〉を掲げて研究フォーラムやイベントが盛んだ。この写真は、10日間で7000人を動員した「毎日現代書巡回春日井展」フィナーレのデモンストレーションの1コマ。私たち実行委員は順に、巨大な巻紙に道風の「屏風土代」臨書の筆を走らせていた。

会場いっぱいに墨の匂いが広がっていた。

（「一瞬一首」2015年）

只今「第壱號法廷《だいいちごうほうてい》」で開催中

外壁の赤煉瓦と花崗岩、ドームの上の緑の銅板、荘重で華やかなネオ・バロック様式の外観を眺め、一歩踏み入れると、日本有数のステンドグラスをいただく中央階段が目に飛び込む。ここは、名古屋市市政資料館（旧名古屋訴訟院地方裁判所区裁判所庁舎）。階下へ下ると、そこは留置場。罪を犯してもいないのに何故か冷気を感じ、明治憲法下の法廷に一体どんな裁きがあったのかと思いを馳せる。

さて、只今、名古屋歌会会場は「第壱號法廷」会議室。東海4県のほか、関東や関西からの参加者と他結社からの自由参加で成り立っている。司会と記録は輪番。勿論ゲスト参加者にもお願いする。1首に全員が発言できるのも、最近号短歌人誌の合評を行うのも恒例で、ざっくばらんな鑑賞や批評会となっている。赤ちゃん連れの参加もあって嬉しい。名古屋歌会は、数年ごとに実務担当者を交替している。最近、詩人でもある岡本はなさんから、ヨーロッパの旅エッセイの筆も進むたむら畔蛸さんへバトンが渡った。是非、第壱號法廷へ足をお運びあれ。更に10月歌会は浜松で計画中。こちらは静岡の長谷川莞爾さんが企画。こちらもどうぞよろしゅう。

見聞きしたことが核となって頭の中に残り、心を潜り抜けて歌が生まれる。一度や二度良い歌ができたからと言って常に他人の心に届く歌ができるとは限らないし、長くやっているから良い歌ができるとも限らない。歌に上達の近道はなく、1首1首作り続けるだけ。

会に参加し、言葉が人を惹きつけ自分を表現する力になることを確かめるのだ。言葉が好きで、言葉の膨らみが好きで、人と話すことが好きで、歌会に参加して素直に批評や読みを聞けること、休まないこと、諦めないこと、人を認めること、何より言葉の力を信じることが大事だと何時も思う。自分の言葉を持つことは世界を広くしてくれると信じる。

元第壱號法廷での歌会には、「第弐号法廷」に電話注文した珈琲が届く。旧法廷での歌会は、芸術文化センター改修の間の今年限定。

（２０１８年）

※追記　２０２４年連続テレビ小説「寅に翼」東京地裁のロケ地です。

コミュニケーションをとるように

日仏で活躍した洋画家・藤田嗣治の巨大な戦争画の前で暫く動けなくなったのはもう10数年も前のこと。先日、名古屋市美術館藤田嗣治展の自画像（1929年）を前に私は再び佇んだ。おかっぱ頭にロイドメガネ、ちょび髭、イヤリング。でも私は自画像の手が持つ面相筆と右脇の硯から目が離せなくなってしまっていた。鑑賞の言葉を口に出すとしたら、私はきっとこの面相筆から切り出すだろう。作品を見て何かを感じるのはそれを感じる心の中の現象だ。人の数だけ鑑賞はある。

名古屋歌会ではしないが、大きな歌会ではよくある「互選」。どんなに頑張っても1首の作品を数分足らずで読みこなす自信は私にはない。語彙の選択が新鮮で少しばかり薬味の効いた作品に目が行く。結局、高点歌は参加者の鑑賞能力の平均値から選ばれる。選んでおきながら批評をする段になって裏腹に峻烈な物言いをしても一向に不思議はない。

鑑賞は作者と読者の共同作業だ。レトリック・詩的見解・世界観・人生観等諸々を総動員して近づく。作品を読むことによって如何ほどの想像力が刺激され、想像力の広がりによって切実な追体験がなされるか。作者と一体の感情を味わうか。それが出来なかったとき鑑賞力が浅いとか自己満足の感想と言われても仕方がないと思うし、作者と一体の喜びや悲しみを味わうことは不可能になる。

それが批評となると、まず作品を理解しようとしないことには始まらない。作者に、或いは読んだ第三者に理解させるアプローチ・異なる語彙や手法・何が良くて何が不足しているか・削ぎ落とすべき無駄等々を打ち出して的確な助言をすることである。それがないと大抵は楽な感想に終わってしまう。コミュニケーションは先ず相手を思うことから始まるではないか。相手を尊敬して良い方向へ導く意見こそ真の批評ではないかと私は思う。

作品は言葉の組み合わせによって新しい意味とリズムを持つ。短歌に込められたものを読み取るには、自身の詩観に裏打ちされた想像力で無心に立ち向かう以外にどんな方法もない。歌会へ出て真の批評に耳を傾けたい。歌会へ出よう！

（2017年）

キアリザッコの小橋（コルノ川）

黄昏の小橋に銀の霧おりてキアリザッコのアヒルを懐《いだ》く

ベネツィア空港に迎えに来てくれたグイド氏の赤い車にトランクを積み込み乗り込む頃、辺りは視界50m以下の濃霧に包まれていた。海に近いサン・ジョルジョの家で夕さりの窓から外を眺めていると、不意に霧が立ち込めてくることがある。プラタナスの並木もオリーヴの木々も町の中心部の古い教会も、すべて深い霧に埋もれてしまうのだった。

コルノ川にかかるキアリザッコの小橋にもう何年も住みついている1羽のアヒルは、この霧の中どこで羽を休めているのだろう。日中は木の橋の上に座っていて、通る自転車をやり過ごすのが常だった。記憶の中の人に混ざり合い、霧とアヒルの匂いが漂ってくる。

（競詠　橋を詠おう　２０１９年）

世界のHAIKUとTANKA体験

北イタリアで4半世紀続いているFEFF国際東洋映画祭がある。２０２３年4月、書道展示やワークショップ等で参画した。テーマは「平和」。３年余に及ぶパンデミックや収束しそうにないロシアのウクライナ侵攻が続く。平和は人間の義務だ。中日（東京）新聞「平和の俳句」とともにウクライナ在住のウラジスラバ・シモノバさんの俳句を書作品にすることにした。

何故、短歌でなく俳句だったのか。何故TANKAでなくHAIKU人気が高いのか。海外には日本と同じく短詩がある。中国の五言絶句は4行の20字20音。英語のリメリックは5行詩。韓国の時調もある。日本の俳句はHAIKUとして70ヵ国余に広まり、今や海外の俳句人口が国内のそれを超えていると聞く。そして、各国の言語で俳句が作られている。

HAIKUの世界共通の要素は、五七五の短い詩型、自然を思う気持ちに共有・共感、その音調を楽しむなどであり、ネットの普及で言語のバリアも地理的バリアも壁が無くなり、更に近い関係になっている。極小の言葉でまとまるから多くの人々が入り易いものになり自国の言語で短詩HAIKUを詠んでいる。

さて、イタリア人の友人は、当然ながらイタリア語で三文節のHAIKUを作っているので「日本人の〈平和の俳句〉をイタリア語に訳してもらい、それを私の筆で作品化しよう。そうすればイタリアンに日本人の平和の心が伝わるだろう」と簡単に考えた私が甘かった。単語を一つ一つ訳して意味は伝わるけれど「詩」に昇華するにはハードルが高い。精神活動である俳句の詩心がHAIKUに変換しづらく難しいという。日本の絵本やエッセイを何冊も訳し、通訳を仕事にして、日本語を教えている人がそう言うのだ。

斯くして、作品展は日本語で書いた俳句とそれを新聞社が訳した英語HAIKUで乗り切り、キュレーターにイタリア語で内容の説明を書いて頂いた。作品には水墨画のようなイメージも筆で描き込んだ。人と言葉に取るべき形があるとしたら、感情を封印せずに作者に寄り添い想像することだ。言葉と書で平和の思いを伝えたい。TANKAは七七多い故、未だ暫くの宿題とした。

（２０２３年）

言葉について　生について　思うままに

生死《しょうじ》の中の雪降りしきる

種田山頭火

「生死」とは、大乗仏教において悩みを意味する概念。生まれては死に死んでは生まれる苦しみや迷いの世界のこと。迷妄の世界に流転すること。山頭火は44歳で熊本市の曹洞宗報恩寺で出家得度した禅僧であることを頭に入れてこの句を鑑賞する。「生死のなかを雪降りしきる」ではなく「生死の中の雪降りしきる」。自分の生死の世界に雪が降りしきるのではなく、地上に降っては消える雪も、雪の「生死の中の」迷いの雪であると。生と死を無限に繰り返す輪廻転生の中で、人生は悩みや苦しみに満ちて、迷いの雪のように生きていると考えるのがよいか。山頭火の句集『鉢の子』では前書きに「生《しょう》を明《あき》らめ死を明らむるは仏家一大事の因縁なり」（修証義）を置く。

「一大事の因縁」とは、仏がこの世に出現するもっとも大きな理由であり、一切衆生を救済する目的だという。キリストもアラーの神も同じではないかと思う。

現代の地球ではいずれ食料が足りなくなる地域が出てくると懸念されている。輸入に頼っている自給率の低い日本はどうなるの？　ＳＤＧｓは達成できるの？　異常気象は今後どうなるの？　問題山積の地球環境の中で、人間同士が殺し合う戦争が無くなるどころかかえって増えている。ロシア対ウクライナも、イスラエル対パレスチナ自治区周辺の争いにも明るい光が見えないし、あっちの国もこっちの国も、いつでも戦争の出来る準備をしている。歴史を見れば当然のように続いてきた戦争のような人殺しをするナンセンスなことが、人間はどうしてやめられないのだろう。ジェノサイドの条約（正式には「集団殺害の防止及び処罰に関する条約」）は半世紀以上前の国連総会で採択されたはずなのに……。

「人殺しを何故してはいけないの」「それはね、人間だからだよ」。

理屈ではない。そう答えよと教えられた。「人間力」とはこんな人殺しをする力ではないはず。自分の民族は優れているとか、人種が違うとか、昔からの恨みがあるとか、あの人は嫌いとか言う。私もそうだけれど、人間はみんな同じだという考えになりきれない。自分の権力をのみ信頼するリーダーは、相手の意見を聞く耳を持たないし、言葉が機能しない。どの宗教も思想も政治も、戦争を回避できないで不安だけを煽っているように見える。

こんな心配をしていると、「そう愚痴っても仕方がないよ。もっと楽観的に行こう」と単純な私をやさしく包んでくれる身近な人もいるのだけれど。とても悲しい時代だと思うのだ。

本当に、言葉や正義って何なのだろう。人の数だけ人生があり、全ての命が幸せになるとは限らないし、希望や理想は実現されることより空しく消えていくことのほうがダントツに多い。そして、暗いニュースばかり届く昨今は、善よりも悪が多いとさえ思えてきた。書架の奥の『座右版中国古典名言事典』（講談社）を開いた。孟子の頁に、「性は善もなく、不善もなきなり」とある。人間は境遇によって善ともなり、悪ともなるということだ。

「人を養う」ための教育が大事、殺戮はいけない、法治国家でなければ……などと、私たちは安全な国にいて、勝手に意見を言い合っているが、生まれた時から戦争の場面しか知らない子どもたちはそもそも善も悪もないのではないか。彼らの未来を考えるとまた悲しくなった。

幸い、私は戦争を知らない子どもとして生を受け平和に生きて来たけれども、今は次の戦前であるかもしれないのだ。元日に起きた能登半島地震、津波、大火事……遠くの戦争ばかりでなく、身近に迫った沖縄では基地が拡張され台湾有事も不気味だ。さらに南海トラフや首都直下大地震を注意せよとの情報も絶えない。地震国であることを意識する。

東日本大震災以降の原発メルトダウンや放射能汚染はもちろん、それらの意味と歴史的な立場や悲惨な出来事の深度を表すべき言葉が、科学技術の進化に反比例して退化しているのではないか。貧弱化した言葉が、言葉を用いる私たちの心を疎外しているかのように思えるのだ。

「疎外」という言葉についてヘーゲルは「自己否定して他者になること」、マルクスは「人間が作り出したテクノロジーによって支配されている状況、さらには生活のための営みに充足を見いだせず、人間性を喪失しつつあり、人間関係が利害打算の関係と化していくこと」とある。

詩人茨木のり子の詩「内部からくさる桃」を引用する。

単調な暮らしに耐えること／雨だれのように単調な……／恋人どうしのキスを／こころして成熟させること／一生を賭けても食べ飽きない／おいしい南の果物のように／禿鷹の闘争心を見えないものに挑むこと／つねにつねにしりもちをつきながら／ひとびとは／怒りの火薬をしめらせてはならない／まことに自己の名において立つ日のために／ひとびとは盗まなければならない／恒星と恒星の間に光る友情の秘伝を／ひとびとは探索しなければならない／山師のように 執拗に／〈埋没されてあるもの〉を／ひとりにだけふさわしく用意された／〈生の意味を〉／それらはたぶん／おそろしいものを含んでいるだろう／酩酊の銃を取るよりはるかに！／耐えきれず人は攫《つか》む／贋金をつかむように／むなしく流通するものを攫む／内部からいつもくさっている桃、平和／日々に失格し／日々に脱落する悪たれによって／世界は／壊滅のゆめにさらされてやまない。

この詩に流れる思いこそがこの時代に生きて、生かされて、生き続けるのかを考える「生きる」テーマではないだろうか。歳を重ねて、仕事を続けて、社会に関わることの意味を問うのだ。「内部からいつも腐って行く桃や平和をつかんではならぬ、偽物の平和は本当に幸せを運んでこない。ひとりだけにふさわしく用意された人生の意味はきっとある。ひとりひとりに生きている意味はある」そんなことをこの詩から教わる。

遊戯三昧《ゆげざんまい》

忙しい忙しいと言っていると心を亡くしてしまうよ、その文字の成り立ちからそう言われていた時代が私にもある。今考えると、「より速く、より高く、より効率的、より無駄なく…」を目指して頑張ってきたことは認めるが、別の生き方もあったのではないかと思うことがある。必死に物事を追いかけるのではなく、今、目の前のものに目を向けて丁寧に暮らすこと、無駄を楽しむこと、それは、心のゆとりであり、今あるものの価値を見出すことにもなる。その価値を教えてくれたのが、本書第二章の高橋悦子さんの晩年の生き方だ。どんなことも受け入れて乗り越えていくことを教えてもらった。

何らかのイデオロギーや、何らか頼る縁《よすが》を持てば、人間はもっと楽に生きられると思っている。例えば次のような、

①「くまのプーさん」の名言「〝何もしない〟は、最高の何かに繋がるんだよ」[Doing nothing often leas to the very best kind of something.]

②ムーミンの物語の脇役　スナフキンの言葉

「そのうちなんて当てにならないな。今がその時さ」「長い旅行に必要なのは大きなカバンではなく口ずさめる一つの歌さ」「本当の勇気とは自分の弱い心に打ち勝つことだよ。包み隠さ

ず本当のことを堂々と言えるものこそ本当の勇気ある強いものなんだよ」「自然を感じるだろ？強い風の前に立って自分たちに向かって進んでくる雨を感じるのはなんて素晴らしいんだ」「この世にはいくら考えても分からない、でも、長く生きることで解ってくる事がたくさんあると思う」「たまには休むのも一つの仕事じゃない？」

③そして、「遊戯三昧」。これは、何ものにもとらわれることなく、仏の境地に過ごすこと。嫌なことでもやること、そのものを楽しむこと。「遊戯《ゆげ》」は、仏教の言葉で、仏や菩薩、悟りを開いた修行者が何ものにもとらわれることなく、思いのままにふる舞うこと。「三昧」は、ひとつのことに夢中になること。「遊戯三昧」は今、大切にしたい言葉のひとつ。これを教えてくださった高橋悦子さんに感謝している。

弱音を吐いていいんだよ　　強がらなくてもいいんだよ
いつでも頼っていいんだよ　　素直になっていいんだよ
いつも前向きでなくてもいいんだよ
経験したことに無駄はないから　迷ってもいいんだよ
何事にもとらわれず　何ものにもとらわれず
いただいた命を大切に使って自分の人生を生き抜くことが大事
さあ、もっと人生を楽しもう、わたし。

家族とは

連れ合いの仕事が北海道から東京へ、そして中国上海に移り、本格的に広大な新工場を造るべきプロジェクトが始動して、上海に居を据えることになった。私は、東京・上海・愛知春日井の三つの家を頻繁に渡り鳥のように行き来する生活に移っていた。手伝っていた「林間」編集部の手伝いも退き、所属を「短歌人」一本にした。環境も心も随分変わった。

企業戦士という言葉は既に死語になっていたが、実際にはまだ夫は企業戦士だった。夫は感情を表に表さない人であるけれど、中国の政治体制の中でころころ変わる法律に振り回されながら格闘していたのは背中から伝わってきた。分厚い環境アセスメントの書類の山を見た時、震えた。私と同様の生活をする「空飛ぶ家政婦」の友人がいたから特別な生活とは感じなかった。

起床する。「ああ、ここは上海だった」「あっ、東京の朝」……いちいち確認した。どこでどう暮らしているのか分からないほど混乱した生活。6人家族が5ヵ所にばらばらに暮らすというストレスフルな生活の中で、いちばん動きがとれる私があっちへ、こっちへ動いてそれぞれの家族と連絡を取り、顔を見て暮らす。こうしなければだれかが孤立して分解してしまいそうだった。夫婦や家族は何があっても支え合い、親が高齢になったら支えるのもやはり家族。息子たちには親が年老いた時に子どもとしてどう向き合うかを、経験として知ってほしいと思っていた。家庭は千差万別だけれど、息子たちは1人で頑張っている春日井の祖母、入院中の祖父を感じながら、自分の立ち位置から家族とは何かを感じてくれたのだろう。次男は大学院を経て名古屋の企業に就職が決まり、祖母と2人で暮らす道を選んだ。

青年のこころの中にいっぽんの樹ありて梢は寒の空指す

四月から祖母とふたりで住むという思いを一行伝えてしずか

2002年の7月初め、長く入院して3ヵ月ごとに転院を繰り返していた義父が力尽きた。年老いて頑張っていてもいつか人は命を仕舞うときがくる。流動食が食べられるまでに回復の兆しが見えていた時に転院して1週間。何かあったときに延命治療をするか否かを担当医から問われて、義母と延命治療をしない決断を告げた。大きな病院だから安心だねと、東京の家へ帰ったばかりだった。急だった。義妹から連絡をもらい新幹線で駆けつけた。朝いちばんに義母と義妹が病院に迎えに行ってくれた。白衣の医師と看護師6人ほどがいつまでも頭を下げて見送ってくれたそうだ。命の終焉に関わる医療の立場、それを受ける私たちの立場、どちらも命の尊厳を見据えて最大限の努力をしていた筈だが、いつかはこういう時を迎える。

葬儀場の選択から始まり菩提寺との連絡、葬儀、墓石や仏壇や法要……あれこれが目まぐるしく、そして否応なく過ぎていく。その後の義母の心のケアも必要になった。就職とともに同居してくれた次男の存在が、義母の淋しさをうすらげてくれた。どこの家でもこんな時あたふたとする。家族の結束が強まった時間だった。

なぜそれが大事であるか七年を命さらして教えくれたり

秋の日のデイケア・フレンド陽だまりの中の微笑みを遺影と決める

打ち響く音叉のようね家族とは通夜の夜更けの頬かたぶきぬ

七人の和尚の読経歳月の水震わせて南無釈迦牟尼佛

後年、息子たちには大切な愛する人が出来てそれぞれの新しい家庭を築いた。そしてそれぞれ子どもを持ち、慈しんで育てている。昔、母が私を育てた時のように、私が子どもを育てた時のように大事に育てている。それを垣間見たとき、私の子育てはまあまあ間違いでなかったと思う。命のリレーのバトンは渡した。息子たちの人生の先々に「家族とは何か」「支え合うとはどういうことか」が分かる日が来ると信じている。

いつか未来に自分が命の終焉を迎える時に、心から互いに有難うと言える家族でありたいと思いながら私は歳を重ねたいと思う。

いちばん嬉しい「感謝状」

ちょっと嬉しい話。2020年12月30日、我が家の忘年会の席でのこと。コロナ禍で本当に久しぶりに揃った席で、2人の息子と4人の孫たちからの感謝状贈呈。息子たちが作り、孫たちが読んで渡してくれた。夫には少し早い喜寿の祝いの感謝状を、私には少し遅い古稀の祝いの感謝状を。いちばん小さな孫娘が読めるように漢字には読みがなの付箋が貼ってあった。賞状を読みあげて授けるという初めての経験を、孫息子2人は少し照れながら、孫娘2人は得意そうに大きな声で読んでくれた。わたしの子育てがそろそろ終わったかなと思う嬉しいサプライズだった。

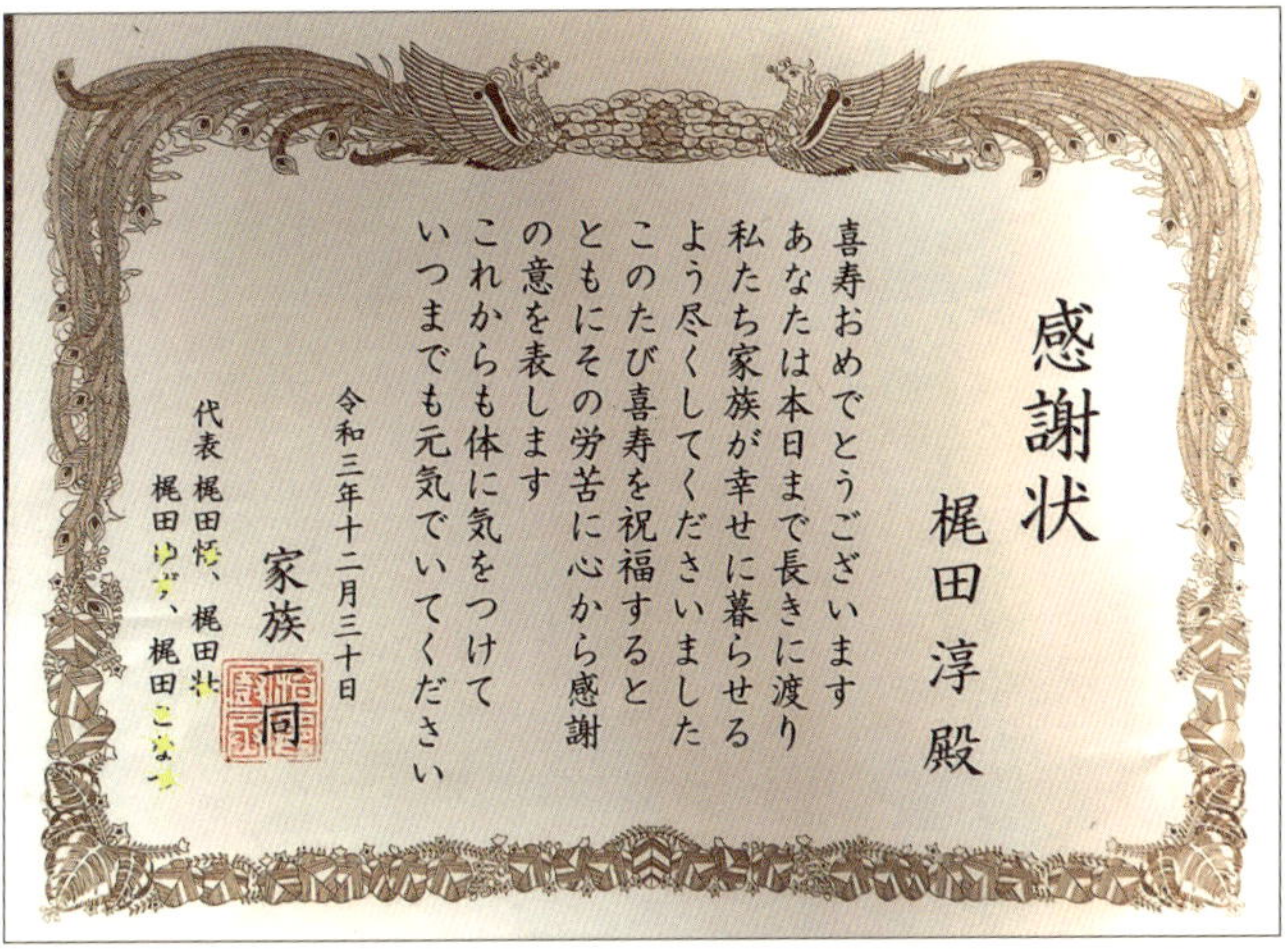
感謝状

梶田淳殿

喜寿おめでとうございます
あなたは本日まで長きに渡り
私たち家族が幸せに暮らせる
よう尽くしてくださいました
このたび喜寿を祝福すると
ともにその労苦に心から感謝
の意を表します
これからも体に気をつけて
いつまでも元気でいてください

令和三年十二月三十日

家族一同

代表 梶田悟、梶田壮
梶田ゆず、梶田こなつ

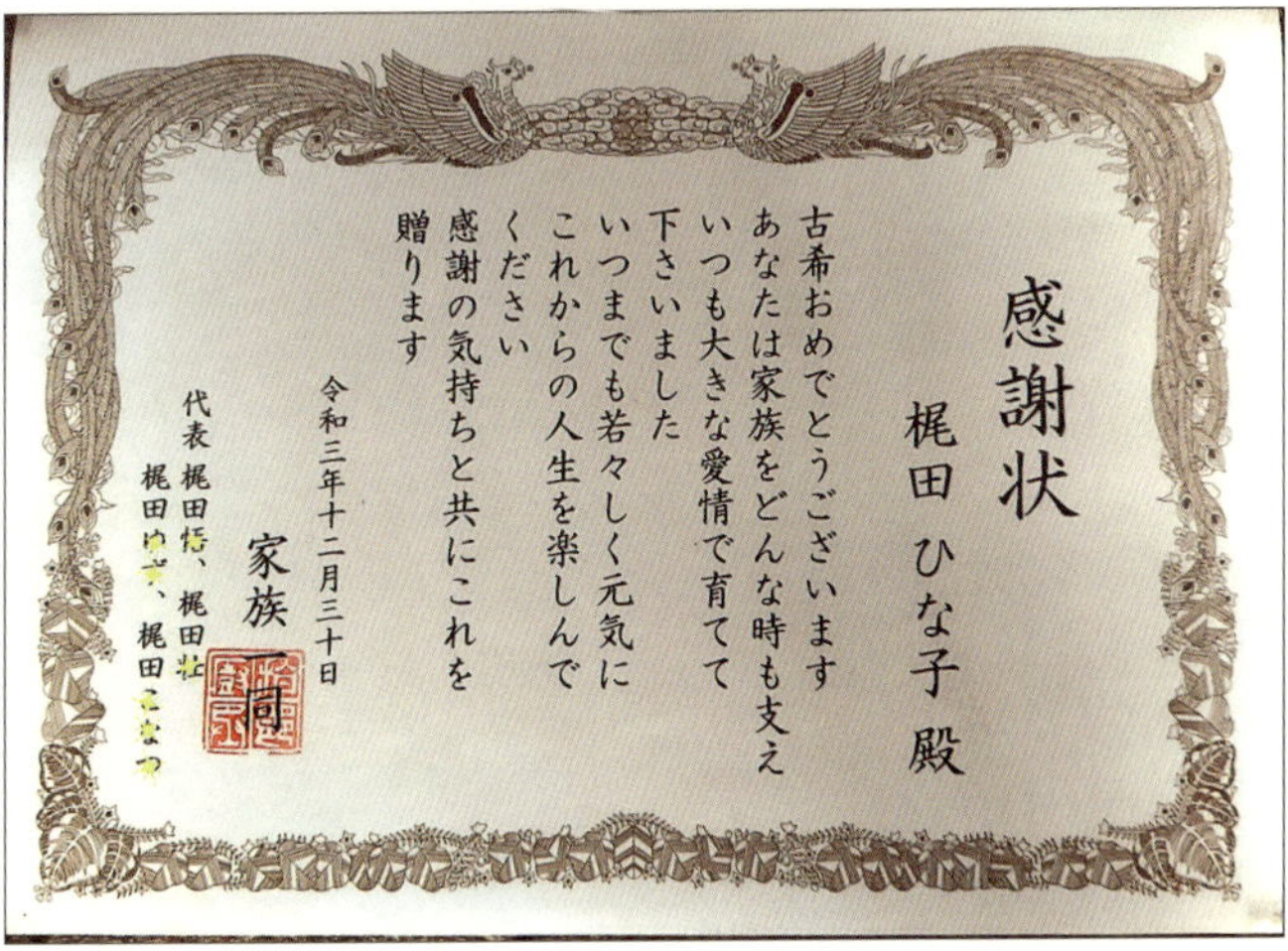
感謝状

梶田ひな子殿

古希おめでとうございます
あなたは家族をどんな時も支え
いつも大きな愛情で育てて
下さいました
いつまでも若々しく元気に
これからの人生を楽しんで
ください
感謝の気持ちと共にこれを
贈ります

令和三年十二月三十日

家族一同

代表 梶田悟、梶田壮
梶田ゆず、梶田こなつ

あとがき

「どう生きてきたか。どう生きているか。どう生きるか」

わたくしがこの問いを考えるようになったのは、交友してきた先達と友人たちの影響かと思います。人生の設計に関わってくるもの、例えば仕事・人間関係・健康・学び・趣味・お金や物など、どれをとっても生き方を満たしてくれる要素ですが、どれ一つとっても満足はありませんので「夢の途中」と名付けました。「生きる意味」とは何と曖昧で漠然としたテーマでしょうか。でもわたくしが今まで交わってきた方々から学び取ったのはこのことだったのです。

横書きが窮屈な日は墨を磨るもう幾年もそうして来たり

こう詠んだ歌に〈心持ちが疲れた日には歌を詠む〉も加わります。身近にこの環境がありました。

今は、わたくしの人生時計は、(女性の平均年齢で計算すると)20時18分。(平均健康年齢で計算する)と23時44分。守破離や断捨離を思い立ってからもう随分経ちます。今回はただ一人に向けて書き始めたのですが、様々な繋がりがあってもっと紹介したくなりました。「生き方を教わった方」のほんの一部を書簡やメールをもとに書いたエッセイですが、時を同じく歩んできたわたくしの歴史でもあります。

自分の心と対話しながら、記憶を呼び覚ましながら、書くこともまた人生の1コマです。読んでくださるあなたにどこか心を動かすものがあれば幸いです。あなたに向けて書いています。

本エッセイ集を編むにあたり、明眸社市原賤香様（第六章に紹介）には大変お世話になりました。装丁は花山周子様がわたくしの好きなエメラルドグリーンを活かして素敵な体裁に仕上げてくださいました。有難うございました。

歌の道のはじめにご一緒いただいた「林間」の方々、現在所属の「短歌人」のお仲間、その他書道や市民活動で関わっている方々、ユネスコやLCでご一緒したお仲間、Facebookフレンドの皆さま、優しく見守っていてくれ、今年で結婚半世紀を迎える夫の淳、愛しい2人の息子と義娘・可愛い孫息子孫娘たちに感謝と人生のエールを贈ります。

梶田ひな子

2024年春　庭先に咲きこぼれる勿忘草の花を眺めながら

梶田ひな子（雅号・梶田春陽）

1950年岐阜県生まれ。愛知県春日井市の小学校に4半世紀奉職。1995年より北海道～東京～上海～愛知の渡り鳥生活。2009年より春日井在住。結社「林間」を経て「短歌人」同人。2017年作品集『愛《かな》しみの嚢《ふくろ》』を上梓。5年前に守破離。「幽玄」「登統社」を経てフリーランス書家。イタリアの文化交流は17年目に入った。

夢の途中

2024年9月30日初版発行

著　者　梶田ひな子（雅号　春陽）
愛知県春日井市六軒屋町5—80（〒486—0842）

装　丁　花山周子

挿　画　市原多嘉雄

発行者　市原賤香

発行所　明眸社
東京都小金井市梶野町1—4—4（〒184—0002）

印刷製本　株式会社シナノグラフィックス